Edition Seegras

AF288379

– für Juliane –

Monika Scherbarth, Narr am Baum
Nr. 3 der Häfler Mordgeschichten
Edition Seegras, Friedrichshafen/Mülheim a.d.Ruhr im Okt. 2017
ISBN 9783848256648

Lektorat, Layout und Umschlaggestaltung: Juliane Kraus
www.textbuero-muelheim.de
Titelbild © Jürgen Flemming
Herstellung und Verlag: BoD - Books on Demand, Norderstedt, 2017

Monika Scherbarth

Narr am Baum

Häfler Mordgeschichten

Monika Scherbarth (*1958) kommt aus Friedrichshafen am Bodensee. Sie verließ die Kleinstadt, kehrte Jahre später zurück – und blieb. Hier hat sie den Ort gefunden, wo ihre Erfahrungen zu Geschichten werden können.

„Narr am Baum" ist ein Krimi. Die Handlung, auch in Teilen, ist völlig frei erfunden. Etwaige Übereinstimmungen mit lebenden oder toten Personen sind unbeabsichtigt und rein zufällig.

Die Geschichte, kapitelweise

Karneval in Rio, Karneval in Venedig, Karneval am Rhein – die Medien sind voll davon. Manchmal heißt es auch Fasching. Meistens geht es aber darum, sich eine Pappnase ins Gesicht zu stecken und die Sau raus zu lassen. Alkohol fließt in Strömen, Beziehungen gehen kaputt, folgenreiche Bekanntschaften werden geschlossen und neun Monate später heißt es dann: ‚Vater Clown, ähm, unbekannt‘.

Die 'fünfte' Jahreszeit fängt am 11.11. um 11:11 Uhr an und endet am Aschermittwoch 0:00 Uhr. Kehraus. Der Spuk ist vorbei.

Das letzte große Aufbäumen der Jecken und Narren vor der Fastenzeit, der langen Abstinenz bis Ostern, beginnt eine Woche zuvor am Donnerstag, auch Weiberfasching genannt. Krawattenträger, hütet euch vor den wild gewordenen Frauen mit ihren spitzen Scheren! In der schwäbisch-alemannischen Fasnet heißt dieser Donnerstag der ‚schmotzige‘ oder auch ‚gumpige Dunschtig‘. Somit sollte jeder Faschingsmuffel den anschließend geschilderten, dramatischen Ereignissen auch zeitlich folgen können.

Gumpiger Dunschtig – Die Krawatt isch ab

Kommissar Otto Eisele stellt die kleine Gießkanne zurück aufs Fensterbrett. „Sodele, des reicht. Die Frau Gebhard hat gsagt, s gibt immer bloß e klois Schlückle." Nach einem kurzen, gelangweilten Blick aus dem Fenster brummelt er: „Och noi, s schneit scho wieder. Jeden Tag die blöd Schipperei. Mir langts für des Jahr."

Eisele verzieht sich mit säuerlicher Miene hinter seinen Schreibtisch und schenkt heißen Tee aus der mitgebrachten Thermoskanne in den Becher mit dem Ottifanten, den er zu Weihnachten von den Kollegen bekommen hat, als es stürmisch klopft.

Sein „Herein" kaum abwartend, prescht eine dick vermummte Person ins Büro und schüttelt sich kräftig. Weiße Flocken wirbeln in hohem Bogen durch die Luft und unter den dicken Fellstiefeln bildet sich eine braune Pfütze.

„Ja so e Sauerei!", schimpft der Kommissar und springt erschrocken auf. „Was soll jetzt des?"

„It aufrege, Otto." Schal, Mütze und Anorak werden hastig ausgezogen und der Eindringling entpuppt sich als junges Mädchen. „Ich bin 's."

Als er die Tochter seiner Chefin erkennt, zucken seine Mundwinkel augenblicklich nach oben. „Charly! Ja so a Froid. Jegele, du hasch aber a knallrote Nas. Bisch krank?"

„Quatsch, das ist doch nur rote Schminke. Heute ist gumpiger Donnerstag und ich komme gerade vom Narrenbaumstellen." Sie kramt eine kleine Schere nebst Krawattenteil hervor, grinst frech, beginnt ausgelassen herum zu hüpfen, schüttelt dabei heftig ihren Kopf und grölt: „Narri, Narro! Narri Narro!" Ein kunterbunter Konfettiregen löst sich aus ihrem Haar, fliegt durch den Raum, landet zwischen den

Aktenordnern im Regal, auf KHK Rose Gebhards Pflanzen, einfach überall. Zwei sogar in Eiseles Tee.

„Heidenei! Ah so, isch des heut", murmelt er und fummelt umständlich die Papierschnipsel aus seinem Becher.

„Woisch, mit der Fasnet han i it so viel am Hut. Des oinzig Gute an der närrische Zeit sind die Berliner. Magsch oin?" Eisele deutet auf eine große Papiertüte, die neben seiner Thermoskanne liegt.

„Logo." Charly greift gierig zu und lässt sich auf den Stuhl ihrer Mutter fallen. Massenhaft Zucker rieselt auf den Schreibtisch.

Schmatzend leeren sie gemeinsam den fettigen Inhalt der Tüte. Danach lehnen sich beide zufrieden zurück, bis der Kommissar vor sich hin träumend säuselt: „So könnts immer sei … Wie lang genau bleibt dei Mutter no weg?"

„Sie kommt nächsten Mittwoch wieder. Mann, bin ich froh, Oma mästet mich wie Opas Karnickel. Ich hoffe nur, Mama testet die Psychokacke, die sie ihr auf dem Seminar einbläuen, nicht an mir aus." Bei dem Wort ‚Psycho' spuckt Charly Marmelade auf die Tastatur vor ihr. „Upps." Sie wischt sich ihren Mund mit dem Ärmel ihrer bunten Strickjacke ab und fragt mit einem merkwürdigen Unterton, der ihm gar nicht auffällt: „Nicht viel los, was?"

„Pff, s lässt sich aushalte. Bsoffene Randalierer halt, sonscht gar nix. Zum Glück, der Paule kommt nämlich früheschtens am Montag aus der Klinik. Muss der Seggl[1] au Schifahre und sich d Bänder verreiße. I sag ja immer scho, Schport isch Mord."

Noch während er eher vor sich hin schwafelt, verliert sich Charlys jugendlich ungezwungener Gesichtsausdruck. Ernst, sehr ernst sagt sie: „Dann hast du ja jede Menge Zeit."

---

1 Idiot

Eiseles untrüglicher Scharfsinn meldet sich. „Aha, komme
mer jetzt auf d Grund von deim Bsuch?" Er lacht ironisch.
„Gell, de Oma wird des Schneeschippe au z viel. Hä, hab i
Recht? Gibs zu."
„Von wegen. Wir sind wieder altmodisch und haben jetzt
einen Hausmeister für so was. Völlig blöder Typ übrigens,
der mischt sich aber auch in alles ein!!"
Charlys trotzigen Ton ist er ja gewöhnt, aber ihre heftige
Reaktion auf seine Worte macht ihn doch stutzig.
Aber das Mädchen gibt ihm keine Zeit, darüber nachzudenken. Sie lässt kläglich den Kopf sinken und flüstert mit
fast erstickter Stimme: „Otto, ich brauch deine Hilfe."
Überrascht und besorgt zugleich springt er auf, geht zu ihr
hin, wischt ein paar Tränen ab, die über Charlys Wangen
kullern, legt den Arm fest auf ihre Schulter und sagt: „Hasch
e Leich im Keller? Kannsch mit mir über alles schwätze. Du
woisch doch, i bin dein Freund." Dann hebt er drohend den
Zeigefinger hoch und gackert: „Und die Mordkommission!"

• • •

Hauptkommissarin Rosemarie Gebhard hat es schon
am Dienstag bereut, sich für dieses Seminar angemeldet
zu haben. Von „Wer ist der Täter? Verstehen, verhaften,
verhindern. Therapeuten und Profiler berichten aus ihrem
Alltag" hat sie sich wesentlich mehr versprochen. Auch das
Thema von heute über Amokläufer und ihre mutmaßlichen
Motive ist sowas von langweilig. Der Redner labert, stottert
und wischt sich dabei dauernd den Schweiß von der Stirn.
'Warum muss ich auch ausgerechnet hier vorne sitzen? Der
stinkt, als hätte er Angst, dass gleich einer aufsteht und rum-
ballert. Wär eigentlich kein Wunder, bei so viel Desinteresse
und negativer Stimmung hier im Raum.'

Sie gähnt überdrüssig, schaut auf ihre Uhr.

„Frau Gebhard, Sie wollten etwas zu meinem Vortrag äußern?" Der Mann mit dem beißenden Geruch steht jetzt direkt vor ihr.

„Ich?", schrickt Rose hoch. „Ich, äh, das Waffengesetz … Meiner Meinung nach ist es immer noch zu einfach, an Waffen heran zu kommen, sowohl im kommerziellen als auch im privaten Bereich", sagt sie dann mit bombensicherer Stimme.

Einige Teilnehmer klopfen mit den Fingerknöcheln auf die Tischplatten, pflichten ihr bei, aber eigentlich eher dankbar für jede Unterbrechung der monotonen Ausführungen.

„Schön, schön. Das ist jedoch nicht Gegenstand meiner Analyse. Dafür sind unsere Politiker zuständig. Schade, ich dachte, sie alle hätten verstanden, worum es mir geht."

Mit hängendem Kopf tappt der missgedeutete Herr Schön-schön zurück zu seinem Pult und fährt fort, als wäre nichts gewesen.

Kommissarin Gebhard schaltet daraufhin völlig ab und gibt sich ihren Gedanke hin. 'Wo treibt sich Charly wohl jetzt rum? Sie hat mir gestern Abend am Telefon ja erklärt, dass heute der Fasching am Bodensee so richtig losgeht. So richtig?? Bestimmt nicht zu vergleichen mit Köln! Aber sie hat sicher viel Spaß. Na dann, helau! Und was kocht Thea heute?' Ihr Magen knurrt augenblicklich. 'Das Essen hier ist jedenfalls grauenhaft, eine einzige Mehlpampe.'

Neben ihr werden Stühle gerückt. 'Feierabend für heute! Morgen ist der Typ aus den Staaten dran. Vielleicht bringt's der ja?' Rose packt hastig ihre Schreibutensilien zusammen und folgt den anderen aus dem stickigen, stinkenden, viel zu nüchternen Raum.

• • •

Der Häfler Rathausplatz liegt verlassen da, spärlich erhellt von einzelnen Laternen. Aus dem schwarzen Schatten der umliegenden Häuser heraus schleicht jemand zu dem frisch aufgestellten Narrenbaum, lässt ein schweres Bündel aufs Pflaster fallen und macht sich daran zu schaffen.

• • •

„Hat mi des Mädle doch echt zum Esse abgschleppt. I han gar it gwisst, dass die in Köln au Kässpätzle mache könnet. Jetzt bin i so vollgfresse und der blöde Schnee liegt immer no aufm Gehwäg. Lass mern doch oifach liege", brummelt Eisele, als er spät am Abend nach Hause kommt. Er seufzt. „Schee wärs! Aber dann fliegt so en Depp aufd Schnauze und i bin schuld. Also, doch schippe."

Als er endlich mit dem Räumen fertig ist und die Schaufel wieder im Schuppen hinter seinem kleinen Häuschen verstaut, erscheint laut miauend eine graugetigerte Katze hinter dem Birnbaum.

„Maul it, mir isch au kalt. Jetzt komm halt, geh mer nai, du hasch sicher Hunger."

Nachdem er das Tier versorgt und seine Schuhe mit Zeitungspapier ausgestopft hat, schenkt Kommissar Eisele sich einen großen Weinbrand ein, natürlich nur aus rein medizinischen Zwecken. Das Feuer prasselt im Kamin. Dann sitzt er zufrieden in seinem Schaukelstuhl und sinniert. 'Ach, war des en schöner Abend … Die Oma von der Charly isch scho a patente Frau. Resolut, aber au witzig. Da lachsch di krank, wenn die loslegt. Und koche ka se wie koi andre.' Dann schüttelt er nachdrücklich den Kopf. 'Noi, die Kinder heut zu Tag, was hend die bloß für e Phantasie. A bizzele weniger Internet, und die Welt säh besser aus. Obwohl, die Bravo dazmal war ja au it so ohne. Aber glei hinter jedem abgängige Kumpel en Mord zu vermute, da hätten wir gut z tue.'

„Apropos abgängig", fährt er halblaut fort. „I hab heut no e mal im Tierheim agrufe, dich vermisst koiner. Isch au koi Wunder, so hässlich wie de bisch. Bloß oi Ohr und en halbe Schwanz. Gut, dass du it schwätze kannsch, sonscht müsst i in deim Fall au no ermittle."

Liebevoll streichelt er über das Fell der Katze, die sich schnurrend auf seinem Schoß zusammengerollt hat. „Gnug jetzt, Schlafenszeit."

Eisele schwankt ein bisschen, als er sorgfältig die restliche Glut löscht. Dann geht er ins Bett und träumt von rotge-schminkten Spätzle, Berlinern mit Papphüten und dass einer den Narrenbaum klaut.Sein klingelndes Handy reißt ihn aus dem Schlaf.

„I glaub, mein Schwein pfeift. Ersch fünfe! Wehe, der Baum isch nimme da und die wecket mi deswäge! ... Ja, Eisele hier ... Was??? ... Wo? ... Bin glei da."

Bromiger Freitag – Graffitis und Berliner Luft

„Hier her, Herr Kommissar!", ruft ihm ein Mitarbeiter der
Spurensicherung zu, als Eisele aus der Finsternis auftaucht.
Von einem Scheinwerfer geblendet eilt er über den Platz und
flucht vor sich hin: „Ze fix, isch des kalt!"
„Morgen! Ganz schön früh, was? Brauchen Sie einen Kaffee?
Ich muss allerdings warnen, der schmeckt echt Scheiße."
Der redselige Mann deutet auf eine braune Ledertasche, die
neben ein paar Alukoffern unter dem Gestell des Schein-
werfers steht und aus der eine Thermoskanne lugt.
Die klirrende Kälte hat Eisele fest im Griff. Unfähig, seine
Hände aus den Manteltaschen zu nehmen, trippelt er auf der
Stelle und motzt: „Ein Komiker, und des um die Uhrzeit.
Noi, e Kopfschmerztablette wär mir lieber. Was hemmer?"
Der freundliche Ton seines Gegenübers ist futsch. „Die
Müllabfuhr hat das hier entdeckt."
„Habet die koi Gewerkschaft? Müsset die in aller Herrgotts-
früh scho d Leut aus m Bett schmeiße?", faucht Eisele grätig.
Wortlos zeigt der Kollege von der Spurensicherung auf eine
dunkle Gestalt am Boden. Der Kommissar wirft kurz einen
Blick darauf.
„A Buchhornhex. It grad ugwöhnlich in der Fasnet. I nehm
mal a, tot?"
„Exakt. Hing am Narrenbaum, da an dem Haken über
Ihnen."
Der Lichtkegel einer Taschenlampe schwingt nach oben.
Eisele muss sich tierisch strecken, um etwas erkennen zu
können. „Aha. Und warum grad da?"
„Um das herauszufinden, haben wir Sie angerufen", be-
kommt er säuerlich vor den Latz geknallt.
„Ausgrechnet mi?", jammert der Kommissar jetzt verwirrt

und völlig durchgefroren. „Warum hab i bloß Polizei glernt und nix Gscheits … Gibts scho Schpure? I moin, blutige Fußabdrück, die direkt zum Mörder führet. Wär doch Klasse."

'Ist der noch ganz dicht?', denkt sich der Kollege und runzelt unter der Kapuze seines Overalls die Stirn. „Da muss ich Sie leider enttäuschen. Nichts in der Art."

Eisele zittert gegen seine Starre an. „Nix? Okay, Pech ghabt. Dann müsse mer jetzt halt die Maske lüfte. Vielleicht verrät uns des Gsicht drunter ebbes." Er geht ungelenk in die Hocke und wird barsch zurückgepfiffen.

„Halt! Ich mach das schon. Sie haben keine Handschuhe an."

• • •

Kommissar Eisele betrachtet seit geraumer Zeit die Fotos der Spurensicherung. „So e junges Ding. Hat des sei müsse? Des Mädle isch doch höchstens sechzehn."

Der Schock vom frühen Morgen, als beim Abnehmen der Holzmaske ihre blonden Locken hervorquollen, sitzt ihm immer noch in den Knochen. Und dann der gebrochene Blick der blauen, bestimmt einst strahlenden Augen …

Während er ungeduldig auf den Anruf der Kriminaltechnik wartet, die die Fingerabdrücke und DNA-Spuren auswertet, zeichnet Eisele mit einem Stift eine Art Narrenbaum auf die Magnettafel im Büro. Langer, astloser Stamm, an der Spitze eine verzweigte Krone. Sogar die flatternden Bänder daran vergisst er nicht, soll ja echt aussehen.

„Des Bunte muss me sich dann halt denke. Sodele. Ugfähr in der Höhe isch der Hake. Warum isch da en Hake? Ghört der da na, oder hat der Mörder den extra neigschlage?"

Er malt ein Fragezeichen an die Stelle und klebt die

15

Polaroids der Maske und des Opfers daneben.

„En Name hasch no it." Seine Hand zittert dabei, aber auch das Foto bekommt ein Fragezeichen.

Mehr erschüttert als stolz, hilflos, von seiner Unerfahrenheit eingeholt, steht der Kommissar vor seinem Kunstwerk und hadert mit sich selbst: 'Schaff i des alloi?'

Da wird die Bürotür aufgerissen.

„Ik bin auf der Suche nach dem Kommissariat Jebhard, hoffentlich sind Sie det, wa? Mann, die haben mer von eenem Stockwerk ins andere jejagt. Würde mir gerne endlich …"

Der Störenfried kommt Kommissar Otto Eisele mehr recht als schlecht. Er sieht eine unerwartete Gelegenheit, sein angekratztes Ego wieder aufzumöbeln. Lässig trottet er zum Schreibtisch, lässt sich dahinter nieder und verschränkt die Arme.

„Ja, des verschteh i vollkomme. E schlechtes Gwisse tut it gut. Scho gar it so früh am Morge. Ganget Se ins Revier ganz unte, machet Ihr Aussag und dann in de erschte Stock, da isch der Erkennungsdienscht. Des weitere ergibt sich von selbscht."

Der junge Mann mit den verstrubbelten, blonden Haaren scheint nicht beeindruckt davon. Fasziniert betrachtet er das Gekritzel auf der Magnettafel. „Dollet Graffiti, wenn ik ma anmerken dürfte. Sie sind sicher der Polizeikarikaturist, wa? Det sieht man sofort."

„So, sieht man det? Danke Bürschle", erwidert Eisele resigniert. „Jetzt gang du mal dein Geschtändnis ablege und lass mi mei Arbeit due, i bin nämlich die Mordkommission. E blödsinniger Bruch oder andere dubiose Gschäftle ganget mir am Arsch vorbei."

Plötzlich strahlt das 'Bürschle' bis über beide Ohren.

„Dann bin ik ja doch richtig hier. Kai Polankowitzek aus Berlin-Kreuzberg. Praktikant, zugeteilt direkt von der

Polizeiakademie, wegen eventueller Engpässe, wa. Herr Hauptkommissar Jebhard, wenn ik richtig kombiniere? Stets zu Diensten!"

Fast hätte es dem Kommissar die Sprache verschlagen. In seinem Kopf rattert es. 'Oiner von drübe, und des mir?'

Er brummt: „Jetzt hau bloß it die Hacke au no zamme." Feindselig mustert er den Glückspilz. Hat man ihm etwa nicht zugetraut, die paar Tage, in denen Hauptkommissarin Gebhard ihr Seminar besucht - Bauers Unfall war ja nicht eingeplant - die Stellung zu halten? Halb verstimmt und, dann doch, halb erleichtert lenkt er ein: „Also, dann isch es halt so. Aber nimm sofort den ranzige Rucksack von dem Stuhl, der ghört der Chefin. Der Schreibtisch da drübe isch momentan frei. Wer woiß, wann der Kollege Bauer zrück-kommt. Fühl di oifach wie dahoim, nerv mi it, und … mein Name isch Kommissar Eisele."

Dann fällt ihm ein, womit der junge Mann sich direkt schon mal nützlich machen könnte …

Ein paar Minuten später, als Eisele sich etwas gefasst hat und der Praktikant unterwegs ist, platzt Charly gut gelaunt herein und legt eine Tüte vor ihn hin.

„Guten Morgen, Otto. Ich war grad mit Oma auf dem Markt und dachte, du hast vielleicht Hunger. Die sind noch ganz warm." Sie nimmt sich selbst eine der Butterbrezeln, beißt ab, da fällt ihr Blick auf Eiseles Zeichnung. „Ich wusste es! Die beste Spürnase im Bodenseekreis – der Fall interessiert dich also doch! Aber nicht sie gehört an die Pinnwand, ihr Freund Xaver ist spurlos verschwunden. Das hab ich dir gestern lang und breit erklärt", sagt das Mädchen und isst unbekümmert weiter.

Kommissar Eisele stutzt. Er versucht sich ins Gedächtnis zu rufen, was am Tisch gesprochen wurde, während er Oma Theas Kässpätzle in sich hineingestopft hat. Beim besten

Willen fällt ihm nicht mehr alles ein.

„Kennsch du die?", fragt Eisele, nun auch mit vollem Mund.

„Ja klar. Das ist Sabine." Charly geht näher ran und betrachtet neugierig die Zeichnung, das Foto. „Ganz gesund sieht die Bine aber nicht aus. Was sollen denn die karierten Klamotten? So was hätte sie nie angezogen."

„Aha." Mit fettigen Fingern greift der Kommissar zu seinem Notizblock. „Sabine, und wie weiter?"

„Sabine Schäpperle. Die ist in meiner Klasse. Warum willst du das so genau wissen?"

Eisele verschluckt sich. Nicht nur das Stück Brezel, das quer in seinem Hals steckt, auch der Gedanke, wie er ihr das jetzt erklären soll, verursachen ihm einen fürchterlichen Hustenanfall.

Charly lacht. „Brezelmord, das gabs noch nie, oder?" Sie haut ihm ein paar Mal kräftig auf den Rücken, bis er wieder Luft bekommt.

„Noi", krächzt Eisele mit hochrotem Kopf, „blos der oine Präsident, der Dabbeljuh Busch, wär au fascht dra ver-schtickt. " Dann lächelt er krampfhaft und hustet nochmal ausgiebig, um sich Zeit zum Nachdenken zu verschaffen. 'Dass die Tote au ausgrechnet e Schulkameradin von der Charly isch, konnt i doch it ahne! Wie krieg i des Mädle jetzt bloß los, ohne ihre weh z tue?'

Dem Kommissar ist der Appetit gründlich vergangen, da hört er auch noch ihre kindliche Stimme fragen: „Otto, was ist denn mit dir?"

Ruppiger als gewollt antwortet er: „Danke, Kind. Du warsch mir e große Hilfe. Aber woisch, i hab grad gar koi Zeit für di. Ich muss einen Mord aufklären, und du hasch hier nix zum suche!"

Augenblicklich vergeht ihr das Lachen. Entsetzt starrt Charly ihn an.

„Kind?! Ich bin doch kein Kind mehr. Und was für einen Mord?!? Die Bine …" Sie verliert sämtliche Farbe aus dem Gesicht, flüstert: „Sag, dass das nicht wahr ist! Warum … wer tut denn sowas … sowas Gemeines???"

Eisele zuckt hilflos mit den Schultern. „I find's raus, verschproche. Und du gehsch jetzt besser."

„Du schickst mich weg?", fragt das Mädchen traurig, wickelt sich den Schal um den Hals, bleibt dann aber mit der Jacke im Arm stocksteif stehen und stammelt: „Vielleicht ist … ist sie … Sie war doch …"

„Isch sie, war sie! Bitte, lass mi jetzt mei Arbeit mache."

„Ja aber …" Charly drückt ihre Jacke fest an sich. „Die Bine war doch so unglücklich. Vielleicht hat sie sich selbst was angetan. Schrecklich! Nur wegen dem blöden Kerl."

Eisele weiß mit Sicherheit, dass Fremdverschulden vorliegt.

„Selbschtmord moinsch? Ausgschlosse. Was isch des für en Kerle?"

Charly sieht ihn ungläubig an, stampft dann bockig mit einem Stiefel auf den Boden und schreit hysterisch: „Hört mir eigentlich jemals jemand auf dieser Welt zu??? Der Xaver natürlich! Der, den du suchen solltest!!"

Kommissar Eisele bekommt beim Anblick des Mädchens, das wie ein Baum im Sturm vor seinem Schreibtisch steht, einen stechenden Krampf im Magen. Er wischt ein paar Bösel von der Tischplatte und nickt schließlich. „In Gotts Name, dann hock die jetzt da na und verzähl mer alles no e Mal. Diese Sabine war also dei Freundin."

Charly lässt Schal und Jacke einfach auf den Boden fallen, setzt sich ihm gegenüber und denkt erst mal nach. „Na ja. So richtig dicke waren wir nie. Die Bine ist … war im Volleyballteam, ich bin im Handball. Sie hat sich für Mathe, Bio, Physik und Chemie interessiert, wahrscheinlich wegen dem Hof. Ich bin mehr die Musische und finde Sprachen geil. Der Paule hat mal gesagt, damit kann man auf der ganzen Welt was anfangen."

Eiseles wird ungeduldig. Er sieht auf seine Uhr und unterbricht sie. „Also koine beschte Freundinne?"

Charly schluckt und senkt den Kopf. „Wir sind zwei Schuljahre nebeneinander gesessen. Außerdem hab ich letztes Jahr in der Theater AG den Romeo gespielt und sie die Julia, so richtig mit küssen. Aber danach ist die Bine mit dem Xaver rumgezogen. Fußball und Knutschen, keine Zeit mehr für irgendwen anders. Seit der dann plötzlich verschwunden ist, hat sie rumgezickt ohne Ende. Ich wollte ihr doch nur helfen. Darum hab ich dich gefragt, ob du …"

Mitten in ihre Erzählung platzt ein strubbeliger, junger Mann. Das Mädchen pöbelt ihn sofort an. „Können Sie nicht ankopfen? Wir arbeiten gerade an einem wichtigen Fall!"

„Der ghört zu mir", widerspricht Eisele und legt die Tüte mit den warmen Leberkäswecken ungeöffnet neben die mit den Brezeln. „Des isch der Neue, Wa von Kreuzberg, mein Praktikant. Kreuzberg, Charlotte Gebhard, äußerscht wichtige Zeugin."

'Oha', denkt Charly überrascht. ‚Mama würde den sicher erst Mal striegeln. Bei der Frisur!?' Sie sieht skeptisch zuerst Otto, dann den Neuen an.

„Hi, Wa. Komischer Name …"

Polankowitzek grinst bis über beide Ohren. „Ik bin der Kai und freue mir, Sie kennen zu lernen, Frollein Charlotte."

„Okay. Ich heiße Charly. Setz dich her, wir können jede Hilfe dringend gebrauchen."

Bei ihrem tief ernsten Gesichtsausdruck kann sich Eisele das Grinsen nur sehr schwer verkneifen. Aber dann erinnert er sich an die Tote und bekommt ein mulmiges Gefühl. Es ist sein erster Fall, den er im Alleingang lösen muss.

„S isch längscht Zeit. I geh jetzt mal die Familie informiere. Kreuzberg, Schtellung halten!"

• • •

Der Kommissar betätigt den Klopfer an der schweren Holztür des Bauernhofes. Eine Frau, bekleidet mit blauer Latzhose und Gummistiefeln, öffnet. Ihr fuchsrotes Haar ist mit einem grün gemusterten Tuch nach hinten gebunden.
„Frau Gisela Schäpperle?"
„Gisi, e Ma für di", ruft die Frau durchs Haus und bittet den Besucher in den Flur. „Mei Schwägerin kommt glei." Darauf verschwindet sie wieder hinter einer der Türen.
Eisele drückt nervös den Autoschlüssel fest in seiner feuchten Hand, bis er Schmerz empfindet. Da öffnet sich eine andere Tür und es verschlägt ihm fast die Sprache.
Sabine, etwas reifer natürlich, wischt sich die Hände an der Schürze ab. „I bin grad beim Koche. S gibt Schupfnudle. Die Schnapsthek isch glei da ums Eck. Obschtler oder Edelbrand?"
„Frau Schäpperle, i bin koin Kunde, i …", stottert Eisele und reißt unvermittelt seinen Ausweis aus der Manteltasche.
„Mordkommission. Ich muss Ihnen leider mitteilen, dass Ihre Tochter Sabine heute Nacht ums Läbe gekommen isch." Der Kommissar fängt die Frau gerade noch auf, bevor sie auf den Boden knallt.
„Hilfe, Hilfe", stammelt er. Mit dem Ausweis in der Hand fächelt er hektisch zuerst sich, dann der immer schwerer werdenden Last in seinen Armen Luft zu.
„Hilfe! … Ze fix, warum immer i?!", jammert Eisele. Da kommt ihm eine rettende Idee.
Behutsam legt er die Schäpperle auf den kalten Stein, zieht seinen Mantel aus, stützt damit ihren Kopf und schleicht

durch den Flur. „Wo isch die Schnapsthek? … Ah, da."
Er entstöpselt eine Flasche Williams Birne, zerrt sein
Taschentuch aus der Hosentasche, tränkt es mit dem guten
Tropfen, geht siegesbewusst zurück und drückt dann das
Tuch der Ohnmächtigen direkt auf die Nase. Da stößt
ihn jemand unsanft zur Seite. „Um Gottes Wille!!! Des
Zeug isch für die Schluckschpechte da, it um Menschen
zum erschticke. Gisi, was isch denn los? Und wer sind Sie
überhaupt?"
Die Rothaarige von vorhin fühlt den Puls der leblosen Frau
am Boden und schlägt ihr dann kräftig rechts und links auf
die Wangen. Anschließend herrscht sie den Fremden an:
„Los, helfet Se mir mal! Mir traget se ins Wohnzimmer. Glei
da drübe."
Gemeinsam schleppen sie Gisela Schäpperle zum Sofa.
Die Schwägerin deckt sie liebevoll zu und Eisele stopft ihr
unbeholfen ein Kissen in den Nacken.
Da spürt er auch schon das Unheil über sich hereinbrechen.
„I ruf jetzt unseren Hausarzt an, und dann will i was höre!!!"

• • •

Er stinkt nach Schnaps, als er wieder im Präsidium
erscheint. Der Neue meldet keine weiteren Vorkommnisse.
„Au gut. Jetzt rufsch mal bei der KTU an und machsch dene
Dampf. Danach würd i gern mit dem Gerichtsmediziner
spreche."
Mit dem Filzstift in der einen und seinem Notizblock in der
anderen Hand steht der Kommissar vor der Tafel. Er schreibt
neben das angeheftete Foto des toten Mädchens: *Sabine
Schäpperle, 16 J., keine aktive Buchhornhexe,* malt einen Pfeil
nach rechts und notiert dahinter: *Xaver Nägele, 17 J., seit
zwei Wochen abgängig, ebenfalls in keinem Narrenverein,*

„Halt, doch. Fußball", erinnert sich Eisele, schreibt aber nur: *und Freund des Opfers.*

Eine ihm noch fremde Stimme reißt den Kommissar jäh aus seinen Gedanken.

„Chef, die KT'ler haben Fingerabdrücke auf der Maske jefunden, wären aber in der Datenbank nicht fündig jeworden. Dann jibt et noch jede Menge Speichelspuren und Haare innerhalb der Maske. Det kann aber dauern, wa. Und der Doktor jeht nich ans Telefon."

„Da müsst e Vermisstenazeig von em Xaver Nägele exischtiere." Eisele klopft mit dem Filzstift auf den Namen an der Tafel. „Forder die mal a. I sott jetzt dringend mit m Hexemeischter rede, und dann mit der Familie Nägele. Kreuzberg, mei Handynummer schteht da aufm Zettel da. Versuchs weiter in der Pathologie. Bis nachher."

„Jut Chef, mach ik."

'Hexenmeester?' Kai Polankowitzek fühlt sich in keinster Weise überfordert. Berlin ist schließlich auch voll von Hexen, Meistern und Spinnern aller Art.

„Ik verstehe", ruft er Kommissar Otto Eisele sicherheitshalber hinterher.

• • •

Die 'Gockelwerkstatt', das Vereinsheim der Zunftmitglieder befindet sich in einer kleinen Parallelstraße unterhalb des städtischen Friedhofs.

„Ja, ja. Irgendwann trifft uns halt alle. Narre oder au it", spricht Eisele ernst vor sich hin. Das Vereinschild im Blick schließt er seine Autotür sehr sorgfältig ab und fummelt vorsichtshalber den Dienstausweis schon mal heraus. „Mer woiß ja nie …" Alles, was sich austobt, laut ist, vermummt sogar, kommt ihm von je her suspekt vor.

23

Der Kommissar streckt sich, geht mutig auf die Tür zu und öffnet sie. Wider Erwarten ist es im Innenraum hell, sehr hell sogar. Er blinzelt, kann zuerst kaum etwas erkennen, dann legt sich plötzlich ein Schatten über ihn …

„Setz di, und steck des Ding weg! Dass du von der Kripo bisch, sieht me dir an der Naseschpitz a", hallt eine Stimme in seinen Ohren. Er wird von einer ihm körperlich wesentlich überlegenen Gestalt zu einem Ecktisch bugsiert. 'Des isch e Falle!', schießt es ihm durch den Kopf. Er schlottert. Doch das befürchtete Verlies entpuppt sich als bequeme Sitzgelegenheit. Und nachdem sich seine Augen an das grelle Licht gewöhnt haben, muss der Kommissar erleichtert zugeben, dass der Mann, der ihm gegenüber Platz genommen hat, zwar sehr groß, aber weder maskiert noch sonstwie angsteinflößend ist. Auch sein Tonfall klingt eher besorgt.

„Ich hab scho ghört, was passiert isch. Schrecklich! Mit der Zunft hat der Mord ganz sicher nix zum due."

Der Riese krempelt stumm die Hemdsärmel hoch. Eine Drohgebärde? ,Lieber it provoziere!' Eisele legt seinen Ausweis ganz ruhig auf den Tisch, atmet tief durch und wundert sich selbst, dass er nicht stottert. „Wie könnet Se sich da so sicher sei?"

„Mir Buchhornhexe wirket vielleicht auf einige Mensche angschteinflößend mit unsere Maske und Bese. Des isch ein uralter Brauch, aber es schteckt überhaupt nix Schreckliches dehinter. Unser Devise bei der Hexeerweckung am 6. Januar rund um de Lindebrunne lautet jeds Jahr gleich:

Ihr Hexen seid nun frei und ungebunden,
doch seid euch stets bewusst in diesen Stunden,
dass ihr euch nicht nur möcht dem Schabernack verdingen,
sollet ihr doch den Menschen Freude bringen.
Hockt auf den Besen, reitet in die dunkle Nacht,
verkündet allseits bis zum Tag der Aschen: Es ist Fasenacht!

Begriffe wie 'frei, ungebunde und Schabernack' sind it
ganz gnau definiert. Aber den Menschen in der kurze Zeit
zwische me lange Winter, bevor s Faschte losgeht, e ausglassene Freud bereite zu wolle, verzeiht doch einiges."
Für einen kurzen Moment sehen sich die beiden Männer
schweigend an.
„Aha!? Schee aufgsagt. I nehm dann mal a, dass ausglassene
Freud it beinhaltet, e jungs Mädle umzubringe und se ausgrechnet mit eire Klamotte z maskiere. Fehlt irgendwem e
Mask oder sonschtiges an Kleidung?", fragt der Kommissar
den Hexenmeister barsch. Der schüttelt energisch den Kopf.
„Noi, des ergibt doch alles koin Sinn. Wie gsagt, mir sind
en friedliche Haufe. Außerdem hat jeder von uns sei eignes
Häs[2]. Morgen isch in Friedrichshafen der große Narre-
schprung. Denket Sie im Ernscht, mir checket da vorher
it alles durch? Und krankgmeldet hat sich au niemand. Im
übrige besitzt jede dieser spezielle Holzmaske e Nummer,
wenn se echt isch. Wär also oifach, herauszfinde, wem se
ghört."
Auf so eine durchdachte Antwort ist Eisele nicht vorbereitet.
Er hat ein unsägliches Bedürfnis, darauf Kontra zu geben.
„Des wird überprüft. Außerdem werd i persönlich die Ver-
einsmitglieder dazu einzeln vernehme. Am beschte morge
nach em Umzug, wenn se alle beienand sind. Ah, no was.
G'höret an eiren Narrebaum irgendwelche Hake na, so etwa
in Mannshöhe?"
Der Kommissar erntet nur verständnisloses Kopfschütteln
und verabschiedet sich. „Dass mir morge ja koiner fehlt!"
„Dafür leg i mei Hand ins Feuer", schmettert der riesige
Mann ihm mit Groll in der Stimme hinterher.
„Gut, i verlaß mi auf Sie. Aber seiet Se mit sowas it zu

---

2 Kostüm

25

voreilig. Die Zeit der Hexeverbrennunge isch no gar it so lang vorbei. Also, mir sähet uns im Präsidium."

Auf dem Weg zum Auto überfliegt er seinen Notizblock. 'Brot, Butter, Lyoner und so weiter'

• • •

„Pute in feinem Gelee, Rindfleischhäppchen mit jungem Gemüse, saftiges Hähnchen in Gänseleberpastete, Kater müsst me sei", Eisele läuft das Wasser im Mund zusammen. Zwischen den Regalen des Supermarktes zückt der Kommissar sein Handy. „Kreuzberg, bin aufm Wäg zu de Nägeles. Gibts was bsonders?"

„Die Akte über den vermissten Jungen ist im Anmarsch, der Jerichtsmediziner kann noch keine konkreten Anjaben machen und die KTU pennt, wa."

„Wieso wa? Ah so. Awa! Wenn oiner pennt, dann musch du dem Dampf mache", bellt Eisele.

Die etwas in die Jahre gekommene Kassiererin trägt einen viel zu großen Hexenhut auf dem Kopf, der ihr immer wieder ins grell geschminkte Gesicht rutscht, sodass sie Mühe hat, die Preise zu erkennen. Sie fühlt sich angesprochen, zieht eine beleidigte Schnute und greift sich noch langsamer Katzenfutter um Katzenfutter.

„Na, was isch? Soll i hier übernachte??", faucht der unfreundliche Kunde sie jetzt auch noch an.

„Wie? Wat?", schallt es aus dem Handy.

„It du! I han hier e ähnlichs Problem ..." Er holt tief Luft, um nicht an Ort und Stelle aus der Haut zu fahren. „Egal. Frag doch mal, ob se in der Maske so ebbes wie e Nummer gfunde hend. Ich wiederhole: eine Regischdriernummer", fügt Eisele mit Nachdruck hinzu, um sämtliche Missverständnisse auszuschließen und denkt sich gereizt: 'De

Mörder wird ja wohl it grad sei Telefonnummer …'
Kreuzbergs Antwort klingt etwas geknickt: „Mach ik,
Chef. Und KTU, Maske und Nummer kann ik grad noch
kombinieren, auch wenn mir det Schwäbisch nicht unbe-
dingt jeläufig ist."
Das Gespräch kommt ins Stocken, so wie die Schlange
an der Kasse hinter Otto Eisele. Keiner sagt etwas, weder
der Praktikant, noch die neugierig lauschenden Kunden
hinter ihm. Die Kassiererin trommelt mit ihren überlangen
Fingernägeln ungeduldig auf dem Kassenbon herum. Bis …
„Im Übrijen war det Froilein von heute Morjen da und hat
jefragt, ob Oma für uns mitkochen soll? Schupf irgendwat.
Hab det mal jejoogelt, find ik aber nich auf Anhieb."
„Schupfnudle. Noi, des vertrag i heut überhaupt it. Absage!
Und wenn i it bis 18.00 Uhr zrück bin, mach Feierabend."
„Jut, Chef. Könnten Sie mir aber vielleicht noch eine billige
Pangsion empfehlen?"
„Des au no … Wart oifach, bis i wieder da bin. Ende."
Er bezahlt und verlässt fluchtartig den Supermarkt.

• • •

Eisele kommt auf der Strecke nach Oberteuringen nur
langsam vorwärts. Es wird bereits finster und die Straßen
sind glatt. Beinahe übersieht er das Schild, das zum
Nägelehof weist.
„Wenigschtens isch der Bode gfrore, sonscht würd i jetzt
schee in der Scheiße schtecke", flucht er.
Der ungeteerte Feldweg führt zu einem schönen Anwesen
auf einen kleinen Hügel hinauf.
Er steigt aus, zieht tief die kalte Abendluft ein, die eindeutig
nach Kuhmist riecht, und grinst.
„Des muss Bio sei!"

Im Stall brennt Licht, das Tor steht einen Spalt weit offen. Der Kommissar geht direkt darauf zu, da wird er Ohrenzeuge eines Streits zwischen einer Frau und einem Mann.

„Aufm Markt han alle davon gschwätzt."

„Na und, was hat des jetzt mit uns z due?"

„Die Bine war d Freundin vom Xaver und du hasch gwisst, was mit ihr los war war!"

„Des blonde Flittchen isch genauso e Hur gwäe, wie die zwoi Hexe auf dem Schäpperle-Hof."

„Wie kannsch du bloß so ebbes Gemeines sage, Bernd?! Seit der Papa von der Bine so tragisch ums Läbe komme isch, kämpfet die zwoi Fraue um ihre Exischtenz. Du bisch en unverbesserlicher, alter, schturer Esel, dem it z helfe isch. I gang jetzt in d Küch und machs Veschper, kümmer du di alloi weiter um d Viecher."

Die Frau schiebt wutentbrannt das Tor auf und läuft an Eisele vorbei, der hinter einer knorrigen Eiche steht, ins Haus.

Der Kommissar betritt kraft seines Amtes und ohne sich bemerkbar zu machen den hellerleuchteten Kuhstall, stößt dann aber dummerweise gegen einen Milchkübel. Der Kübel kippt, weiße Flüssigkeit ergießt sich literweise über Eiseles Schuhe, läuft durch am Boden ausgelegtes Stroh und versickert in zertretenen Kuhfladen.

„Scheiß!", entfährt es ihm.

Aufgeschreckt durch das scheppernde Geräusch fährt der Bauer herum und reißt beim Anblick des Fremden seine Forke hoch. Dem Kommissar rutscht das Herz in die Hose.

„Nägele, mach di it unglücklich!!"

„Was willsch? I kauf nix und des isch mei Grund und Bode."

„Kriminalpolizei Friedrichshafe. Ich hät da nur ein paar Fragen."

Eisele hält den Atem an, nicht nur wegen dem fiesen

Geruch, der ihm fast das Bewusstsein raubt, und schiebt die
Zinken der Mistgabel vorsichtig von seinem Gesicht weg.
„Was willsch du Trampel? Zersch ersetscht mir die verschütt
Milch, dann kaasch frage", wettert Bauer Nägele ihn an.
Flugs wechseln zwei Euroscheine den Besitzer. Dann kommt
tatsächlich ein, wenn auch wortkarges Gespräch zwischen
den beiden zu Stande. Die Gesalt ganz hinten im Stall, die
gerade mit leerem Blick einer Kuh übers Maul streicht,
beachtet niemand.

• • •

Müde, die Kleidung voller Flecken und ohne ein Wort
zu sagen erscheint Kommissar Eisele wieder im Büro. Es
ist spät geworden, er hat Hunger. Das macht ihn gereizt.
Außerdem verbreitet er einen merkwürdigen Geruch. Der
Kollege Bauer hätte ihn dafür sicher jetzt veräppelt und die
Chefin würde mit Karacho das Fenster aufreißen.
Nicht so Kai Polankowitzek aus Berlin-Kreuzberg. Der sitzt
am Schreibtisch, die Beine hochgelegt wie ein Profi und
lächelt ihm freundlich zu.
„Tach Chef. Is allet nach Plan jelofen? Irjendwie erinnern
se mich an meine Oma in Brandenburch. Die hat da einen
Bauernhof jehabt. Dolle Frau, det kannste glooben."
'War des jetzt e Kompliment?' Eisele ist sich nicht sicher.
Er brummelt: "Schwätz koine Opern, mach lieber mal s
Fenschter auf, sonscht denkt d Putzfrau no, hier hauset
nur Baure." In Gedanken fügt er hinzu: 'Oin Bauer im
Team langt schließlich, aber wer woiß, wann der wieder
einsatzfähig isch!' Seine Laune wird noch schlechter. Er geht
zur Tafel und schreibt mit Filzstift in die untere Ecke: blauer
Toyota „Kennzeichen?? Bin i en Seggel! Han i vergässe zum
frage, bled!", auch verschwunden.

„Kreuzberg, guck e mal in der Akte vom Xaver Nägele, ob da was von dem Auto schteht, dann gange mer." Eisele verharrt nachdenklich vor seinem Gekritzel. Er hat den Mantel gar nicht erst ausgezogen.

„Ik habs. Der Wagen ist als jestohlen jemeldet."

Der Kommissar ergänzt sein Kunstwerk und nickt zufrieden mit dem Kopf. „Jetzt aber los. I hoff, du kannsch Kartoffle schäle."

• • •

"Kreuzberg, des langt. Du musch it au no de Schnee vom Nachbar wegräume. Komm rei, s Esse isch fertig." Eisele schließt das Küchenfenster und schmunzelt. "War doch e gute Idee, den Kerle mit z nehme, oder was moinsch, Kater?" Später sitzen sie satt im warmen Wohnzimmer zusammen und stoßen mit Bier an.

"Bisch gar it so übel, Bue. Jetzt erzähl mir e bizzle von deim Berlin und dann hau mer uns in
d Falle."

Schmalziger Samstag –
Großer Narrensprung mit kleinen Pannen

In der Nacht hat es kräftig geschneit. Kreuzberg hat wieder geschippt und kommt halb erfroren mit roter Nase in die Küche. „Ah, Spiegeleier mit Schinken, jenau det richtige für Schwerarbeiter, super!"

„Des isch Lyoner, du Hammel", erwidert Eisele in gespielt grimmigem Ton und legt seine Zeitung zur Seite. „Iss jetzt, bevor alles kalt wird!"

„Schwein, Rind oder Lamm, Hauptsache wat zwischen die Zähne, wa?" Mit großem Appetit schiebt sich Kai Polankowitzek nach der Schufterei das deftige Frühstück rein und fügt mit vollem Mund hinzu: „Find ik cool von dir, Chef, det ik bei dir pennen kann. Deine Katze hat sich auf meiner Decke zusammen jerollt, war anjenehm warm. Wie heißt die eigentlich?"

„Kater."

„Okay, det konnte ik nich erkennen. Wie heißt er?"

„Kater! So und jetzt trink dein Kaffee leer, mir hand z tue."

• • •

Auf seinem Schreibtisch liegt eine Notiz, er solle sich unverzüglich in der Gerichtsmedizin einfinden.

„Muss des sei? Und au no unverzüglich … Hm, des klingt brisant." Eisele knüllt den Zettel zusammen und runzelt die Stirn. „Kreuzberg, woisch was du jetzt machsch? Du gehsch Klingle butze. Irgend ebber muss doch ghört habe, wie der Hake in den Baum rei gschlage worde isch. I fahr in Gotts Name ins Krankehaus. Die Kollege hand so viel Greisligs von dem Pathologe erzählt. I selber war no nie dort. Bin echt

gschpannt. Nachher treffet mir uns wieder hier."
„Mach ik doch glatt, wenn ik wüsst, wat 'Klingle butze'
isch?", fragt sein Assistent neugierig.
„Jetzt hasch 'isch' gsagt. Ha, du bisch ja richtig ausbau-
fähig. Also, klingel oifach an jedem Haus, alle Wohnunge
und gang de Leut tierisch auf d Nerve", antwortet Eisele
schmunzelnd.
„Okay. Tschüssle."

• • •

Rose Gebhard geht in der vorgezogenen Frühstückspause
frische Luft schnappen in der Hoffnung, dass sie irgendwann wieder Appetit bekommt. Der ist ihr nämlich gründlich vergangen. Sie verlässt das Hotel und trottet auf einem
schmalen, frei geschaufelten Trampelpfad die kleine Anhöhe
hinter dem Gebäude hinauf. Die Luft ist bitterkalt an diesem
Morgen im Taunus, der Boden gefroren, rutschig.
„Upps!" Beinahe wäre sie seitlich in einem Schneehaufen
gelandet. Die Kommissarin fängt den Sturz gerade noch auf,
geht weiter bis ganz oben und möchte jetzt am liebsten laut
schreien: 'Muss ich mir das antun!?! Warum tu ich mir das
an!??'
Der Vortrag wurde nicht ohne Grund bereits nach einer
Stunde unterbrochen. Fast alle Teilnehmer waren bestürzt,
sprachlos, wütend. Niemand wollte noch mehr hören.
„Und trotzdem, es muss doch einen Ausweg geben? Davon
bin ich überzeugt!", stöhnt sie aufgebracht und außer Atem.
In ihrem Kopf dröhnen noch die Worte 'Kinder töten ihre
Eltern für ein paar Dollar oder den Autoschlüssel, Eltern
und Großeltern ihre Kinder oder Enkel, wenn sie erkennen,
was für eine gefährliche Brut sie da herangezogen haben.
Amokläufe an Schulen nehmen zu. Immer häufiger kommt

es zu Serientaten von Jugendlichen, die über Beschaffungskriminalität hinausgehen. Drogen, Habgier, Eifersucht, blanker Hass und schiere Mordlust sind an der Tagesordnung. Eine Null Bock und Null Chance Generation wächst da heran, reizüberflutet durch Spiele und Clips aus dem Internet und auf dem Handy. Die Welt wird immer schlechter. Ein Nährboden für Sekten und terroristische Zellen. Überall herrscht Krieg, auch in Europa. Und es gibt kein Zurück!'

Rose empfindet körperlichen Schmerz bei solchen Worten, sieht ihren Sinn für Harmonie, ihre Menschenliebe in Frage gestellt. ‚Ich bin bei der Mordkommission und fremd sind mir solche Abgründe wirklich nicht! Köln ist, bei aller Schönheit, auch eine Großstadt mit vielen Scheußlichkeiten, die dich auffressen können. Die Versetzung nach Friedrichshafen war keine Flucht, ich wollte nur mehr Zeit für Charly haben. Außerdem weiß ich aus eigener Erfahrung, dass es oft auch gut ausgeht …'

„Nein verdammt!!! Ich glaube nach wie vor an das Gute!"

„Thats great! Das solltest du auch, Darling."

Nur Schnee, wo man hinschaut, und wie aus dem Nichts steht da plötzlich diese kleine, dicke, dunkelhäutige Person! Ihr wattierter Parka spannt über dem immensen Hintern, die kurzen Beine stecken in Moonboots. Unter der bunten Zipfelmütze quillt pechschwarz glänzendes Haar hervor, und zwei Reihen tadellose, blitzweiße Zähne strahlen die verdutzte Kommissarin an.

„Yes, ich finde diesen Look also funny. Perfekt der Situation angepasst, isn't it?"

Die hochdotierte Professorin für Jugendkriminalität und Psychiatrie sowie anerkannte Profilerin zieht ein letztes Mal kräftig an ihrer Zigarette, löscht die Glut im Schnee und steckt den kalten Stummel einfach in die Jackentasche.

„Shit. That was the last one, my holy swear!"
Rose hat ihre Sprache wieder gefunden. „Frau Professor …"
„No. No, no, nennen Sie mich doch Olivia."
„Ok, Olivia. Glauben Sie wirklich, dass wir keine Chance
mehr haben? Ich meine, es gibt doch auch noch anständige
Menschen. Und …"
Professor Olivia Bishop grinst noch breiter. „Yes. yes. You 'r
right, my Dear. Let´s go back now and save the world!"

• • •

Kommissar Eisele hält vor einer Buchhandlung an. Im
Laden sieht er sich kurz um. Die Regale sind beschriftet
nach Genre. Kochen, Abenteuer, Liebesromane, Krimis.
Doch ihn zieht das Thema Bodensee magisch an. Ein großer
Kalender 'Rund um den See in einem Jahr' und der Bildband
über die Insel Mainau scheinen ihm nicht das Richtige.
Auch den 'Seehas mit Stich. Häfler Bodenseekrimi' lässt er
verächtlich links liegen.
„Kann ich helfen?", fragt eine freundliche Stimme neben
ihm.
„Noi. Oder doch. I brauch was Unblutigs. Moinet Se, des
isch interessant?"
Der Verkäufer blickt interessiert und bietet als Alternative:
„Wir hätten auch noch Zelten, Wandern und Radfahren aus
dieser Reihe."
„Echt? Awa! Packet Se mir des da als Gschenkle ei."
Mit dem Ratgeber 'Angeln am Bodensee' unter dem Arm
betritt er mit gemischten Gefühlen zwanzig Minuten später
das Krankenzimmer.

• • •

Zwei Betten, eins ist leer. Auf dem anderen thront Paul Bauer, sowohl den Kopf als auch ein Bein auf Kissen gebettet. „Otto. Isch des e Froid!"

„Des sieht aber gfährlich aus", stammelt Otto Eisele, erschrocken über den lädierten Kollegen. „So viel Verband. Paule, wie geht´s dir denn?"

„Beschisse! I darf eigentlich it aufschtehe und des Esse isch au zum Kotze."

Langsam löst sich Eiseles Befangenheit. Er fasst sich ein Herz. „Dann bleib doch liege. Gege die Langeweile hab i dir was mitbracht. Aber sag, wie lang moinsch, musch no?"

Paul Bauer wird hellhörig. „Wieso, hasch en Fall?"

„Scho."

„Was? Hock di her, verzähl!", befiehlt Bauer und schiebt seine Bettdecke ein Stückweit zur Seite.

Eisele lässt sich vorsichtig auf die Bettkante nieder und berichtet seinem Kollegen ausgiebig von dem Mord. „Es muss e relativ große und starke Person gwäse sei. Der Hake war weit obe und so oifach stemmt me en tote Körper au it. I han de Kreuzberg los gschickt, zum Zeuge suche."

„Wen?"

„Ach woisch, des isch der Kerle, den se mir zur Verschtärkung gschickt hand. Der isch gar it schlecht. I glaub bloß, der hat koi Haarbürscht." Dann erzählt er dem neugierigen Freund von dem Berliner, der seine Sätze mit 'ik' beginnt und mit 'wa' beendet. „Vorläufig wohnt er in meim Gäschtezimmer."

Bauer zieht die Augenbrauen hoch. „Seit wann hasch du e Gäschtezimmer? Letscht Jahr Silvester musst i auf deim durchglägene Sofa nächtige. Gege die Rückeschmerze isch mei kaputts Bein sogar no erträglich." Er macht ein säuerliches Gesicht.

„Bloß weil du d Trepp nimme nauf steige konntesch",

versucht Eisele ihn zu beschwichtigen, und um das Gespräch ein wenig aufzulockern, gibt er dem kaputten Bein noch einen kameradschaftlichen Klaps.

„Aua!!!"

Er springt erschrocken auf. „Tschuldigung! Des wollt i it. Tuts arg weh? I muss jetzt au … aber e paar Schtockwerke tiefer, da, wo nix mehr weh duet. Der Doktor wartet auf mi."

„Au weia! Na dann, viel Vergnüge. Und danke für de Bsuch, Otto. Halt mi auf m Laufende", ruft Bauer Otto Eisele hinterher, der in leichter Panik davon eilt.

• • •

Im Untergeschoß ist es kalt und ungemütlich. „Jetzt woiß i, was die Frau Gebhard gmoint hat", murmelt Eisele vor sich hin. Er fühlt sich gar nicht wohl in seiner Haut. „Hallo, isch da wer?!!"

Direkt neben ihm geht die schwere Tür ruckartig auf – und es wäre ihm tausendmal lieber gewesen, wenn nicht!

„Suchen Sie mich? Sie machen sich doch nicht etwa in die Hosen, oder doch? Ach sorry, das habe ich ganz vergessen. An Faschingssamstag trage ich immer ein spezielles Outfit." Eine hünenhafte Person, beleuchtet vom Schein des weißen Neonlichts aus dem Raum hinter ihr, zieht sich die Gummimaske vom Gesicht. „Herman Munster ist mein großes Idol. Die Figur hätte ich ja dazu, aber kein Gesichtschirurg war bisher mutig genug, mich zu operieren. Obwohl … umso besser, wenn´s schief gegangen wär!" Ein kurzes, fürchterlich hallendes Gelächter, dann folgt: „Von Stauffen, was kann ich für Sie tun?"

Eisele streckt erst seine schweißnasse, rechte Hand vor, zieht sie dann aber wieder zurück und stopft beide Hände in die Manteltaschen.

„Kommissar Eisele, Mordkommission. I komm wäge der Sabine Schäpperle. I hoff, i schtör it."

„Oh." Etwas enttäuscht mustert von Stauffen den kleinen Kommissar und antwortet zögerlich: „Nein, nein. Sie sind also die Vertretung meiner über alles geschätzten Frau Gebhard?" Und schon erhellt sich seine Miene wieder. „Bringen wir es hinter uns! Hereinspaziert. Willkommen in der Unterwelt!"

'Koin Gsichtschirurg hätt die diabolisch Fratz besser na kriegt', stellt Eisele insgeheim für sich fest und folgt dem 'natürliche Monschtrum'.

Der Raum besteht aus funkelndem Stahl und blitzeblanken Kacheln. Das Mädchen liegt gleich auf dem ersten Tisch. Ihr Körper ist bis zum Hals mit einem grünen Tuch abgedeckt, die Augen sind geschlossen und ihre blonden Locken fallen nach hinten über den Rand.

Der Pathologe registriert den bewundernden Blick seines Besuchers. „Ja, sieht aus wie ein Engel. Ist aber keiner. Das Kind im Kind war schon gut vier Monate alt."

„Was für e Kind?", flüstert der Kommissar andächtig.

„Das da." Von Stauffen hält ein bauchiges Glas direkt vor Eiseles Augen. Es ist mit Flüssigkeit gefüllt und enthält beim zweiten Hinsehen eine undefinierbare, schaumig blutige Masse.

„Was …", dann hat er es endlich kapiert. „Noi! Des ka doch it sei. Des sieht gar it aus wie e Butzele."

Die Neugier in Eiseles Augen lässt den Doktor zur Hoch-form auflaufen. „Tja, das Wunder der Evolution. Charles Darwin behauptete ja, es hätte auch ein Affe sein können. Oder sind Sie eher ein Anhänger der Bibel, unbefleckte Emp-fängnis und so weiter? Unschuldig in diesem Sinn war das Mädchen hier jedenfalls nicht mehr."

Der Kommissar übergeht die spöttische Bemerkung,

zückt tapfer den Notizblock und fügt seinen bisherigen Recherche-Ergebnissen hinzu: *Pathologie: Sabine schwanger, Todesursache?* Dann krächzt er mit zitternder Stimme: „Wann? I brauch die genaue Ursache und de Todeszeitpunkt von boide."

Von Stauffen fühlt Eiseles innere Verzweiflung. „Von beiden", er räuspert sich. „Der liegt zwischen null und zwei Uhr in der Nacht von Donnerstag auf Freitag. Die Schwangerschaft war nach dem Ableben der Mutter vielleicht noch ganz kurz intakt, aber Sie hätten in dem Frühstadium nichts mehr machen können. Zu klein und die Auskühlung ... Abortus incipiens. Da drin ist der Rest, Genmaterial für die Akten."

Der Gerichtsmediziner deutet auf das Glas. Eisele sieht nicht noch mal hin. Er kann so schon kaum mehr den Stift ruhig halten. Seine Augen fokussieren nur den Block in der Hand. „Weiter!"

„Weiter?" Dem Pathologen imponiert solche Beharrlichkeit. „Na gut. Wie Sie wollen." Monoton liest er aus den Aufzeichnungen über die Autopsie der Sabine Schäpperle vor: „Es fanden sich keinerlei äußere Gewalteinwirkungen oder Abwehrspuren. Nur Abreibungen am Hals, dem Brustkorb, unter den Armen und an den Beinen von dem Seil, mit dem sie gefesselt, beziehungsweise an dem sie aufgehängt worden ist. Seltsam war allerdings die großflächige, bläuliche Verfärbung der Haut, die sich mir nach der Leichenöffnung durch innere Blutungen erschloss. Das deutet auf eine Vergiftung hin. Mageninhalt und eine Blutprobe werden gerade im Labor untersucht. Desweiteren konnte ich Sperma, fremde Urin- und Speichelanhaftungen ausschließen."

Von Stauffen deckt Sabines Körper mit dem grünen Laken zu. „Genug für heute, ein ausführlicher Bericht folgt. Sie müssen mich nun entschuldigen, ich habe eine Verabredung."

Dann schubst er Eisele hinaus auf den düsteren Flur, zerrt seine Gummimaske wieder übers Gesicht und fragt tatsächlich noch: „Vielleicht möchten Sie ja mitkommen? Monsterball. Nein? Sicher? Auch gut." Der Doktor dreht sich um, hebt unter lautem Gelächter die Ellenbogen an, geht, als hätte er steife schwere Beine, davon und verschwindet schließlich hinter irgendeiner Tür.

• • •

„Das ist ein Behindertenparkplatz. Sie sehen mir aber gar nicht danach aus." Die keifende, ältere Dame in Schwesterntracht funkelt Eisele böse an. „Danke. Des isch des erschte nette Kompliment seit langem." Sein Handy klingelt. „Kreuzberg, was hemmer? … Wer isch da? … Hab i total vergässe. Halt se hin, ich komm!" Zum Durchatmen bleibt ihm nach all dem Gerochenen, Erlebten, Gesehenen, Gehörten keine Zeit. Anschnallen, Starten, und ab geht's.

• • •

Die gesamte Innenstadt ist wegen des großen Umzugs gesperrt. Eisele muss 'hinten rum' fahren. „Blede Narre!" Trotz Hupen weicht ein Traktor vor ihm nicht aus. „Mensch, verpiss di doch endlich. Heilandssack!!!" Er öffnet das Fenster an der Fahrerseite, setzt das Blaulicht aufs Dach und schaltet die Sirene ein. „Siehsch. Geht doch." Er drückt aufs Gas, überholt und nimmt den Fuß erst wieder vor dem Präsidium vom Pedal. „It schlecht. I wollt immer scho mal nach Monza."

• • •

„Glaubst du, das macht Sinn?" schreit Charly einer Freundin zu und lacht. Die hat soeben eine Riesenportion Konfetti abbekommen und versucht in gespielter Verzweiflung, das Zeug aus ihrem Haar zu schütteln. Alle Mädchen der Gruppe, ihre Schulfreundinnen, sind wie Katzen geschminkt und haben auch nicht mit klebrigem Haarspray gespart, um sich eine Löwenmähne zu verpassen.

Gerade will Charly noch etwas sagen, da donnert ihr ein leicht unförmiges, aufgeblasenes Etwas auf den Kopf. Sie blickt verdutzt.

„Da musch durch!", schreit die Löwin neben ihr. „Des sind trocknete Saublodre. Da, jetzt kommt super geile Guggemusik!"

Die Mädchen haken sich unter, schunkeln und singen zu der ohrenbetäubenden Melodie: „Noi, noi. S isch nix passiert, noi, noi, sie sind kaschtriert. Noi, noi …"

Es bleibt kaum Zeit zum Verschnaufen. Jetzt knallen mächtige Peitschen auf Asphalt. Das Publikum am Straßenrand weicht automatisch aus, der Widerhall prallt von Hauswand zu Hauswand. Tosender Applaus. Dann passieren winkende Männer in einer Art Uniform und rufen: „Narri!!!"

„Narro!!!", schallt es enthusiastisch aus vielen, zum Teil schon heiseren Zuschauerkehlen zurück.

„Mit den Schiffchen auf dem Kopf und den vielen Orden sehen die aus wie der Elferrat in …"

'Köln' will Charly ihren Satz noch beenden, da gibt's schon wieder laute Musik. Schalmeien kündigen eine neue Gruppe 'Hästräger'[3] an.

Alle blicken gespannt auf die sich jetzt nähernde Horde hünenhafter Maskenträger. Schräge Augen, krumme Nasen, verzerrte Münder und viel struppiges Fell. Charly kriegt eine

---

3 Kostümierte

Gänsehaut, als die Gestalten genau vor ihr den Zug anhalten und mitten auf der Straße zu einer ziemlich hohen Pyramide aufeinander klettern. Die Kleinsten springen zuletzt auf, halten wackelig aus und stoßen drohend ihre verästelten Holzprügel gen Himmel, als wollten sie die schwarzen Schneewolken durchfurchen.

Ein Beifallssturm setzt ein. Dann löst sich die Formation wieder auf und alle hüpfen fröhlich winkend weiter. Andere sind nachgerückt, warten auf ihren Einsatz.

'Der Butze', ein Mann in preußischer Uniform, bestückt mit Säbel und Pickelhaube, schwingt seine riesige Glocke. Leicht bekleidete Mädchen in knappen, roten Kostümen und mit nur teilweise echter Haarmähne unter den Hütchen marschieren weiß bestiefelt vorbei und jonglieren mit Stöckchen in den Händen zu rhythmischer Musik.

„Siehsch, Charly? Au bei uns gibt's Mariechen!" kommentiert Nina, die neben ihr steht, stolz.

„Wär ich nie drauf gekommen!", antwortet sie und klatscht begeistert in die Hände. Die Mädchen kichern.

Gurken und Kürbisköpfe ziehen vorbei, Fahnen schwingen, Konfetti und Bonbons fliegen durch die Luft. Plötzlich reißt die dunkle Wolkendecke auf, die Nachmittagssonne zeigt sich in ihrer ganzen Pracht.

Und da kommen sie, die furchteinflößenden Masken, von denen Charly eine erst kürzlich und unter sehr unerfreulichen Umständen gesehen hat. Die Buchhornhexen!

In gebeugter Haltung schieben sie ihre Besen langsam vor sich her und geben eigenartig gurrende Geräusche von sich. Plötzlich nimmt eine Anlauf und springt, den Besen als Stab benutzend, hoch und weit, landet mitten auf der Straße, gurrrrt und deutet verheißungsvoll mit ihrem Zeigefinger in Richtung ihrer Gruppe.Die Zuschauer warten gespannt. Weitere Hexen haben eine Reihe gebildet und verharren in einigem Abstand ... Dann laufen sie los und springen ebenfalls halsbrecherisch hoch über die Besen.Unter ihren Masken hört man dumpf den Ruf „Buch Hoorn!!!"

„Buch Hoorn! Buch Hoorn!", tobt das Publikum. Wieder ertönt Applaus, noch tosender, vermischt mit Jubel und Freudengeheul. Charly ist beeindruckt.

Abgelenkt durch Nina, die ihr erklärt, dass Friedrichshafen im Mittelalter Buchhorn hieß, bemerkt Charly die Hexe nicht, die sich von hinten anschleicht. Eine zweite Hexe kommt, „grrrrrr" von vorne auf sie zu, erstarrt, legt den Kopf schief. Und schon ist es um sie geschehen!!

Die vor ihr reißt den Besen herum, schiebt ihn durch Charlys Beine, hinten wird angehoben – und so wird das Mädchen verschleppt. Reitend auf einem Besenstiel vernimmt sie nur noch spöttisches Gelächter rundherum. Dann wird es plötzlich dunkel ...

• • •

Auf dem Hexenwagen wehrt sich Charly mit Händen und Füßen gegen den schweren Körper, der sich breitbeinig über sie geschmissen hat und hinter seiner hölzernen Vermummung hämisch lacht.

„Hau ab, du widerliches ..." Im Gerangel bekommt sie ein Bein frei, zieht das Knie hoch und trifft! „... Schwein!"

Das fiese Lachen kippt in ein qualvolles Aufheulen. „Aua! Du bisch doch it ganz bache!⁴"

Die Last auf ihr krümmt sich vor Schmerz zusammen. Dabei gelingt es dem Mädchen, die Hexenmaske zu lüften.

„Peter?!"

Ihr Schulkamerad grinst frech. Aber das Lachen vergeht

---

4   normal (wörtlich: gebacken)

ihm, als er den Zorn des Mädchens spürt. Er gibt seine Beute frei.

„Idiot!"

Charly lässt sich vom Hexenwagen rollen und versucht, sich mitten auf der Straße, durch Haufen von lauten, bunten, bizarren Gestalten hindurch, die ihr plötzlich abnormal, ja widernatürlich vorkommen, einen Weg zu ihren Freundinnen zu bahnen. Stinksauer mault sie dabei immer wieder: „Blöder Arsch!! So ein blöder Arsch! Ich könnt ihn erwürgen, den Arsch!!!" Jemand verstrubbelt ihr die Haare. „Lass das! Hau ab!!" Ein anderer Hästräger nimmt Charly fest in den Arm und tanzt mit ihr kreuz und quer durchs Gewühl, dass ihr ganz schwindlig wird. Sie reißt sich los. Da ertönt ein deutliches „Gockelores!" Die Antwort der Zuschauer lässt nicht auf sich warten. „Kikerikii!" Metzger schwingen Messer, um flüchtenden Seegockeln die Hälse durchzuschneiden.

„Ihr habt sie doch nicht mehr alle!!!" So langsam wird dem Mädchen doch unheimlich zu Mute. Sie setzt die Ellbogen ein, kämpft sich durch eine Gruppe wild gewordener Seewaldkobolde mit grausigen Gesichtern und Seetang ähnlichen, grünen Behängen am Gewand. Kurz vor ihrem Ziel stößt Charly noch mit dem riesigen 'Seegrendl' zusammen. Seine schwarze Mähne um die dämonische Fratze und die gewaltigen Hörner entlocken ihr einen spitzen Schrei.

Es ist Nina, die sie von der Straße zieht und gackert: „Gell, der isch geil!"

Nach weiteren zehn Minuten „Narri!!! Narro!!!" und „Berg auf!!! Berg ab!!!" hat Charly endgültig genug, signalisiert den anderen Mädchen 'Ich hab die Schnauze voll!' und haut ab.

„Jetzt sei doch kein Spielverderber!", rufen die ihr noch nach, aber da ist sie schon hinter der nächsten Hausecke verschwunden.

. . .

Rose sitzt beim Mittagessen ganz allein an einem Tisch
am Fenster. Draußen hat es wieder heftig angefangen zu
schneien, ein stürmischer Wind treibt die Flocken vor sich
her. Die sanfte, bewaldete Hügelkette, die das Reichenbach-
tal umschließt, ist kaum noch zu erkennen. Sie hat sich für
Hühnersuppe mit Nudeln entschieden, spürt deutlich, wie
sich ihr Körper nach dem anstrengenden Vormittag durch
die heiße Brühe entspannt, und resümiert …
Als sie nach der Frühstückspause alle wieder in den Saal
kamen, lief ein Kinderlied. Professor Olivia Bishop stand
neben dem CD-Player und trällerte aus voller Kehle: „Alle
meine Entchen … Los, singen Sie mit mir! … schwimmen
auf dem See!" Niemand stimmte mit ein.
Beim nächsten Lied 'Hänschen klein' standen mehrere
Teilnehmer auf und wollten schon gehen, da wurde die
Anlage abgeschaltet.
„Yes … Sie finden das lächerlich. Das habe ich erwartet.
Setzen Sie sich bitte wieder, ich erkläre Ihnen gleich, was es
damit auf sich hat. Sagt man nicht so?"
Die kleine, dunkelhäutige Frau wartete einen Moment ab,
dann trippelte sie zwischen den Tischreihen hindurch und
sah mit ihren riesigen, braunen Augen neugierig in das eine
oder andere Gesicht.
„Well, jetzt erinnern Sie sich mal an Ihre Kindheit. Hat man
Ihnen vorgesungen? Ihre Mom oder Grandmom? Lieder
sind so important für die Entwicklung jedes Kindes. Und sie
machen good mood. Kennen Sie eines?"
Der Mann, vor dem sie stehen blieb, zuckte zurück und
schüttelte den Kopf.
„No? Das glaube ich nicht. Come on. Alle Vögeln sind schon
da … Let's go!"

Mehrere Anwesende lachten. Einer rief: „Es heißt Vögel, nicht vögeln!"

Blitzschnell war sie bei ihm. „Du kennst es also." …

Rose schreckt hoch, als jemand sein Tablett auf ihrem Tisch abstellt.

„Ich sehe, Sie haben wieder Appetit bekommen. Darf ich?"

Die Hauptkommissarin nickt. „Sicher, setzen Sie sich, ich bin sowieso fertig."

Die Bishop hat sich am Buffet auch für die Suppe entschieden. „Was hast du da eben Lustiges gesummt?", fragt sie und versucht dabei, die langen Nudeln von ihrem Löffel in den Mund zu balancieren.

Rose war nicht bewusst, dass man das mithören konnte. Sie wollte sich anhand der Melodie den Text von ‚Hey, Pippi Langstrumpf' in Erinnerung rufen, früher Charlys absolutes Lieblingslied. Rose wird rot.

Olivia Bishop bemerkt das sehr wohl, aber statt aufzutrumpfen schiebt sie ihre Wasserflasche über den Tisch. „Dir war die Suppe zu scharf, trink was."

Hauptkommissarin Gebhard greift den Ball nur zu gern auf. „Nicht die Suppe ist scharf, aber ich bin scharf darauf zu erfahren, wie Sie da wieder raus kommen wollen, Professor."

Die üppigen Lippen der Seminargeberin verziehen sich zu einem Grinsen. „Do I have to get out?"

„Na ja. Wir sind alle Polizisten. Sollen wir jetzt auf die Straße gehen und jedes Mal, wenn uns jemand abknallen oder niederstechen will, ein Lied singen?"

„Warum so aggressiv, Darling? Aber lassen wir das beim Essen. It's not good for the stomach."

„Okay, Sie sind der Boss. Anderes Thema. Wo haben Sie so gut Deutsch gelernt?", will Rose wissen und beobachtet die Frau beim Essen. Ihr Shirt ist voller Suppenspritzer und an ihrer rechten Wange klebt ein kleines Stück Nudel. 'Die schlingt wie Paul, oder nee, eigentlich mehr wie Eisele.' Sie muss unwillkürlich lächeln.

Die Professorin lächelt breit zurück. „Bin in Heidelberg geboren und gewachsen. Mein Daddy war GI und hat sich in ein blondes Mädel verliebt. I look like him." Sie zieht eine Grimasse und futtert weiter. „Mmm, that's good! Kochen können die Deutschen … Als er zurück musste, um irgendwo anders Krieg zu spielen, hat er Mom und mich in die USA mitgenommen. We never saw him again." Sie hebt den Teller hoch, schlürft die restliche Suppe aus und setzt ihn mit strahlender Miene wieder ab. „That was german like, wasn't it? … Okay, ich hatte Gluck, bekam ein Stipendium für die Medical School at Harvard. But, der Neckar hat mir gefehlt. So I came back to my roots and finished in Tubingen with Psychiatrie and Psychologie, jetzt sesshaft bei München, verheiratet mit einem Schwaben, drei Babys, so black as me. Enough characteristics? Du lachst so, hab ich da was?" Die Bishop wischt sich mit der Serviette gleich das ganze schokoladenbraune Gesicht, die Nudel verschwindet in ihrem dichten, dunklen Haaransatz, dann steht sie auf. „Well. I'm finished. Would you help me now?"

„Äh, ja klar." Die Kommissarin ist völlig baff, stapelt schnell Tabletts und Geschirr aufeinander, räumt 'german like' alles auf und folgt der ihr immer wunderlicher werdenden Person. Im Flur packt sich die Professorin einen Stapel 'Monopoly' und bedeutet Rose, den zweiten mit 'Mensch ärgere dich nicht' zu übernehmen. 'Jetzt sind wohl Spiele dran? Fehlt nur noch Gruppenkuscheln. Die werden dich lynchen!'

Roses skeptischer Blick entgeht der scharfsinnigen Olivia nicht. 'Nobody. For shure!, soll das muntere Kopfnicken wohl bedeuten?' Rose bezweifelt es.

• • •

„Frau Nägele, s tut mir echt leid, wenn Sie hend warte müsse. Aber der Mord … und dann au no en läschtige scheiß Umweg! Wo isch ihr Ma eigentlich?" Kommissar Eisele wirkt etwas abgehetzt, als er endlich zurück im Büro ist.

„Der Bernhard lässt sich entschuldige. Er ka it herkomme." Plötzlich kullern Tränen über ihre Wangen. „Der Xaver", schluchzt sie steinerweichend, „mei Sohn isch koin schlechter Mensch."

„Kreuzberg, hasch mal e Tempo?" Die Mitleidsmasche kann er nicht besonders leiden. „Deim Gsichtsausdruck nach it. Da unte, in der Schublad von der Chefin sind immer welche." Jetzt ist kriminalistischer Scharfsinn gefragt. Welche Schublade? Aber ein echter Berliner wird irgendwann fündig. 'Sowas von ubholfe han i ja no gar it gsähe. Wie der des Päckle …' – „Ja, mir brauchsch s it gäbe! Heul i vielleicht?!", donnert er das Bürschle an.

Die Bäuerin schnäuzt sich ausgiebig. Eisele wartet, dass sie endlich damit fertig ist.

„Wie kommet Sie da drauf, dass mir … I, ich, natürlich ermittle ich in alle Richtungen, und ihr Sohn isch verschwunde, des beschtimmt it grundlos."

Große, wässrig blaue Kuhaugen mustern böse ihr Gegenüber, soweit große, wässrig blaue Kuhaugen böse gucken können. Dann geht ein Schauder durch Frau Nägele. „Zwei Woche hab i mei Kind nimme gsähe. I wär nie auf die Idee komme, dass er sich oifach unser Auto schnappt und abhaut. Gut, des Mädle war schwanger und mei Ma hat die boide belauscht, wie se s dem Xaver gsagt hat. Der Bernhard war außer sich. Er hat die Bine vom Hof gjagt und den Xaver mit m Häge[5] verprügelt. Am nägschte Morge war der dann weg.

---

5 Prügel aus getrockneter, zusammengedrehter Bullenpenishaut zum Züchtigen von Ochsen

Mei Sohn hat noit e mal de Führerschein, bloß mit m Träcker konnt er fahre, han i glaubt. Aber, nachdem des Auto au weg war …?"

„Dann sind Sie gar nicht sicher, dass er den Wagen jenommen hat, wa?"

Die Frau sieht den jungen Mann verständnislos an. „Doch, scho. Wer sonscht?"

„Kreuzberg, i führ hier die Vernehmung!"

„Aber Chef. Det könnte doch bedeuten, det der Junge … Na ja, ik meen ja nur."

Ein vernichtender Blick bringt den jungen Kollegen zum Schweigen.

„I kann mir gut vorschtelle, dass koiner von der Schwangerschaft begeischtert war, aber … Frau Nägele, i hab Sie gestern Abend kurz belauscht, wie Sie im Stall mit Ihrem Ma gschtritte hand. Wieso nennt er die Schäpperle-Fraue Hexe und Hure?"

Leise vor sich hin flennend muss die Bäuerin gestehen: „So genau woiß i des au it." Dann rappelt sie sich auf. „Aber des hat doch nix mit dem Xaver z tue! I glaub, i will jetzt hoim."

„Glei. Saget Sie mir bloß no, ob die Sabine deshalb des Hexekoschtüm a ghabt habe könnt."

„Des geht mir jetzt z weit. I gang."

Die Tür schließt sich gerade hinter Frau Nägele, da klingelt das Telefon.

„Soll ikke?"

„Ja, mach." Eisele denkt angestrengt nach. 'Die Koschtümfrag müsset mir unbedingt kläre!'

Kreuzbergs Worte lassen ihn hochschrecken. „Chef, für dich. Ik globe, dein Kollege ist dran."

• • •

„Gift also! Wie? … Ja, hab´s mir aufgschriebe. Danke Paule. Aber ich hab dir doch des Büchle bracht. Warum isch dann d Zeit so fad, dass du den Narrischen da anrufe muscht? … Was? … Scho. I denk, der hat sich von seiner beschte Seit präsentiert … Noi, mir isch nix erschpart bliebe … Wieso lachsch jetzt? Egal, i muss weiter ermitteln. Genau, des Buch isch ein Knaller, i woiß." Eisele wirft wütend den Hörer auf.

„Kreuzberg, du kannscht doch google. Rodentizid hoißt des Zuigs." – 'Der glaubt wohl, i schaff des it alloi!'

Dann wählt er die Nummer der KTU. „Gibt´s was von dem Häs? Wie? … Ihr seid unterbesetzt. Was interessiert mi der Umzug! Machet! Da waret Schpure in der Maske. Und was isch mit der Nummer? … Koine? Blöd! … Gut. I wart auf de Rückruf!"

Eisele ist jetzt bockgrätig. Der strubbelige junge Mann schreibt gerade neben Sabines Namen Rattengift, als Charly ins Büro kommt.

„Rattengift? Das ist ja so was von fies." Sie lässt die Bonbons aus ihrer rechten Hand einfach auf den Boden fallen und ballt eine Faust.

„Hat man in ihrem Magen jefunden." Kai legt den Filzstift zur Seite und beide starren abwartend zu Kommissar Eisele, der grübelnd an seinem Schreibtisch sitzt.

• • •

Der hellbraune Ford schlängelt sich durch die verschneite Landschaft. Eisele fährt langsam, denn sein Ziel und die noch nicht gestellten Fragen sind unangenehm. Als der Schäpperlehof vor ihm auftaucht, holt er tief Luft.

Die Rothaarige ist gerade damit beschäftigt, Holz zu hacken. 'Au des no, e Axscht in der Hand.' Er löst umständlich den Gurt, öffnet die Fahrertür und nähert sich der Frau.

„Sie wollet zur Gisela? Ungünschtiger Augenblick. I hab ihr ein schtarkes Beruhigungsmittel gschpritzt. Sie schläft jetzt hoffentlich."

„Noi, it unbedingt. Vielleicht wisset Sie ja, wo die Sabine an dem Abend hin gehe wollt."

Die Axt sinkt zu Boden. „Die Bine? Ja, scho. Da war ein Faschingsball in der Schul. I hab ihr des Koschtüm gnäht und se gschminkt. Wie e richtige Prinzessin hat se ausgesähe."

Eisele steht etwas unbeholfen mitten auf dem Hof und zückt sein kleines Notizbuch. „Die Schule, in die sie gange isch? Und wann war des mit dem Schminken? Ich will den Zeitablauf genau rekonstruiere." Er bemüht sich, hochdeutsch zu sprechen, weil das was Professionelles hat.

„Ja … und so ugfähr um fünfe. Die Gisi hat sie dann hin gfahre." Die Axt schlägt wieder auf Holz.

„Und Sie habet nicht bemerkt, dass des Mädle net heim komme isch? Wann sollte sie denn zurück sein?"

Monika Schäpperle muss nicht überlegen. „So um elfe rum. Der Vater von einer Freundin wollt sie mitnehme. Da sind mir Erwachsene scho längscht im Bett. Die Kühe müsset früh gmolke werde. Aber d Bine hat schulfrei ghet. Da kommt's auf e paar Minute it a."

Er schreibt sich alles auf, blättert zurück, dann wieder vor. „Sie fraget gar it, wie des Kind umkomme isch."

Traurig schaut Frau Schäpperle dem Kommissar in die Augen. „Will's gar it wisse. Alloi die Vorschtellung, dass ebber ihr weh due hat, isch so schrecklich für mi!"

Es hilft alles nichts. Er muss die Fragen, die ihn so quälen, stellen. „Warum hat sie ein Häs von den Buchhornhexe a ghet?" Die Axt schwingt nach oben.

„Der Bernhard Nägele … Sie kennet doch den Vater vom Xaver?" Ein abgespalteter Holzscheit fliegt Eisele um die Ohren.

„Was wollet Sie eigentlich von uns?" Bedrohlich hebt die
Frau ihre Axt jetzt in Eiseles Richtung. „Bisch Du au so
oiner, der uns bloß schlecht mache will? Hau bloß ab!!"
Er duckt sich schnell, der Notizblock landet in einem Haufen Kuhscheiße. Dem Kommissar schwant seine lächerlich
devote Position - 'I bin doch die Polizei, du gschuggte Henn!'
- und er rappelt sich hoch. Seine feuchten Hände fahren
hektisch am Mantelstoff entlang, suchen nach den sicheren
Taschen.
„Noi. Beruhiget Se sich bitte!" fleht Eisele fast. „I will doch
nur wisse, warum ihr euch gschtritte hand. De Näge und Ihr.
Isch doch so?"
Riesige grüne Augen funkeln ihn an. Ein buschiger, roter
Zopf wippt gefährlich hin und her. Nur die erstickte Stimme
passt nicht zum Erscheinungsbild einer Amazone.
„Seit mei Bruder tot isch, habet mir kei Ruh mehr vor dem.
Und jetzt, verpiss di!"
Wie wenn der Teufel hinter ihm her wäre, fährt Kommissar
Eisele davon. Erst bei einem Forstweg biegt er ein und
notiert auf dem übel riechenden Block: 'Wann und mit
wem hat das Opfer die Party verlassen? Wann und woran ist
Sabines Vater verstorben? Nägele?'

• • •

„Ja was isch jetzt au des?", schimpft Eisele vor sich hin. Auf
seinem reservierter Parkplatz, eigentlich ist es ja der von
Hauptkommissarin Gebhard, steht ein sonderbares Vehikel.
Es sieht aus wie eine große schwarze Wanne auf Rädern, hat
einen Henkel und an den Seiten ist das Emblem der Stadt
Buchhorn abgebildet. „Sakradi!"
Fluchend fährt er zweimal erfolglos um den Block und stellt
das Auto dann einfach auf dem Bürgersteig ab.

Vor dem Präsidium stehen große Gruppen eindeutig geklei-
deter, zumeist rauchender Leute und johlen laut: „Buch!
Horn! Buch! Horn!"

Der Kommissar drängt sich durch die Menge und sieht
bereits durch die Glastür, dass es auch im Innenraum nur so
wimmelt von diesen unheimlichen Gestalten.

„It schubse, sonscht kommsch in unsern Wage!" Der Riese,
mit dem der etwas zu kurz geratene Eisele zusammenge-
prallt ist, deutet auf das Gefährt auf dem Parkplatz.

„Eich ghört des also! Sei bloß it frech, sonscht lass i s ab-
schleppe und s gibts e saftige Geldschtraf! So, und jetzt lass
mi durch. I glaub, i schpinn!"

Das ganze Gebäude ist ein Tollhaus. Überall wird 'Buch-
Horn' gerufen und gelacht.

„Grrrrrrrrr." Der Ton dringt hinter der Maske hervor,
die sich vor Eiseles Gesicht schiebt. „Grrrrrrrrr." Er wird
hochgehoben, in die Luft geworfen und als er wieder Boden
unter den Füßen hat, im Kreis gedreht. Dann landet er an
einer ausgepolsterten, rotschwarz karierten Brust, die ihn
fest an sich drückt.

Mit einem heftigen Tritt gegen das dazugehörige Schienbein
kann er sich befreien, wird aber noch von mehreren Händen
kräftig verstrubbelt. „Grrrrrrrrrrrrrrrrrrr."

• • •

Total verschwitzt und mit hochrotem Kopf wirft er die Tür
hinter sich zu.

„Kreuzberg, mir sind feindlich übernomme worde. I glaub,
daran bin i schuld!?"

„Ja Chef. Übrijens, die Herr Hexe da will zu dir, wa."
Der Hexenmeister reicht Eisele lächelnd die Hand. „Herr
Kommissar, deim Aussähe nach zu urteile, hasch bereits

Bekanntschaft mit meine Zunftmitgliedern gmacht. Ihr wolltet uns schpreche? Da sind mir."

„Scho. Aber so gwaltig han i mir des it vorgschtellt!"

„Alle oder koiner! Ich hab e Lischte mitbracht. Wie gsagt, fehle tut niemand an so me herrliche Tag wie heut."

„Herrlich, aha!" Otto Eisele schnappt nach Luft. „I glaubs ja, schtell mer aber grad vor, älle würdet so en vorbildliche Einsatz bei de Ermittlunge bringe! Da müsste mer schee zamm rücke … Zersch ruf i jetzt mal bei de Uniformierte a, die sollet des Ganze prüfe. Und dann brauch i en Kaffee. Trinket Se oin mit?" Auf seinen Wink macht sich der Praktikant an der Maschine zu schaffen und Eisele reißt den Hörer von der Gabel. „Kollegen, Großeinsatz! … Noi, it mit Blaulicht. Hier, bei mir im Haus. Hexe vernehme. Aber dalli, sonscht krieg i d Krise!!!"

• • •

Der Besucher trägt Bastschuhe, rote Strümpfe und lange, weiße Hosen mit Spitzenbesatz. Sein Reisigbesen lehnt gegen den Schreibtisch, die eindrucksvolle Holzmaske liegt auf einem Stuhl daneben. Mit der Kaffeetasse in der Hand betrachtet er sorgfältig die Fotos des toten Mädchens. „I kann nix entdecke, das zur Herkunft der Maske oder des Koschtüms Auskunft gäbe könnt. Aber mir führet Protokoll. Des hab i mir inzwische a'gesähe und musste leider feschtschtellen, dass vor zehn Jahr in unser Kleiderkammer eibroche worde isch. Seitdem fählet tatsächlich mehrere Utensilien, die zu unserem Häs ghöret, darunter au e Maske."

„Des isch ja interressant! Wisset Sie, wem die ghört hat?"

„Ja, dem Christian Müller. Der war bis zu seim Tod Hufschmied in Kluftern."

„Tot also. Woisch da was näheres?"

53

„Noi. Bloß, dass es damals niemand gäbe hat, der sein Erbe in der Narrezunft antrete wollt. Also wurdet seine Sachen bei uns aufbewahrt. Aber des ergibt doch koin Sinn? Wer könnt Interesse daran han, die so lang zum zu horte?"

Der Chef der Buchhornhexen stutzt und greift, als gäbe er damit den Beweis, zu seiner eigenen Maske. „Des Ding isch einiges Wert. Sie wird aus einem Stück gschnitzt, da hätt me sicher einen Käufer finden können, aber die Kleidung …?"

Kreuzberg und Eisele starren wie gebannt in zwei hölzerne Augenhöhlen.

„Äh, ja, danke. Hasch uns sehr geholfen, des wär alles für heut, danke. Die Schlussfolgerunge zieh allerdings immer no i! Jetzt rücket bittschön alle mitenand wieder ab und vergässet bloß eier komischs Gefährt it."

• • •

Endlich ist Ruhe eingekehrt!

„Mensch, des war ebbes. I muss schnell mei Karre auf de Parkplatz schtelle, sonscht schleppet die se no ab. Sag mal, was hasch du eigentlich rausgfunde bei der Zeugebefragung?", fragt der Kommissar, die Türklinke bereits in der Hand.

Kreuzberg, der ihm ungewohnten Sprache immer noch nicht so richtig mächtig, hatte große Mühe, dem vorangegangenen Gespräch zu folgen. Eisele, dem sein weit aufgerissenes Maul auffällt, versucht es auf Deutsch: „Zeugen. Ich hab dich doch losgschickt …"

„Oh Jott, ja. Det war jar nich so einfach, wa. Niemand hat wat jehört, jesehen, oder war da, bis auf eine alte Dame. Ik musste ihre Einkäufe in die dritte Etage schleppen, dann hat sie mir erst erzählt, da wäre im fraglichen Zeitraum ein Jehämmer jewesen. Sie dachte aber, die Nachbarn wären wieder mal bei der Sache. Du weest schon, Chef. Det Bett würde immer solche Jeräusche machen."

„Ah? Okay. Apropos einkaufen. Überleg dir mal, was mir heut Abend kochet. Des bsorgsch du nachher und dann fahret mer hoim."

Während Eisele sein Auto umparkt, klingelt das Telefon im Büro. Dem Kriminaltechniker fällt ein Stein vom Herzen, als ein ihm fremder Mann den Hörer abnimmt und nicht dieser immer nur nörgelnde Kommissar. „Einige DNS-Spuren konnten wir mit dem Haar des Mädchens abgleichen, es sind aber noch weitere vorhanden. No Match bisher. Bei den Schminkrückständen verhält es sich ebenso. Sagen Sie das Ihrem Chef. Schönen Abend noch."

• • •

„Wie heißt det noch ma, wat die nette Verkäuferin mir empfohlen hat?", fragt der Berliner und schiebt sich die nächste Portion gierig in den Mund.

Eisele legt belustigt seine Gabel zur Seite.„Herrgotts Bscheisserle."

„Wat??"

„Herrgotts Bscheisserle halt. Da z mal hat der liebe Gott gsagt, am Freitag derf me koi Floisch esse. Bloß, d Schwabe sind findig. Die hand s Floisch im Nudelteig verschteckt. Heut hoißt des oifach abgschmeltze Maultasche und isch nimme so schpeziefisch, ghört aber, außer Kässchpätzle oder saure Linse unbedingt zur schwäbischen Küche. Schmeckts?"

„Fast so gut wie unsre Berliner Currywurst", bekommt er von einem genüsslich schmatzenden Kai Polankowitzek zur Antwort.

„Oha. Da scheidet sich aber die Geischter. D Chefin sagt

immer, die Currywurscht in Köln isch die bescht? Egal, war
en guter Tipp von dere Metzgersfrau, wenn it so arg viel
Zwieble dran wäret. Da muss i immer furze", bekennt sich
Otto Eisele und gibt gleich darauf unmissverständliche Töne
von sich.

„Dann schenk uns ma einen Verteiler ein. Ik kümmer mir
ums Jeschirr."

Bummsatt und hocherfreut über den Fleiß seines Gastes
reißt Eisele das Fenster auf, lüftet 'gscheit' durch, schließt es
wieder, furzt erneut und holt voller Vorfreude eine Flasche
Obstler und zwei Gläser aus dem Schränkchen. „Kreuzberg,
wo bleibsch denn???"

Das Kaminfeuer prasselt, als Kreuzberg, er hat sich inzwischen an diesen Namen gewöhnt, in das gemütliche, kleine
Wohnzimmer kommt. „Du spielst Schach, Chef?" Er lässt
sich in einen bequemen alten Sessel sinken und deutet auf
den kleinen Beistelltisch neben der Tür. „Wie wär et mit ner
kleenen Partie?" Im Laufe der Nacht stellt sich heraus, dass
der junge Mann ein echtes Talent ist.

• • •

Samstagabend und Rose kann nach all dem Gehörten und
fast hautnah Erlebten nicht einfach so schlafen gehen. Sie
duscht lange heiß, wirft sich im hoteleigenen Bademantel
aufs Bett und schaltet den Fernseher ein. Im Ersten läuft
schon ein Krimi, dem Dialekt nach, aus Franken. „Nee,
heute nicht." Das Zweite bringt eine amerikanische Action-
Komödie, und das Dritte? Eine schon ins Alter gekommene,
völlig überschminkte Moderatorin gibt den Ratschlag:
„Wenn Sie jetzt sofort Ihre Ernährung umstellen und auf
sämtlichen Industriezucker verzichten, dann garantiere ich
Ihnen ..."

Rose drückt wütend den Ausknopf. „Ich bin kerngesund und werde hundert Jahre alt! Allerdings ohne Garantie für meinen psychischen Zustand."

Oberstaatsanwalt Weller hatte auf diesem Seminar bestanden, sonst wäre sie jetzt nicht hier in dem Kaff und würde sinnlos singen, spielen, weiß der Teufel, was sonst noch. 'Packen und verschwinden!', kommt ihr in den Sinn. 'Brauch ich wirklich eine Olivia Bishop, die mir verklickern will, dass unsere Jugend im Gegensatz zu früher 'unbemuttert' aufwächst, seelisch verkommt und deshalb straffällig wird? Und früher war alles besser? Was soll das?! Was ist mit Krieg, Wiederaufbau, Verzicht, Kinderarbeit? Okay, das kenne ich auch nur aus Erzählungen, aber … Im Gegensatz dazu geht's uns heute doch richtig gut. Allerdings, Zeit spielt schon eine große Rolle. Zeit, ja. Niemand hat mehr Zeit, ich auch nicht, wie denn?' Sie wälzt sich unruhig hin und her. 'Bin ich eine gute Mutter? Kennt Charly eigentlich die alten Kinderlieder? Wann haben wir zuletzt …? Weiß Olivia etwa einen Ausweg, verkümmerte Kinderseelen zu retten? Wie sieht unsere Zukunft aus, wenn jeder Tag ein Kampf ums Überleben ist und jeder sich nehmen muss, was er braucht, um nicht auf der Strecke zu bleiben? Haben wir überhaupt eine Zukunft? Dieser Kollege da mit dem Einwand, seine Frau sei eine miese Verliererin. Hat er da vielleicht von sich selbst gesprochen? Die Männer betrifft das doch auch! Und was war nochmal die Antwort darauf? Man kann lernen, mit Niederlagen im Leben umzugehen und frühes Spielen bereitet uns darauf vor?!? Spielen sei eine Tätigkeit, die man nicht ernst genug nehmen kann, laut diesem Jacky Cousteau. Wer zum Kuckuck ist das? Vielleicht erfahre ich das ja morgen …' Dann springt sie verzweifelt auf, „das blöde Ding kratzt!", und sucht im Koffer nach ihrem weichen Pyjama. Da klopft es an der Tür.

Ein riesiges Kaninchen mit schokobraunem Gesicht und rosa Puschen an den Füßen steht davor. Dieser Anblick hätte jeden umgehauen.

„Well. You don't look amused to see me. May I come in?"

„Aber ja doch. Kommen Sie rein, Professor, bevor noch jemand auf Sie schießt!"

Das Kaninchen drückt sich an Rose vorbei und hüpft zielstrebig auf die Minibar zu.

„I need more Whisky. Meine Bar ist empty." Olivia Bishops Hintern wackelt lustig hin und her, während sie sich bückt, um zwei Gläser zu befüllen. Eins reicht sie der verblüfften Frau mit dem offenem Mund und den weit aufgerissenen Augen.

„Entspann dich, Darling. Es ist doch Fasching und das Kostüm haben mir meine Kinder geschenkt. Sie lieben es zu spielen und sich zu verkleiden. But, german people are difficult, das habe ich heute mal wieder erlebt. Chears!"

Rose greift sich wortlos das Glas, kippt es in einem Zug, merkt, wie ihre Beine nachgeben, und plumpst aufs Bett.

„Ich trinke keinen Alkohol."

„Never?" Olivia zeigt ihre weißen Zähne. „Okay. Sicher gibt es da auch Milch. Kühe habe ich schon gesehen. Los, zieh dir was an, wir gehen auf eine Party. Die anderen warten sicher schon."

„Party? Nein, ich ... Was für eine Party?", lallt Hauptkommissarin Rosemarie Gebhard entgeistert. „Bin nicht in der Stimmung. Und zum Ausgehen hab ich auch nichts dabei."

„Don't worry." Die Professorin zaubert eine rote Gumminase aus einem Versteck in ihrem Plüschanzug und strahlt jetzt noch mehr. „Hurry up, we are late!"

• • •

Vor dem Hotel hat sich eine kleine Gruppe von Kommissaren aus ganz Deutschland versammelt. Seltsamerweise tragen alle die gleichen roten Nasen, wie Rose sie von Olivia Bishop bekommen hat. Nüchtern scheint die eine oder andere Person auch nicht mehr zu sein. Gemeinsam stapfen sie jetzt über den verschneiten, von Fackeln erleuchteten Weg hinüber zu einer großen Scheune. Einige von ihnen versuchen es sogar mit Faschingsliedern.

Drinnen ist alles mit bunten Lampions und Luftschlangen dekoriert, eine Band spielt Disco-Fox, Hotelgäste und Einheimische tummeln sich auf dem Tanzboden oder an der aus Heuballen errichteten Bar. Es riecht nach Sauerkraut und Bier, das Licht ist gedämpft, die Stimmung schon recht ausgelassen.

Völlig überrumpelt und befremdet bleibt Rose etwas abseits stehen und beobachtet Olivia, die sich in ihrem Kaninchenkostüm mit einem Hauptkommissar aus Freiburg auf die Tanzfläche begeben hat.

Sie gewöhnt sich langsam an den Lärm, bestellt ein Spezi und Bockwurst mit Kraut, schlägt eine Aufforderung zum Tanz aus, nimmt die zweite eines Indianers an und lässt sich im Kreis drehen, bis ihr schwindlig wird.

„Sorry, ich muss an die frische Luft!", schreit Rose ihrem Tanzpartner ins Ohr.

„Soll ich mit kommen?!"

„Nein, geht schon! Ich brauch nur eine kurze Pause."

Draußen ist es angenehm still, der Himmel sternenklar, die kalte Luft tut gut. Rose ist todmüde, will aber kein Spielverderber sein. Also stürzt sie sich zurück ins Getümmel. In der Scheune ist inzwischen die Hölle los. Alle grölen und fuchteln dabei wild mit den Armen.

„Die Hände zum Himmel, komm lass uns fröhlich sein, wir klatschen zusammen und keiner ist allein. Und dann die

Hände zum Himmel ..."
Noch vom Scheunentor aus muss Hauptkommissarin
Gebhard entsetzt zusehen, wie ihr Tanzpartner etwas aus
einem Fläschchen in ihr Speziglas kippt und dann seine
Hand verstohlen in die Hosentasche steckt.
Wut schnaubend bahnt sich Rose einen Weg über die
Tanzfläche und sucht in der Jacke, leider umsonst, nach
ihrem Dienstausweis, der mit allen anderen Papieren auf
dem Nachtkästchen liegt.
„Okay, dann halt ohne!" Sie schlingt von hinten einen Arm
um den Hals des kriminellen Subjekts, nimmt ihn in den
Schwitzkasten und schreit: „Kripo! So, Freundchen. Nimm
mal schön die Pfoten aus den Taschen und über den Kopf.
Oder ich lynch dich an Ort und Stelle!"
Einige Gäste in der Nähe werden aufmerksam, jemand packt
den Mann und schlägt ihm mit der Faust ins Gesicht. Grelles
Licht flackert auf, die Musik verstummt.
Hilflos am Boden liegend, umringt von Schaulustigen, hält
sich der Indianer mit beiden Händen seine blutige Nase.
Wimmernd gesteht er: „War doch nur ein Obstler. Reine
Medizin für den Kreislauf. Die Frau da hat sich nicht wohl
gfühlt. Aua."
Da stieren alle Rose an. „Ah so??"
„Ja wenn das so ist."
„Mach mal einer das Licht aus! Grässlich hell hier."
Niemand interessiert sich mehr für den Vorfall, der ja
glimpflich ausgegangen ist. Keine KO-Tropfen, also was
soll's?! „Stimmung!!"
Das Licht geht aus, die Band spielt weiter. Menschen schun-
keln wieder Arm in Arm. Und Rose plagen Gewissensbisse.
Sie reicht dem Indianer ein Taschentuch, dann versöhnlich
ihre Hand und zieht ihn hoch. „Ich habe überreagiert, tut
mir sehr leid. Aber Alkohol ist auch keine Lösung."

Er sieht nur grimmig auf seine abgebrochenen Federn und flüchtet in Richtung Toiletten …

Die Schlägerei zu später Stunde verpasst die Kommissarin. Sie hat nach dem peinlichen Vorfall das Fest verlassen und träumt, während die Scheune verwüstet wird, von einem großen, weißen Hasen mit schokobraunem Gesicht und rosa Puschen hoch oben auf einem großen weißen Schiff voller Konfetti, bunten Ballons und Luftschlangen, das über eine Schneepiste auf sie zubrettert! Vor dem Aufprall zieht sich Rose die Bettdecke über den Kopf. Dann wacht sie schweißgebadet auf.

Rosensonntag –
Gselchtes und eine Ladung Schrot

Maskierte Gestalten haben ihn entführt. Er liegt zitternd im Dunkeln, es riecht muffig. Plötzlich blitzt eine Messerklinge auf. „Di wollet mi bei lebendigem Leib aufschneide? Hilfe!!", murmelt Otto Eisele und wirft sich angstvoll auf die andere Seite. Dort findet ein Kampf auf Leben und Tod statt. Besen fliegen durch die Luft … Er nimmt ein Licht wahr … und dann dieses stolze Weib mit der überdimensionalen Brust, die ihn rettet!

Auch er hat nur geträumt.

„Schad. Die war Klasse", gesteht Eisele und reibt sich den Schlaf aus den Augen.

Ein sehnsüchtiger Blick aus dem Fenster nach vielleicht doch vereinzelt herumfliegenden sexy Hexen genügt ihm.

„Kreuzberg! Aufschtande, s hat scho wieder gschneit! Und trag mer nachher ja it de Baaz[6] nei. S isch butzt!", brüllt er hernach enttäuscht durchs Treppenhaus die Stiegen hinauf, nimmt seine Bildzeitung aus dem Briefkasten und verschwindet in der warmen Küche.

Fast eine Stunde später klopft Kai mit roten Ohren und triefender Nase seine Schuhe auf der Matte ab und zieht sie dann im Flur aus.

„Ik rieche Kaffee." Er reibt die klammen Hände aneinander, folgt in Socken dem Duft und setzt sich auf die Eckbank.

„Kater hat sich im Übrigen vom Acker jemacht. Ik globe, der hat ne Freundin. Schwarzweiß, saß neben dem Schuppen und hat jewartet. Mmm, det hab ik mir jetzt aber verdient!"

„Oins musch der merke. Mei Katz isch abschtinent, des hat

---

6 Matsch

er von mir", erwidert Eisele bockig. Der Traum macht ihm noch zu schaffen. Aber dann linst er versöhnlich hinter seiner Zeitung hervor. 'I mag den Bue. Der hat ebbes.'

„Du hasch Marmelad an der Nas. Trödel it so, mir müsset jetzt ins Büro. Bei so em Fall gibt's koin Sonntag."

Der junge Mann hätte gerne noch ein wenig geplaudert und in Ruhe eine zweite Tasse Kaffee getrunken. Aber das schlägt er sich bei dem rauen Ton seines Chefs schleunigst aus dem Kopf. Er springt auf, stellt Tasse und Teller in die Spüle, da fällt ihm etwas ein: „Ach ja, da hat jestern Abend noch eener von die KT'ler anjerufen. Die fremde DNS sei in überhaupt keiner Datenbank zu finden, wa."

„Und des sagsch du mir ersch jetzt! Wieso gehsch du eigentlich an mei Handy?", fährt der Kommissar ihn an.

Kai Polankowitzek zuckt die Schultern. „Du hast so niedlich jeschlafen Chef, da wollt ik dir nich stören."

„Depp!"

• • •

„Wo mache mir weiter, oder wo fanget mer a?" Eisele steht wieder mal vor seiner Zeichnung. Er schreibt unter Sabines Namen: *verlässt Faschingsball wann? mit wem? warum?*

Ohne sich zu ihm umzudrehen beauftragt der Kommissar seinen Praktikanten: „Kreuzberg, klink di ins Archiv. I will wisse, wie der Schäpperle ums Läbe komme isch. Vielleicht findesch au was über den Hufschmied Müller aus Kluftern. Nägele?" murmelt er dann nur noch nachdenklich.

Zehn Minuten später sind sie genau so schlau wie vorher. „Schäpperle hatte einen Unfall mit seinem Traktor. Der Verursacher hat Fahrerflucht bejangen. Det war vor knapp zehn Jahren."

Eisele gießt gerade Roses Blumen auf dem Fensterbrett und

nickt resigniert. „Interessant, bloß it grad hilfreich. Und was
jetzt??" Der Blumentopf läuft über, Wasser rinnt auf den
Boden. 'War des z viel? Tschuldigung. Bin so in Gedanke.'
Da wird er jäh heraus gerissen.
Kreuzberg haut ungestüm mit der flachen Hand auf den
Schreibtisch. „Ik hab vielleicht wat! Im Protokoll steht, det
die Spusi damals am Unfallort blaue Lackpartikel sicher
jestellt hat. In der Auflistung der in Frage kommenden
Automarken ist auch Toyota dabei."
Dem Kommissar fällt prompt der Lappen aus der Hand, mit
dem er das Wasser aufputzen wollte. Er runzelt die Stirn.
„So langsam kommt mir des komisch vor." Eisele schnappt
sich erneut den Filzstift, verbindet drei Notizen auf seiner
Tafel und kommentiert: „Der Einbruch bei de Hexe, der Tod
von Sabines Vater … Alles vor ugfähr zehn Jahr. Toyota?
Nägele? Der Sach gange mer auf de Grund. Komm!"

• • •

Er hat kaum den Klingelknopf gedrückt, da reißt der Teufel
höchstselbst die Tür auf. „Na so was. Das ist aber eine nette
Überraschung. Rein mit Euch!" Charly schiebt sich die rote
Maske mit den kurzen Hörnern auf die Stirn.
„Mensch Mädle, musch du en alte Ma z Tod erschrecke?"
„Sorry, Otto, aber das ist mein Kostüm für die Party heute
Nachmittag. Ich kann's ja ausziehen, wenn du so schwache
Nerven hast. Ihr kommt übrigens genau im richtigen Mo-
ment. Sie kocht Kohlrouladen für eine ganze Armee. Ihr
habt doch Hunger? Oma!! Wir haben Gäste!" Ausgelassen
hüpft Charly durch den Flur. Unter ihrem rotseidenen
Cape, das sie über dem für Eiseles Geschmack etwas sehr
knappen, schwarzen Body trägt, wedelt ein langer Schwanz
mit buschigem Ende um endlose Beine, die in schwarzen

Netzstrumpfhosen und hochhackigen Stiefeletten stecken. 'Ob ihr Mutter des gut hoiße würd?' Eisele bezweifelt es. 'Na ja, i woiß it. Jung müsst me halt no mal sei!' Er reißt sich von dem hübschen Anblick los und gibt Kreuzberg einen Klaps auf den Hinterkopf. „Kasch d Gosch wieder zu mache!" 'Party' ist allerdings sein Stichwort. Ohne weitere Umschweife schubst er seinen Begleiter hinein, schließt die Wohnungstür und räuspert sich laut. Der Teufel hält inne und zieht die Augenbrauen hoch. „Isch was?"

„Kann i di vor m Esse kurz schpreche?"

Charlys Augen weiten sich. „Neuigkeiten? Wir gehen in mein Zimmer. Kai, du kannst schon mal den Tisch decken, Oma sagt dir, wo alles steht."

Mit ernster Miene öffnet sie eine Tür und zieht den Kommissar hinter sich her.

• • •

„Darf ik mir vorstellen, Kreuzberg." Er hat an der nur angelehnten Tür zur Küche geklopft und tritt jetzt ein. „Sie müssen Oma sein. Det duftet hervorragend, wenn ik det ma so anmerken darf, wa?"

Die ältere Dame am Herd sieht ihn lächelnd an. „Charly hat mir schon erzählt, was du für ein charmantes Kerlchen bist. Komm rinn, da müsst noch Kaffee in der Kanne sein. Essen ist auch gleich fertig. Und spar dir die Oma, Thea jenücht."

• • •

Im Mädchenzimmer ist es mucksmäuschenstill. Charly wischt sich ein paar Tränen aus dem Gesicht. Eisele legt kameradschaftlich einen Arm um ihre Schulter. „Sorry", schluchzt sie.

„Scho recht, Kind. Aber i glaub oifach, dass die Person, die dem Mädle des Gift verabreicht hat, bereits bei eurer Fete anwesend war. I will von dir ja au bloß wisse, ob du gsähe hasch, mit wem die Sabine gange isch, und wann des war."

„Lass mich nachdenken." Ihr Gesichtsausdruck verändert sich plötzlich. „Die größeren Schüler hatten Alkopops dabei. Das ist natürlich streng verboten. Ich kann mich erinnern, dass die Bine so was getrunken hat. Ja, genau. Ihr wurde übel, sie wollte frische Luft schnappen gehen. Dann …? Weiß ich nicht.

Ich glaub, ich hab sie danach nicht mehr gesehen."

Der Kommissar nickt ihr aufmunternd zu. „Denk nach. Des könnt wichtig sei. Hat des Mädle mit einer beschtimmte Person getanzt oder gschproche, i moin länger, oder isch dir sonscht no was aufgfalle?"

Sie schüttelt heftig den Kopf. „Nee, eigentlich. Das Blöde ist, dass wir alle verkleidet waren. Ich meine aber, da war ein Cowboy dabei. Ziemlich groß. An den hat sich Bine anfangs ran gehängt."

Eisele notiert 'Cowboy'. „Des müsst me vielleicht rauskriege könne, wer des war. Sonscht no ebbes?"

„Leider nein. Ich war selber mit einem 'Popeye' beschäftigt. Du weißt schon … Aber beim Knutschen ist es geblieben!"

Charly wird doch ein wenig rot im Gesicht.

• • •

Oma Gebhard hat sich mal wieder selber übertroffen. Charly war der Appetit allerdings vergangen, im Gegensatz zu Otto Eisele.

„Mir pfeift de Ranze!"

„Meiner ooch. Det Kraut hat et janz schön in sich. Aber jut war´s!"

Die beiden sitzen im Ford, Fenster vorsorglich einen Spalt offen, damit irgendwelche Lüfte, die ja menschlich sind, entweichen können.

„Kreuzberg, mir trinket jetzt en Schnaps. Und i woiß au scho wo."

Der Schäpperlehof wirkt verwaist. Kommissar Eisele muss kräftig mit dem Türklopfer hämmern, bis Sabines Mutter endlich, blass und zerbrechlich aussehend, die Tür auf macht.

„Sie scho wieder. Gibt's was Neues? Kommet se rei. I muss mi na setze, mir isch ganz doret[7]."

Er hat die Situation sofort im Griff. „Kreuzberg, stütz die Frau, sonscht fallt se wieder um! Isch Ihr Schwägerin it da?"

Gisela Schäpperle wankt, geführt von Kai Polankowitzek, ins Wohnzimmer, sinkt auf das Sofa und haucht mit zitternder Stimme: „Die Moni isch weg gfahre. Sie hat it gsagt, wo na."

Erleichtert atmet der Kommissar auf, denkt dabei 'mit dere isch nämlich it gut Kirsche esse', quetscht sich auf die Sofakante neben die Frau und holt wie gewohnt sein Büchlein aus der Manteltasche. „Sind Sie denn überhaupt in der Lage, mir ein paar Frage zu beantworte?"

Ihre Antwort ist kaum hörbar. „Sicher… Mei Kind … I will doch au … Würd Ihne gern was abiete, aber Sie sähet ja … I bin total fertig."

Seine Mundwinkel zucken nach oben. 'Des war doch e eindeutige Aufforderung?'

„Kreuzberg, drauße im Flur! Ums Eck schteht e Tischle mit Flasche."

Sein Assistent macht sich sofort auf die Suche.

„Krautwickel. Jeds mal des gleich Gschiss hinterher … Sie verschtandet scho?" Mit leidender Miene fährt Eisele plump

---

7 schwindlig

fort: „Also gut, Frau Schäpperle. Ihr Tochter war schwanger, und wie's aussieht, vom Xaver Nägele. Hand Sie des gwisst?"

„Nein!!" hallt es schrill durch das große Haus. „Nein, des isch it wahr! Des darf it sei!"

Kai Polankowitzek bekommt draußen einen Riesenschreck. Die Flasche rutscht ihm aus der Hand, er hechtet hinterher und schneidet sich an einem Schnapsglas, das neben ihm auf dem Steinboden landet und zu Bruch geht. Immerhin, die Flasche ist heil. Mit Hektik im Gesicht und einem Papiertaschentuch um den Finger stürmt der junge Mann ins Wohnzimmer. Er hört gerade noch Ottos gemütsarmen Kommentar: „Doch! S isch so."

Im Raum wird es für Sekunden ganz still. Dann folgt ein donnernder Furz, und ein eingeschüchtertes Wimmern.

Kai handelt sofort. Er reicht seinem Chef ein bis zum Rand gefülltes Glas. „Medizin, wa."

„Danke Kreuzberg. Du bisch mei Rettung." Eisele kippt den Schnaps in einem Zug und schüttelt sich. „Heiligs Blechle, der hat´s in sich!" Dann prescht seine vom hochprozentigen Alkohol angewärmte Zunge erbarmungslos vor: „No was: Wie war des da z mal mit dem Unfall von Ihrem Ma?"

Die Frau auf dem Sofa verdreht die Augen.

„Noi! It scho wieder! Kreuzberg, heb ihr s Glas unter d Nas. Schnell!"

In der Hoffnung, dass das helfen könnte, 'falle ka se ja jetzt it grad tief', setzt er auf alte Hausmittel.

Und tatsächlich. Ihr Atem kommt stockend zurück, wird kräftiger … Gleichmäßiger Puls setzt ein.

„Himmel, Arsch und Höll!", ruft der Kommissar erleichtert in jeder Hinsicht. „Guck e mal. Se schnauft scho wieder richtig."

Aber zu seinem Leidwesen fängt die Frau jetzt hysterisch an zu schreien: „Moni! Moni!! Moni!!!"

„It aufrege. Mir sind's." Eisele fächelt hektisch der verwirrt dreinschauenden Person mit einer Modezeitschrift, die auf dem Tisch lag, Luft zu.

„I hoff, s geht wieder. Alles okay?" Er spürt schwere Schuldgefühle und Schweiß steht auf seiner Stirn, während er weiter aufmerksam Gisela Schäpperles Puls fühlt. „Mir brauchet doch Antworte, um …"

Kreuzberg steht wie der 'Ochs am Berg' daneben, bis …

„Was isch hier los?! Gisi??"

Die Mähne der Rothaarigen verhüllt das blasse Gesicht ihrer Schwägerin, Tränen von beiden Frauen durchnässen das Sofakissen.

Hier kann er nichts mehr ausrichten, das wird Otto Eisele schnell bewusst. „Mir ganget ja scho. I würd aber gern no so e Fläschle von dem gute Schnaps kaufe."

Monika Schäpperle hebt kurz ihren Kopf aus der Umarmung, sieht hasserfüllt in seine Richtung und zischt: „Raus jetzt, sonscht …!!!"

• • •

„Chef, da war ein Schild. Fuffzig!"

„I woiß." Otto Eisele schlägt verärgert auf das Lenkrad ein. „Jeds mal gibt´s ein Desaschter, wenn i auf die Schäpperles treff. Des liegt doch it an mir, oder?"

Kreuzberg stützt sich mutig in der scharfen Kurve rechts und links ab. Kleine Schweißperlen bilden sich auf seiner Stirn, aber er lässt nicht locker. „Du warst schon mit dem Zaunpfahl durch die Tür, wa."

„Echt?"

„Jo."

Bockig schweigend tritt der Kommissar das Gaspedal durch. Um sich abzureagieren, fährt er einen Umweg, die

Landstraße fliegt nur so unter ihnen weg. Erst nach dem Schild 'Friedrichshafen Stadt' kommt er wieder zu sich, bremst ab und sagt völlig gelassen: „Mi nervt des halt oifach, wenn koiner raus duet. Die wisset was, des han i im Urin! Lang mal ins Handschuhfach. Charly hat mir e Lischte von de Schulkamerade und Sabines Freundinne gmacht. Lies mir die Adresse vor, dann klappret mer die jetzt der Reihe nach ab. Da war oine in Fischbach dabei, des woiß i no. Des isch hier glei ums Eck."

• • •

„Nielsen, da simmer richtig." Fluchend zückt er seinen Dienstausweis und klingelt gleich dreimal hintereinander. „Sie könnet ruhig streue, s isch arschglatt. Beinah hätt's mi na gschlage! Kommissar Eisele. Des isch mein Assischtent. Ich hab ein paar Fragen. Dürfe mer reinkomme?" Ohne auf Antwort zu warten, schiebt er sich an dem viel größeren, breiten Mann vorbei, der genervt von der Schellerei die Tür grantig aufgerissen hat.
Ungeachtet der muskulösen Oberarme seines Gegenübers schießt Otto Eisele gleich im Flur mit scharfer Munition. „Die Sabine Schäpperle isch tot, davon habet Sie beschtimmt scho ghört. Machet se ruhig die Tür zu, es isch saukalt! Laut Aussage der Tante wolltet Sie, Herr Nielsen, des Mädle am Donnerschtag Abend hoim bringe! Und??"
Mit zusammengekniffenen Augen beobachtet er den ihm, warum auch immer, vom ersten Moment an unsympathischen, weißblonden Typ.
„Jetzt mal langsam", wettert der andere, knallt die Haustür mit dem Fuß zu und baut sich vor seinem Besuch in ganzer Größe auf. „Sie sind wohl nicht ganz bei Trost, hier so mit zweideutigen Anschuldigungen reinzuplatzen?"

„War des zweideutig??", faucht Eisele sofort zurück. „I find des eindeutig verdächtig, dass des Mädle hernach maustot am Narrebaum hängt, obwohl se in Ihre Obhut gäbe worde isch … Also?"

Der Hausherr verliert sämtliche Farbe im Gesicht. Er senkt den Kopf, seine aufrechte Haltung verändert sich, wirkt jetzt eher gedemütigt. „Schrecklich, einfach schrecklich", Torsten Nielsens Stimme klingt kehlig. Er muss sich mehrfach räuspern, kann nicht gleich weitersprechen.

Dem Kommissar wird dieses heuchlerische Getue zu bunt. Er vermutet sogar einen ersten potentiell Verdächtigen in dem Typ, und mit solchen Individuen macht man seiner Ansicht nach kurzen Prozess. „Jetzt hat's dir d Schprach verschlage, gell. Die Sabine war hübsch, jung. Da konntsch it wiederschtehe. Pfui Teufel! I glaub, mir führet des Verhör auf m Präsidium fort."

„Was reden Sie da!!!", brüllt Nielsen plötzlich und hebt bedrohlich seine Fäuste. „Ich war das nicht!"

Eisele zückt unbeeindruckt Handschellen aus dem Hosenbund, reicht sie aber dann doch vorsichtshalber an den Assistenten weiter, der den Ermittlungen seines Chefs lernbegierig folgt. „Diesen Satz hab i scho hundertmal ghört. Kreuzberg, dei Chance. Zeig, was de kasch. Nimm ihn fescht!"

Kai Polankowitzek packt blitzschnell zu, wirft sich von hinten mit dem ganzen Körper gegen den gewalttätig erscheinenden Mann, tritt ihm in die Kniekehlen, bringt ihn zu Fall, verdreht seine Arme auf den Rücken und lässt zuschnappen.

Völlig überrumpelt von einem derartigen Überfall im eigenen Haus und diesen abartigen Anschuldigungen, wehrlos am Boden liegend, Kreuzberg rücklings, das Gesicht auf die kalten Fliesen gedrückt, gesteht der Mann stammelnd:

„Die Verantwortung … für das Mädchen lag … bei mir …
okay. Aber Theresa, das ist meine Tochter, sagte … der Bine
sei schlecht geworden … und sie wäre schon gegangen …
Ich hab ein Alibi."
Der Druck auf seinen Hinterkopf lässt etwas nach, sodass
die folgenden Worte besser verständlich sind. „Jaa, vielleicht
hätte ich ihre Mutter anrufen sollen und fragen, ob sie gut
nach Hause gekommen ist."
Das wiederum deckt sich mit Charlys Aussage.
Eisele löst die Handschellen nur ungern.
„Hm, schpäte Einsicht. Isch denn Ihr Tochter dahoim?"
Torsten Nielsen sitzt, den Rücken an die Wand gelehnt, im
Flur. Er traut sich kaum, die Stimme zu erheben, obwohl
ihm danach wäre. „Ja, sie macht sich gerade oben zurecht.
Ich sollte sie gleich zu einer Freundin fahren, die hat Ge-
burtstag."
„Des machet mir. Das isch die Gelegenheit, Personen von
unserer Lischte anzutreffe. Sie hand doch nix dagege?"
„Nein", der Mann schüttelt nur fix und fertig den Kopf. „Ich
sag ihr Bescheid, wenn ich darf."

• • •

Es kommt ihm wie eine Ewigkeit vor. Kommissar Eisele sitzt
alleine im Auto, friert jämmerlich, reibt seine kalten Hände
aneinander und schimpft abwechselnd vor sich hin: „Warum
dauert denn des so lang?" oder „Sind doch no Kinder. Mei
Mutter hat mir immer bloß mit m Lippeschtift rote Backe
gmalt."
Die Scheiben laufen langsam an.
Endlich öffnet Kai Polankowitzek, der auf Eiseles Anweisung
hin im Haus warten musste, die hintere Wagentür. Das
Mädchen steigt ein, er schließt die Tür wieder, setzt sich

neben seinen Chef. „Wir wären jetzt so weit, Chef. Dolle Maske, wa?"

Der Kommissar dreht stumm vor sich hin stierend den Zündschlüssel, gibt Gas und fragt erst, als die Heizung auf vollen Touren läuft und sie schon fast die Innenstadt erreicht haben: „Wo müsse mer eigentlich na?"

„Nach Jettenhausen", kommt zaghaft die Antwort von hinten.

„Scheiß! Des hättsch mer au glei sage könne." Ohne in den Rückspiegel zu schauen wechselt Eisele die Spur, heimst sich damit ein Hupkonzert und eine rote Ampel ein. „I han e Kind im Auto und kann it mit Blaulicht fahre, sonscht würd ich s Euch jetzt zeige!!"

Sein Assistent sieht ihn verwundert von der Seite an. Dann, als die Ampel gerade grün wird, traut er sich zu fragen: „Chef, du bist so anjefressen. Hat wohl damit zu tun, dass Nielsen unschuldig is, wa? Ik hab sowieso nich verstanden, warum jerade der."

„Halt dei Gosch!", brüllt der Kommissar seinen Assistenten an, geht in die Kurve und knirscht dann: „Doch it vor dem Kind."

Die rote Welle verfolgt ihn wie ein Fluch, verschafft ihm aber die nötige Verschnaufpause, um sein vorschnelles Urteil zu überdenken. 'Nielsen, pfff … beschtimmt en Fischkopf … der war auf jeden Fall suschpekt!'

Schon wieder muss er bremsen.

Auf der Straße am Riedlewald entlang, seine Insassen schweigen zum Glück eingeschüchtert, wagt er dann einen schnellen, vielleicht doch unsicheren Blick nach rechts und in den Rückspiegel. Eisele kann sein Glück kaum fassen. Neben ihm sitzt einer aus dem Osten und hinten eine Punkerin. 'De oine hat no nie e Haarbürscht gsähe und die ander braucht Schdunde, um so aus zum schaue. Was isch des für e verdrähte Welt?!'

. . .

Theresa Nielsen läuft aufgeregt auf Anna zu, schließt sie
in die Arme und gratuliert nur kurz: „Alles Gute zum
Geburtstag!" Dann berichtet sie stolz: „Stell Euch vor, die
Polente hat mich hergefahren. Cool, was?!"
Alle Köpfe schnellen in Richtung Wohnzimmertür. Dort
steht ein kleiner Mann im Mantel mit einem Notizbuch
in der Hand. Der Jüngere neben ihm, mit verstrubbelten
Haaren, entlockt ein paar der Mädchen einen tiefen Seufzer.
„Isch der süüüss!"
Wieder einmal ist es der Teufel, der Eisele jetzt fürchterlich
zusammen zucken lässt. Er springt ihn von hinten an und
hält ihm die Augen zu. „Otto, super Idee. Darauf hätt ich
auch kommen müssen."
„Heidenei. Charly, muss des sei?"
Kreuzberg hebt den Block vom Boden auf und lacht. „Dolle
Party, wir zwei beeden jehen hoffentlich als Miami Vice
durch?"
„Aber DU bisch de Neger!" Jetzt lächelt Otto Eisele sogar ein
wenig. Er geht auf Anna zu, die augenblicklich verängstigt
den Prinzessinnenstab sinken lässt, und reicht ihr die Hand.
„Mit den beschten Wünschen … Tut mir leid, wenn mir dei
Fäscht schtöret."
Ein wild aussehender Pirat kommt neugierig näher, schiebt
seine Augenbinde hoch und legt dem Geburtstagkind
schützend den Arm um die Schultern.
'Isch des jetzt der Freund, oder isch es bloß en guter
Freund?' Eiseles Blick trifft fragend auf Charly, die an seinen
Lippen hängt. 'Geht's in dem Alter scho los?'
Sie scheint ihn verstanden zu haben und nickt. 'Oh. Na
ja.' Er gibt sich geschlagen und verwirft kurzerhand seine
mittelalterlichen Vorstellungen.

74

„Also gut. Pass du auf dei Prinzessin auf. Aber richtig, sonscht kriegsch Ärger mit mir!" Am liebsten hätte Otto Eisele die Faust noch gegen den Piraten erhoben, um seinen Worten Nachdruck zu geben, aber Anna zittert plötzlich, der Junge drückt sie fest an sich und niemand kichert oder redet mehr.

Der Kommissar bemerkt eine innere Unruhe bei den Partygästen. 'Otto, da hasch wohl übertriebe.' Ganz verlegen fragt er: „Was isch auf e mal los, hats eich d Schprach verhagelt?" Daraufhin lächelt er und zeigt zwinkernd auf eine kleine Hexe im Hintergrund. „Du da. Isch die fette Warz auf deiner Nas echt? … Noi, woiß i doch, und der Ziegebart von dem Hippi im bunte Hemd nebe dir au it. Überhaupt: super Mäschgerles[8]! Ihr gfallet mir alle."

Dann endlich erklärt Eisele so behutsam wie möglich seine Anwesenheit. „Wir sind von der echten Polizei, au wenn mein Assischtent eher aussieht wie en Wischmop."

Eins der Mädchen kichert albern, aber als der Kommissar fortfährt, verstummt sie sofort wieder.

„I nehm an, Ihr wisset alle scho, dass mit der Sabine Schäpperle was passiert isch. Und weil me eich auf so me Haufe während den Faschingsferien kaum trifft", er sieht kurz zum Geburtstagskind „schnappet mir uns jetzt hier oin nach em andere und rekonschtruieret zamme, was auf dem Schulball abglaufe isch. Des bringt uns hoffentlich weiter und ihr könnet danach mit der Anna feire."

Eisele macht sich allerdings Sorgen, ob dann überhaupt noch jemand Lust dazu hat.

• • •

---

8 Verkleidung

Die Neonleuchten flackern auf, als die beiden ins Büro kommen und Kreuzberg sich gutgelaunt an der Kaffeemaschine zu schaffen macht. „In Berlin jibt's det nich so, gloobe ik? Jeckenparty hab ik in der Form heut det erste mal erlebt. Hat mir sehr jut jefallen."

Eisele schmunzelt. „Jecken, der Spruch könnt von der Chefin sei. Die kommt aus Köln, da sagt me so."

Er wirft seinen Mantel beschwingt über die Stuhllehne, setzt sich an den Schreibtisch und macht ein zufriedenes Gesicht. Nachdem sie ihre Fragen gestellt hatten und Eisele schon gehen wollte, bemerkte er die traurigen Augen der Kids. Das tat ihm in der Seele weh. 'I hans befürchtet.' Er überlegte nicht lange, schickte Kai rüber zum CD-Player, nahm ein großes Stück Pizza vom Buffet, klaute der Hexe ihren Zauberstab und rief wie ein Zirkusdirektor in der Manege: „Aufgepasst! I ka des da abra kadabra verschwinde lasse! Wer wills sähe?"

Neugierig umringten die Teenager den Kommissar, weil keiner verpassen wollte, wie der sich zum Affen macht, und Charly, die ihn kennt, stöhnte: „Kindergarten!"

Mit dicken Backen gab Otto Eisele nach seiner Vorführung das verabredete Zeichen, Kai drehte die Musik laut auf, und tatsächlich! Es wurde gelacht, sogar applaudiert. Niemand hatte ihm zugetraut, sowas Dämliches zu tun. Erfolg auf der ganzen Linie!

'Tja, auch ein Eisele hat Humor.' Der Kommissar pult sich ein Stückchen Salami aus den Zähnen und wird augenblicklich wieder todernst. „Du brauchsch it moine, dass der Einsatz zu unsrem Vergnüge war. Also, was hemmer?!"

Kai Polankowitzek fährt hoch. Er fieselt schell einige lose Zettel aus der Hosentasche, überfliegt seine Notizen und fasst zusammen: „Die Jörls waren an dem Abend ziemlich jefragt. Trotzdem sagen sie übereinstimmend aus, dass die

Sabine sich an einen der älteren Jungs ran jeschmissen hat. Keene weiss jenau warum, und wer det war …", er blättert weiter, „aber, dass der einen Cowboyhut auf hatte und ein Tuch vor dem Jesicht, darin stimmen alle Aussagen überein. Auch, dass sie plötzlich jejangen ist, weil ihr übel war … Ik hatte da allerdings noch een Clown im Jespräch. Seine Aussage klingt interessant. Der meint, einen heftigen Streit zwischen dem Opfer und diesem Cowboy beobachtet zu haben, wär aber von unserem Froilein Charly abgelenkt worden, die mit einem jewissen Popeye rumgeknuscht hat. Hier verliert sich dann jegliche Spur zur Sabine Schäpperle … Chef, an deiner Stelle würd ik mir den Clown nochmal vornehmen. Verschmähte Liebe, Eifersucht, Rache. Das sind, neben Habgier und Irrsinn, doch die häufigsten Motive für Mord. Auch seine Statur könnte passen. Er ist groß und kräftig. Ik habe mir schon mal erlaubt, det Frollein Charlotte nach ihm zu fragen. Sie kann sich an keinen Stalker mit oranjener Perücke erinnern. Warum?? Vielleicht, weil der Typ an dem Abend in der Schule nicht so wie heute Nachmittag auf Annas Party im Clownskostüm erschienen ist, sondern selber als der Cowboy unterwegs war?! Mann, bin ik blöde!!" Polankowitzek zerfetzt einen der Zettel in tausend kleine Stücke und bläst sie wütend in die Luft. „Dann war det unser Täter! Ik kann ihn nich mal beschreiben, wejen der weißen Farbe in seiner Fresse, und der Name Peter Bär ist sicher jelogen!"

„Jetzt komm mal wieder runter!", fegt Eisele ihn an. „Was lernet ihr heutztag bloß für en granate Scheiß? Kriminaler wird me it, indem me Leut in Schablone schteckt. Des braucht Menschekenntniss und Erfahrung. Und außerdem e gute Beobachtungsgabe, die du anscheinend it hasch. Wenn du die nämlich hättescht, dann wär dir aufgfalle, dass i sehr wohl mit besagtem Clown gschwätzt han. Mir kennet uns privat. Er isch der Neffe von meim Kollege Bauer und war mal ganz dick mit der Charly befreundet. Des bedeutet it zwangsläufig ‚mis Amigos son inocentes‘, aber in dem Fall bisch gherig aufm Holzweg." Die spanische Formulierung von ‚meine Freunde sind unschuldig' hat Eisele kürzlich in einem Film gehört und war von dem Hauptdarsteller dermaßen beeidruckt, dass er sie immer wieder geübt hat. Kreuzbergs sonstige Recherchen decken sich widerspruchslos mit den seinen.

„Also, die Jugend von heut, so was lob i mir. Des sind halt no unvoreingenommene, gute Beobachter. Da könntet sich die Alte e Rädle abschneide, die immer bloß des saget, was me ihne aus der Nas zieht." Der Kommissar nickt jetzt leidlich zufrieden. „Mir müsset den Cowboy finde … Und den hat wirklich niemand kennt?"

„Nee. Sieht mir so aus, als wär er nicht aus der Clique, vielleicht nicht mal aus der Schule, wa?" Kreuzberg schüttelt dabei so heftig den Kopf, dass sein Kaffee über den Tassenrand schwappt und auf den Schreibtisch tropft.

Eisele kratzt sich nachdenklich mit dem Zeigefinger der rechten Hand am Nasenflügel. „Merkwürdig. Aber i hab mir scho so was dacht."

• • •

Das Klingeln des Telefons hören die beiden auf dem Flur. „Mir habet jetzt Feierabend!"

„Aber Chef, et handelt sich womöglich um den Fall. Vielleicht jibt et neue Erkenntnisse, an denen wir morgen ansetzen könnten. Wir haben ja nicht jerade viel."

„Scho aber … Isch ja gut." Der Kommissar kehrt widerwillig zurück ins Büro und nimmt im Dunkeln den Anruf entgegen. „Soko Fasnet. Wisset Sie was?"

„Eisele?"

Der Hörer fällt ihm vor Schreck fast aus der Hand.

„Kreuzberg. Licht!"

Augenblicklich wird es hell.

„Chefin, des isch aber nett, dass Sie sich meldet, mir waret grad auf'm Weg."

„Otto, Paul hat mich informiert. Der Fall scheint ziemlich außergewöhnlich. Ich werde das hier abbrechen und sofort zurückkommen."

„It nötig. Kreuzberg und i hand alles im Griff."

„Wer zum Teufel ist das?!"

„Die Verschtärkung. Machet Sie nur Ihr Seminar fertig, es lauft alles wie am Schnürle. Und der Teufel schteht uns wahrhaftig zur Seite. Schönen Abend no, Frau Gebhard."

Nach diesen Worten legt der Kommissar einfach auf.

„Eisele! Sind Sie noch dran?? Hallo!!! Der hat einfach aufgelegt!"

Kriminalhauptkommissarin Rosemarie Gebhard blickt ungläubig ihr Handy an. Dann beginnt sie vor Wut zu schäumen. Der Sonntag hatte es sowieso schon in sich gehabt, und jetzt sowas!

Olivia Bishops Meinung nach sollte die Menschheit sich auf ihre Wurzeln besinnen und Politiker wählen, die den familienfeundlichen Wohnungsbau fördern, damit wieder mehrere Generationen unter einem Dach leben können. Damit würde man Vereinsamung verhindern und der drohenden Verrohung unserer Gesellschaft beikommen.

Während sie hastig ihren Koffer packt, schimpft Rose laut auf sich, die vergeudete Zeit, die sie mit Charly hätte verbringen können, auf ihren Chef …

„Tolles Rezept, hört sich auch so einfach an! Ich suche mir eine größere Wohnung, Thea zieht zu uns – wobei, die ist eine Großstadtpflanze, sowas soll man ja nicht umtopfen,

sonst gehen die ein. Und dann singen wir gemeinsam bei einem Brettspiel Hänschen klein! Vermutlich ist die Bishop Scientologin oder sonst einer Sekte entsprungen! So ein Schwachsinn. Das hab ich alles dem Weller zu verdanken!"
Sie bekommt den Koffer nicht zu, setzt sich drauf, was nicht hilft, wirft alle Kleidungsstücke zurück aufs Bett, beginnt von neuem zu packen.
Obendrein ist Rose hungrig. Der Indianer mit dem gebrochenen Nasenbein hat sich als Hotelkoch entpuppt. Die Küche blieb daher den ganzen Tag kalt. Genauso minimalistisch liegt jetzt nur noch das Handy auf der Bettdecke. Hastig wählt sie Kollege Bauers Nummer.

• • •

Kater steht ungeduldig maulend vor der Tür, als der Kommissar und sein Assistent abgekämpft von diesem ereignisreichen Tag, der bloß nichts Vernünftiges gebracht hat, bei Eiseles Häuschen ankommen.
„Ja, scho gut. Brauchsch it motze, jetzt bin i ja wieder da. Kreuzberg, du machsch de Kamin an", befiehlt Otto Eisele in seiner ihm eigenen, unwirschen Art, die aber so nicht gemeint ist. Im Grunde seines Herzens ist er ein gutmütiger, hilfsbereiter Mensch. „I gang derweil in d Küch. Komm Katz, für di han i no ebbes Feines in Gelee. Mir Zwei-beiner müsset uns heut Abend mit me saure Käs zfriede gäbe. Scho wieder Zwieble. Zum Glück han i den Schnaps kauft", brummelt er noch, freut sich aber insgeheim auf den gemütlichen Abend mit Kai und eine weitere Schachpartie.

Rosenmontag – Eine Bombe zum Kaffee

Eisblumen wachsen am Küchenfenster. Ein paar kräftige
Sonnenstrahlen scheinen zwischen den schneebedeckten
Ästen im Garten hindurch und bringen die Natur in zauber-
hafter Weise zum Glitzern und Funkeln.

Kreuzberg pfeift ein fröhliches Lied. In der Nacht hat es
nicht geschneit, also bleibt ihm das mühsame Schippen
erspart. Stattdessen wendet er die Eier in der Pfanne, hört
endlich Schritte auf der Treppe und ruft: „Ik hoffe, du magst
beidseitig jebratene, Chef?"

„Was schreisch en so laut? … Woiß i no it … Aber s riecht
gut." Eisele lehnt am Türrahmen, massiert sich die Schläfen
und hofft inständig: ‚Hauptsach, s isch koin Obschtler drin!'
Nach einem deftigen Frühstück, das aus starkem Kaffee
besteht, zwei Aspirin für den Chef und den Eiern, die Kai im
Kühlschrank entdeckt hat, machen sich die beiden in Eiseles
klapprigem Ford auf den Weg.

Die Seitenstraßen sind zwar geräumt, aber es ist eisig kalt
und deshalb arschglatt. Ein Termin in der Werkstatt und
neue Winterreifen wären daher dringend angesagt gewesen,
nur hatte Eisele im Spätherbst gefunden, dass sowas für
einen schwäbischen Kommissar seiner Gehaltsklasse
unbezahlbar war.

Das Auto kommt gefährlich ins Schlingern, schafft die
nächste Kurve gerade noch, ohne gegen die Mülltonnen am
Straßenrand zu donnern, und bekommt dafür ein nach-
sichtiges Lob: „Heideblitz … Aber jetzt heiz endlich, du
Schrottkischt!! I frier mir hier drin de Arsch ab."

Otto Eisele schlägt mit beiden Händen mehrfach auf das
Lenkrad ein – in Bewegung zu bleiben ist die einzige
Möglichkeit, nicht als Eiszapfen zu enden – da wendet sich

Kreuzberg plötzlich um. „Chef!"

„Ja, was isch denn???"

„Da am Straßenrand lag Katers schwarzweiße Freundin. Ik glob, die is hinüber."

Der Kommissar tritt scharf auf die Bremse, der Wagen dreht sich augenblicklich in die entgegengesetzte Richtung und schlittert seitlich auf eine Garagenmauer zu! Kurz vor dem Aufprall kommt er zum Stehen.

Otto Eisele sieht, am ganzen Körper bebend, sekundenlang fassungslos die Wand neben seinem Fenster an. Dann versucht er kommentarlos, den abgewürgten Motor wieder in Gang zu bringen und seinen Wagen trotz der riesiger Schneehaufen davor und dahinter zu wenden.

„Det war aber arschknapp", flüstert sein Assistent, dem alle Gesichtsfarbe abhanden gekommen ist.

„Awa! Mir hat mal e Wahrsagerin gsagt, dass i im oigene Bett schterb und it vor einer simple Garage", zischt der Kommissar zurück und kämpft sich schwitzend Zentimeter um Zentimeter vorwärts und rückwärts aus der vereisten Falle, bis der Ford wieder auf der Straße steht. „Wo jetzt gnau liegt die Katz?"

Wie wenn Eisele es geahnt hätte, deutet Kai nur stumm mit dem Daumen hinter sich. Er nickt und kurbelt erneut schwer schnaufend am Lenkrad.

• • •

Der Tierarzt sitzt mit der Tageszeitung und einer Tasse Kaffee an seinem Schreibtisch. Die Sprechstunde hat noch nicht begonnen, als ein Mann hereinstürmt.

„Maurer. Sie müsset sofort dem Viechele helfe", jammert Kommissar Eisele und legt mit zitternden Händen die blutverschmierte Katze einfach auf den Lokalteil der Zeitung.

Der überrumpelte Veterinär sieht den frühen Besucher von seinem Platz hinter dem Schreibtisch aus an, nimmt die Lesebrille ab und stellt seine Kaffeetasse mitten in die Blutlache, die sich unter dem Kadaver langsam bildet. Er begutachtet das Tier nur kurz, den zerschmetterten Schädel, und schüttelt den Kopf. „Tut mir leid, da kommt jede Hilfe zu spät. Lassen Sie die Katze hier, ich erledige das. Sie gehen jetzt besser."

Dr. Maurer komplimentiert den ungebetenen, aufgewühlten Gast unsanft aus seinem Sprechzimmer, nicht ohne ihm zu versichern, dass das jedem mal passieren kann, verzeihlich bei den Straßenverhältnissen. „Ich meine Glatteis und Schnee, da bremst man nicht so ohne weiteres wegen … Es sei denn, das war Ihre Mieze? Mein Beileid. Sie und die Welpen lagen Ihnen sicher am Herzen."

Erst im Flur wird sich Otto Eisele der Tragweite dieser Anschuldigung bewusst und stammelt betroffen: „Mei Katz? Des isch it … noi, glaubet se mir. Es handelt sich da um e riiiesen Missverschtändnis. Meine Bremse funktionieret! ... Was für Welpe eigentlich?"

„Ihre Katze war offensichtlich trächtig. Haben Sie den dicken Bauch nicht gesehen? Kein Wunder, dass Ihr armes Tierchen so verendet ist. Flucht erfordert Schnelligkeit. Die war hier kaum mehr gegeben."

Sein Kater, dieser missratene Streuner hat also eventuell … Damit wäre sogar eine Art Verwandschaftsverhältis zu ihm …? Und der Tierarzt schien überhaupt nicht zuzuhören! Eisele kramt frustriert den Dienstausweis hervor. „Mordkommission Friedrichshafen. Des hend Sie nur mit dem bizzle Nagucke feschtgeschtellt? Oder Sie sind en Hellseher, dann könnet se mir beschtimmt au no sage, wer der Erzeuger isch?"

Maurer lacht. „Ich denke, um das herauszufinden, bieten

Ihre eigenen Labors bessere Möglichkeiten. Meine Sprechstunde beginnt gleich. Würden Sie jetzt bitte gehen."

Der Kommissar sieht ein, dass er übertrieben hat. Eine tote Katze mit Haaren von 'Kater' an Dr. von Staufen zu schicken wäre wohl unklug. Anonym ans LKA vielleicht? In Eiseles Kopf entsteht der Plan, heute Abend noch seinem Kater ein paar seiner Borsten auszureißen, da entdeckt er auf einem Plakat an der Wand abgebildete Nagetiere mit dem Warnhinweis:

Achtung Hundebesitzer! Im Umkreis von Eriskirch wurden Köder mit Rattengift gefunden. Halten Sie Ihren Hund unbedingt an der Leine!

„Sind des Ratte?"

„Na, sehen Sie!", erwidert Doktor Maurer leichthin. „Ihr Schmerz lässt sich mit einem neuen, putzigen Haustier schnell beheben."

Aber der Kommissar hat ganz andere Interessen. „Quatsch. Des Gift da interessiert mi viel meh."

„Echt?? Das darf doch nicht wahr sein. Die Kriminalpolizei beschäftigt sich tatsächlich endlich mit dem barbarischen Einsatz von Rattengift gegen Kleintiere? Folgen Sie mir!"

Überfressene, fette Hamster mit Rückenleiden, weil sie sich unter den Laufrädern eingeklemmt hatten, Zwerghasen in viel zu engen Käfigen mit völlig verklebten Ohren, Hunde und Katzen, die auf ihre Kastraktion warteten, sind plötzlich Nebensache für ihn.

Doktor Maurer schließt energisch die Tür zu seinem Arbeitszimmer und deutet mit der Hand auf einen Stuhl. „Setzen Sie sich doch bitte, Herr …?"

Eisele bleibt gespannt stehen, wartet ab, während der Tierarzt emsig mehrere Aktenordner aus einem Regal zieht.

„Tierärzteverband … Tierschutzverein Friedrichshafen … Bauernverbände … Kleingartenkolonien … Haushalte …

Hah, da haben wir es ja! An die Oberstaatsanwaltschaft, Region Bodenssee Oberschwaben. Der Text ist überall gleich." Er zitiert: „Geehrte bla bla bla, Rattengift führt zur Herabsetzung der Gerinnung des Blutes. Dadurch kommt es unweigerlich zum äußerst qualvollen Tod eines jeden Opfers, egal, ob es gezielt bekämpft oder zufällig erwischt wurde. Immer häufiger zu vermelden sind außerdem hinterhältige, vorsätzlich ausgeführte Attacken auf harmlose Haustiere. Aber auch in den Händen von Unwissenden kann das Gift fatale Folgen haben. Daher fordere ich intensivere Verfolgung und harte Bestrafung von Verstößen gegen usw. Gezeichnet usw."

Er sieht den Kommissar nur noch von hinten. Der hat genug gehört.

• • •

Auf dem Schreibtisch des Kommissars liegt ein großes Päckchen. Eisele zieht gemächlich seinen Mantel aus, hängt ihn an einen Haken neben der Tür und füllt dann in aller Ruhe erst mal Wasser in die Kaffeemaschine, allerdings nicht ohne immer wieder neugierig auf das Paket zu linsen. Darauf steht in Großbuchstaben: Mordkommission Eisele. Briefmarke fehlt.

'Komisch.'

Kai Polankowitzek hat in seiner Unerfahrenheit noch kein Gefühl für solche Situationen. Er reißt sich nur hastig die Wollmütze vom Kopf, stopft sie in die Tasche seines Parkas, geht auf das Paket zu, hebt es hoch und begutachtet das Teil neugierig von allen Seiten. „Keen Absender."

Sein Chef hält merkwürdigerweise weiterhin Abstand.

Der traut der Sache nicht, wünscht sich inständig einen Sprengstoffexperten herbei und krächzt: „Oh Mann, pass bloß auf. Des könnt e Bombe sei."

„Bombe?" Der Praktikant setzt voll auf Risiko und lauscht.
„Tickst du? Es tickt nichts. Ik mach mal uff."

Nachdem diese gefährliche Situation gemeistert, die Schnur
entknotet und das braune Packpapier entfernt ist, sind beide
perplex. Ein Cowboyhut und ein Dreieckstuch kommen
zum Vorschein.

• • •

Der Kommissar nippt gemächlich an seinem Kaffee und
beobachtet skeptisch über den Tassenrand hinweg den ebenfalls schweigsamen jungen Mann, der sie in seinem jugendlichen Leichtsinn so ohne weiteres in die Luft gesprengt
hätte. Akkurat stellt er die Tasse ab und nickt Kreuzberg
aufmunternd zu. „Hasch gut gmacht, Bue. Mutig, mutig …
Jetzt bringsch die Sachen zur KTU. Die sollet au Fotos devo
mache, vielleicht frischt des d Erinnerung bei de Schüler
e bizzle auf. Und frag beim Pförtner nach, wer des Päckle
abgäbe hat. I muss überlege."

Eisele wartet ab, bis er alleine ist. Dann blättert er sorgfältig
den Notizblock durch, steckt ihn wieder ein, legt die
Hände in den Nacken und schwingt seine Beine auf den
Schreibtisch. „So habet die Chefin und der Paule des immer
gmacht. Soll gut sei zum Nachdenke. Also … Rattengift
gibts in der Apotheke zum Kaufe, wird auf fascht jedem
Baurehof und sogar in manche Haushalte eigsetzt. S könnet
zu viele drankomme, sagt der Doktor … Des Mädle hat e
Maske aufghet, die zwar koi Nummer mehr aufweist, die
aber au koiner vermisst. Und die vom Christian Müller
isch gschtohle worde. Muss it die gleiche sei, könnt aber
… Des Auto vom Nägele könnt am Unfall vom Franz
Schäpperle beteiligt gwäse sei … Und wer schickt uns solche

Beweismittel, falls es überhaupt Beweismittel sind? Und wenn ja, warum? Kennt der den Täter? Oder will er uns auf e falsche Schpur lenke? Könnt, könnt … könnt alles sei. Pfff."

Während der Kommissar in sich und Kreuzberg in den zweiten Stock geht, klingelt das Telefon.

„Geh du dran, i kann grad it." Das Klingeln stört ihn erbärmlich beim Denken. „Jetzt mach scho, Kerle!" Eisele sieht genervt hinüber, da sitzt aber keiner. „Äh … Zefix! Hoffentlich hemmer koi Leich. No oine verkraft i grad it", motzt er vor sich hin und starrt beschwörend den Apparat an in der Hoffnung, dass der endlich Ruhe gibt. Doch da scheint jemand hartnäckig zu sein und der Kommissar gibt nach. „Eisele, Mordkommission Friedrichshafen. S isch grad ungünstig."

Als er auflegt, schiebt sein Assistent endlich den Hintern durch die Tür und fängt sich direkt eine verbale Salve. „Was trödelsch rum. Mir hend e Schpur. Einsatz. De blaue Toyota isch auftaucht!"

• • •

Die Feuerwehrleute schaffen es nur mit äußerster Mühe, den Wagen aus dem am Ufer zugefrorenen See zu bergen. Das Eis muss mit Spitzhacken aufgeschlagen werden, damit Männer in Neoprenanzügen tauchen und Drahtseile am Toyota anbringen können.

Der Kommissar beobachtet an vorderster Front die Aktion, schlottert vor Kälte, hüpft verzweifelt von einem Fuß auf den anderen, um nicht fest zu frieren. Seine Lippen sind schon ganz blau und er befürchtet schwer, sich bestimmt einen Schnupfen, wenn nicht gar Schlimmeres bei der ganzen Sache geholt zu haben.

Endlich hängen die kläglichen Überreste am Kran. Wasser läuft aus allen Ritzen und nichts hält Eisele mehr zurück. Er drängelt durch eine Gruppe von Männern, die sich schnell abtrocknen, um schleunigst wieder in ihre warmen Klamotten zu kommen, rennt an Uniformierten mit schweren Stiefeln und Helmen vorbei, die im Gegensatz zu ihm wie Riesen wirken, erreicht den Einsatzleiter und hält dem mit klammen Händen seinen Dienstausweis vor die Nase.

„Mordkommission. Des Auto hat mit me Fall z due, den i grad ermittel. Jetzt sag scho, bevor i mir hier de Arsch abfrier. Auf welchem Wäg kann der da nei komme sei? Sitzt vielleicht no ebber drin?"

Auch der Brandmeister trägt Helm. Er sieht dem nervenden, kleinen Kommissar von oben herab ganz ruhig in die Augen und deutet auf ein abgeerntetes Feld oberhalb der schneebeladenen Apfelbäume, die fast bis ans Ufer wachsen. Seine Stimme geht Eisele bis ins Mark. „Die Karre muss da über den Hügel runter gerollt sein und dann durch die Obstanlage. Sieht so aus, als wäre sie total ausgebrannt. Nicht mehr unser Problem. Passen Sie gut drauf auf, da sollte die Spurensicherung dran. Wir rücken jetzt ab, wenn's Recht ist. Meine Männer haben alles gegeben und eine Pause verdient." Damit war auch alles gesagt.

Der Kommissar muss das leider einsehen. Er steht jetzt einsam und verlassen vor dem Kran, an dem der Toyota baumelt, blickt enttäuscht den Feuerwehreinheiten hinter-her, fühlt sich krank, bemerkt schon vereinzelt Eiskristalle auf dem Blech und dass seine Wimpern immer schwerer werden.

Trotz der klirrenden Kälte gibt Eisele sein Bestes. 'Otto, du musch funktioniere. Also ... Die Kischt hängt am Hake. Und wenn i da selber nei schteige muss, i find scho was.'

Er nähert sich neugierig dem geborgenen Fundstück, fest entschlossen das Geheimnis zu lüften, zögert dann aber, sieht sich unschlüssig um und entdeckt oben am Hang einen heranfahrenden Kombi. Der Wagen hält, eine Gestalt in merkwürdiger Verkleidung steigt aus und macht sich am Kofferraum zu schaffen.

Kommissar Otto Eisele fällt ein Stein vom Herzen. Jetzt da hinein kraxeln zu müssen und vielleicht auch noch einen übel riechenden, verbrannten Toten zu finden, das ist dann doch nicht unbedingt nach seinem Geschmack. Dafür gibt es schließlich Spezialisten!

Der Weg hinauf ist nicht besonders weit oder steil, aber knöchelhohe Schneewehen und der unebene, hartgefrorene Boden darunter machen dem unsportlichen Eisele zu schaffen.

Als er endlich dort ankommt, wo die vermummte Person neben diversen Koffern und Taschen bereits auf ihn wartet, schnauft der Kommissar wie ein altes Walross, hält sich die Seite und japst: „De Zorro! Und des mir!"

Die Gestalt in weißem Ganzkörperkondom und schwarzer Maske sieht zum Gruseln aus – aber sie spricht. „Morge Otto. Es isch Rosemontag und i hätt eigentlich frei. Zwoi Kollege sind krank, die ander Trupp arbeitet grad an em Einbruch, bei dems e Schießerei gäbe hat … Diese Verkleidung drückt bloß mei Schtimmung aus!"

„Dann machsch heut halt ein großes ‚Z' auf jede Leich, die mir findet. Des befreit, und unser Pathologe hat was zum Knabbern."

„Sehr witzig." Der säuerliche Tonfall des Kollegen unterstreicht seine miese Laune.

Eisele wagt einen raschen Blick durch die Augenschlitze und erkennt, dass der Typ für weitere Scherze heute nicht empfänglich ist.

„Als Einzelkämpfer gib i dir jetzt die Anweisung, die
Rolle Abschperrband aus m Auto zu nehmen und den
Fundort mitsamt dem Ding da endlich zu sichre. Sonscht
säh i schwarz für irgendwelche Schpure. Außerdem wärs
günschtig, wenn mir oiner mit dem reschtliche Zuigs da
helfe würd."
Doch der Kommissar späht nur überfordert auf die Lade-
fläche des Kombis, und dann zu einer kleinen Schar Men-
schen hinüber, die sich trotz des unkommoden Wetters
eingefunden haben, um dem Spektakel zuzuschauen. Kein
Kreuzberg darunter.
Er zuckt mit den Schultern.
„Wie jetzt? Soll I …?"
„Des isch doch immer s Gleiche! Wieso glaubet die Herren
Kommissare bloß alle, sie wäret was Besseres", mault der
Mann von der Spurensicherung.
In Gummistiefeln, beladen bis an die Zähne mit seiner
schweren Ausrüstung, schlittert Zorro durch den Schnee
hinunter in Richtung Ufer.
Eisele glotzt ihm sekundenlang nach. Dann kriecht er in den
hinteren Teil des Kombis und zerrt an der schweren Rolle
Absperrband. „Du scheiß Ding, beweg di, los!"
„Chef!"
Eine vertraute Stimme reißt ihn aus der Not. „Kreuzberg!"
Er fährt hoch, knallt mit dem Hinterkopf gegen das Auto-
dach, jault vor Schmerz.
„Des gibt e Beule", knurrt der Kommissar seinen Assistenten
an. „Ich könnt dich vierteile! Wo bisch du gwäse? Mit die
Gaffer tratsche und dann no en gmütliche Glühwein, hä?
Los, pack mit an!"
Eisele weist ihn ein, von wo bis wo, und Kreuzberg beginnt
oben am Hang, fixiert das gestreifte Band an einer alten
Kastanie, wickelt es mangels einer zweiten einfach um ein

Gebüsch, dann bergab um die Apfelbäume; am Ufer liegen größere Felsbrocken herum, die legt er aufeinander, klemmt das Band dazwischen; bis schließlich das ganze Areal kreisförmig abgesperrt ist und er die Kastanie wieder erreicht.

Der Kommissar ist beim Zuschauen nur ein bisschen hin und her gestapft.

Höchst zufrieden kommentiert er ihr gemeinsames Werk: „Da kommt me ganz schö ins Schwitze, gell."

Kreuzbergs brummelt was wie: „Danke für die Hilfe. Ik hab det ja wohl …", den Rest überhört Eisele. Der merkt plötzlich, dass er seine Zehen nicht mehr spürt und blickt erschrocken an sich hinunter. „Meine Schuh kann i allerdings wegschmeiße, nach der ganze Aktion."

Auch Kai Polankowitzek sieht unglücklich auf die eigenen Treter. „War ein Schnäppchen aus dem KDW. Trotzdem nich jerade billig."

Sein Chef ist unbeeindruckt. „Passiert isch passiert. Außer einer saftige Schießerei isch der Verluscht der Fußbekleidung oifach Berufsrisiko. Erschteres wäre eindeutig billiger gwäse. Hä hä, Scherzle unter Kriminaler. I hör mi mal um, ob's scho was Neues gibt."

Aber Kreuzberg hält ihn zurück. „Wart mal, Chef. Der dicke Mann oben an der Straße ist der Bauer, dem det Anwesen jehört. Er sagt, er hat bereits Anzeige erstattet. Jemand hat den Zaun kaputt jemacht und ooch ein paar seiner kleeneren Bäume hätten Schaden jenommen. Det war schon vor zwei Wochen, aber keener hat sich bislang richtig jekümmert. Vandalismus, er sei hoffentlich anständig versichert, wär die Antwort der Kollegen jewesen. Also, bei mir klingelt's da richtig heftig, wa?"

• • •

An Ort und Stelle war alles getan. Die Aussage des Bauern bestätigt die Vermutung des Brandmeisters. Jetzt noch weitere Zeugen eines Unfalls zu finden, der sich vor zwei Wochen ereignet hat, ist unwahrscheinlich. Die Spurensicherung läuft. Hier können sie nichts mehr ausrichten.

Der Kommissar wirft seinem Assistenten die Fahrzeugschlüssel zu. „Fahr du, i muss nachdenke."

Auf dem Rückweg ist Eisele seltsam still und starrt nur vor sich hin. Plötzlich brüllt er: „Halt an!", springt aus dem Auto, betritt einen Laden und fuchtelt mit seinem Dienstausweis herum.

„Wat wird denn det wieder?", murmelt der junge Mann aus Berlin neugierig und versucht, die merkwürdige Szene durch das zum Teil beschlagene Schaufenster genau zu beobachten. Über Eiseles verschrobene Ermittlungsmethoden wundert er sich eigentlich gar nicht mehr. Zwei Dinge sind ihm seit seiner Ankunft nämlich ziemlich schnell klar gewesen: ‚So wat lernt man uff keener Polizeischule, sondern nur von so erfahrenen Kriminalern wie dem da. Und mein richtiger Name is wohl Jeschichte, sollte der Aufenthalt im Schwäbischen länger dauern.'

• • •

Kurz darauf kommen sie endlich schwer bepackt im Büro an. Eisele, der während der restlichen Fahrt zum Präsidium eisern geschwiegen hat, dreht sofort die Zentralheizung voll auf und befiehlt in scharfem Ton: „Zieh deine Schuh aus, und d Socke!"

Er tut's selber auch, stopft so viel Zeitungspapier in die Schuhe, wie es nur geht, und stellt sie unter den Heizkörper. Dann schiebt er zwei Bürostühle davor, setzt sich, legt seine nassen Socken auf die warme Marmorplatte, die nackten

Füße daneben und grinst. „Schadensbekämpfung auf
schwäbisch. Draußte scheint sogar d Sonn. Isch doch wie in
Mallorca."
Dankbar folgt Kreuzberg seinem Beispiel. Nach ein paar
Minuten grinst auch er. „Det Jesicht von dem Zeitungs-
händler war filmreif. Aber gleich den janzen Stapel, wie jing
det denn?"
Der Kommissar schüttelt nur verschmitzt den Kopf und
brummelt: „Der Wäg isch das Ziel."
Er räkelt sich kurz, genießt die Wärme, die durch seine
Fußsohlen in den ganzen Körper strömt und lässt sich
dann doch zu einer Erklärung hinreißen: „I hab heut
Morge die Zeitung gläse. Dabei isch mir aufgfalle, dass in
dem Artikel übers Dorniermuseum der Name von unsrem
Oberbürgermeister falsch gschriebe isch. Der hoißt nämlich
Andreas, und it Andrea. Fählts S, verschtehsch? Deshalb hab
i alle Zeitunge beschlagnahmt, die no vorrätig waret."
Kreuzberg hält sich geblendet von den Sonnenstrahlen eine
Hand vor die Augen. In seinen Zehen beginnt es jetzt richtig
unangenehm zu kribbeln. Gleichzeitig beruhigt dieses Gefühl, wieder aufzutauen. Er hatte nicht vorgehabt, schon
beim ersten Einsatz Körperteile einzubüßen. Kurz bevor
beide einschlafen, fragt Kai noch: „Chef, kann dir det nich
deine Stellung kosten?"
Eiseles Kopf fällt gerade schwer in den Nacken. Er säuselt
nur: „Oh Kerle, musch no viel lerne … Kasch aber oifach
jetzt Otto zu mir sage."

• • •

Schnarchend, mit nackten Füßen auf der Heizung, Hände
hinter dem Kopf verschränkt, die Fensterscheiben von
der Feuchtigkeit total beschlagen, so trifft Paul Bauer die

Kollegen an. Er brüllt entsetzt: „Otto?! Schpinnsch jetzt total!"
Fast wäre der Stuhl unter ihm weggerollt, auf den er sich
fallen lässt. Bauer wirft seine Krücken zur Seite und bemerkt
enttäuscht: „So sähet also deine Ermittlunge aus. Und des
au no im Doppelpack. Arbeitsscheues Gsindel. I glaub's it!
Gibt's wenigstens en gscheite Kaffee?!"
Eiseles Traum vom Surfen im Indischen Ozean hat sich
damit erledigt. Diese Stimme in seinem Ohr klingt so …
so nach … Augenblicklich ist er hellwach und steht, seine
Hände in die Hüften gestemmt, barfuß vor Bauer.
„Was willsch DU denn da? Pass bloß auf, sonscht brichsch
dir no mehr Knoche in deim Übereifer … Kreuzberg,
mach mal Kaffee für uns. Und du Paule, reg di ab. Mir
kommet grad von einem Tatort. Da war's nass und sau kalt.
Und da kommt en Herr Hauptkommissar au no mit Anschuldigunge! Gang mir ja it auf de Sack, i bin grätig gnug."
Mit so einer heftigen Reaktion auf seinen Vorwurf hat
Kollege Bauer nicht gerechnet. Er zieht beschämt den Kopf
ein und gesteht: „Rose sagt, du hättesch geschtern Abend
mutwillig des Gschpräch abgebroche? I wollt bloß mal nach
dem Rechte schaue. S isch immerhin e Mordermittlung in
unsrer Abwäsenheit. Und d Chefin macht sich halt Sorge."
Während er sich mehr oder weniger entschuldigt, geht die
Tür abermals auf.
„Da komm ich ja gerade rechtzeitig."
„Charly?" Bauer sieht das Mädchen erfreut an.
„Hallo Paule. Du gehörst ins Bett und Mama hört mal
wieder das Gras wachsen. Die soll nicht so hysterisch
sein! Hast du mich nicht aus dem Grund damals in eine
Ausnüchterungszelle sperren lassen?"
Ihre strengen Worte trüben Bauers Freude über das Wieder-
sehen nicht im Geringsten.
Da meldet sich auf einmal Kreuzberg zu Wort. „Ik bin Kai

Polankowitzek, genannt Kreuzberg. Sozusagen Ihre Vertretung, Herr Hauptkommissar. Keene Sorge, det Frollein Charlotte, Otto und ikke haben allet im Griff."

Bauer schaut langsam von Kai zu Charly, dann bleibt sein Blick auf Eisele hängen. Plötzlich lacht er aus voller Brust. „Mea culpa! Wie konnt i bloß daran zweifle? En Teenager, e Berliner Schnauze und der Scharfsinn von Otto ... Na, dann kann ja nix mehr schief gange. Wenn oins sicher isch, die Rose derf davon nie erfahre. Aber i bau auf Euch."

Sein Gelächter steckt die anderen an und obwohl Eisele gar nicht danach zu Mute war, hält auch er sich jetzt den Bauch. Dann wird Hauptkommissar Bauer auf einmal wieder todernst. „Spaß bei Seite, Otto! Niemand schtellt deine Fähigkeite in Frage. Die Rose macht sogar ihr Seminar fertig, aber nur unter der Voraussetzung, dass du mi auf em Laufende hältscht. Also, zeig mir deine Ermittlungsergebnisse, damit i mir e Bild mache kann. Und danach rufsch bei der Bereitschaft a", er zwinkert in die Runde. „Jemand muss mi schließlich ins Krankenhaus zrück bringen. Dort werd i mit Sicherheit vermisst."

Jedes Detail wird besprochen, auch das ominöse Paket, das einfach vor dem Präsidium lag. Bauer hat keine Bedenken, was das weitere Vorgehen betrifft.

Eisele will gerade erleichtert über den Ausgang des unwillkommenen Kontrollbesuchs zum Telefon greifen, da schaltet sich Kreuzberg ein. „Det mit der Bereitschaft is doch Vorteilnahme im Dienst. Ik fahr Sie, Herr Hauptkommissar. Wenn's jenehm is, wa?"

Stolz auf sein kleines Team fährt Eisele ein leichter Schauder über den Rücken, einen Kommentar kann er sich trotzdem nicht verkneifen: „Oh Kerle, der da isch it im Dienscht, und en Herr scho gar it. Außerdem schuldet fast jeder dem en Gfalle. Stimmt's, Paule?"

• • •

„Hallo!!!“, ruft Charly, als sie die Wohnungstür aufsperrt,
und zieht enttäuscht eine Schnute. „Keiner da. Pff … Oh ver-
dammt, Oma wollte mit mir nach Ravensburg zum Umzug.
Hab ich völlig vergessen.“
Eisele überlegt. Seine Metzgersfrau hatte ihm mal was von
der schwarzen Veri erzählt. „Die isch bei den elf Räubern.“
„Was??“
„Ah nix. Des hat mit der Entstehungsgschicht von dene
Narre z due.“
„Echt? Na dann. Ich hab sowieso keine Lust mehr auf
Umzug. Sturmfreie Bude, geh schon mal vor, ich mach uns
Kaffee.“
Ein paar Minuten später sitzt Eisele bei Kaffee und Kuchen
auf dem Sofa im gemütlichen Wohnzimmer seiner Chefin.
Er wirkt etwas geknickt, Selbstzweifel machen sich in ihm
breit.
„Mal ganz ehrlich, wie hat der des jetzt gmoint? Glaubet de
Paule und dei Mutter, i kann des it? Was hättet die anderscht
gmacht, oder besser? I han doch nix übersähe, vielleicht
doch?“
Charly versucht ihn mit einem weiteren großen Stück
Kuchen zu besänftigen.
„Dann hätte der Paule bestimmt was gesagt, nachdem er
die Akte gelesen hat. Otto, jetzt mach dir nicht so viele Gedanken. Der Kai ist bald wieder zurück vom Krankenhaus.
Klar, der hat nicht die Erfahrung wie ihr, aber ganz doof is
er auch nich, wa? Frag ihn doch mal, was er noch so machen
würde.“
Das war ein Schlag direkt in die Magengrube. Otto Eisele
fällt fast die Gabel aus der Hand. „Den strubbelige Kerle?“
Dann besinnt er sich. 'Der Vorschlag von dem Mädle

isch gar it mal bled.' Vorsichtig stimmt Eisele ihr zu. „Du moinsch, mir brauchet en frische Wind? Darüber muss i kurz nachdenke. Gib mir no oins."

Nach dem dritten Stück ist der Kommissar bis an den Rand vollgefressen, mit sich und der Welt wieder versöhnt, aber ungeduldig. Er steht ruckartig auf und verabschiedet sich. „Tschüssle. Sag der Oma Gebhard, der Käskuche war so lecker wie da z mol von meiner selige Großmutter. I muss jetzt trotzdem ins Büro. De Kreuzberg isch inzwische beschtimmt scho dort."

„Okay. Richt ich ihr genauso aus. Aber ich komm mit!" Charly freut sich riesig, dem alten Brummbär aus der Patsche geholfen zu haben und will unbedingt dabei sein, falls es zu neuen Ermittlungswegen kommt. Immerhin war Sabine ihre Freundin, wenn auch keine sehr gute.

„Otto, wir drei finden Bines Mörder." Siegessicher packt sie Eisele bei der Hand, schlingt sich im Flur den dicken Schal um und begleitet ihn gackernd aus der Wohnung: „Woischt scho, wenn du dich jetzt weiter bei meiner Oma so einschleimst, musst du morgen mit uns Linsen und Spätzle essen? Keine Widerrede! Das ist das Einzige, was sie noch nicht gekocht hat aus dem Forum im Internet ,Kochen wie Gott in Schwaben'."

Überrumpelt von so viel Enthusiasmus bleibt Otto Eisele null Chance, sich zu wehren. Wogegen auch? Das mit den Linsen wird er sich noch überlegen.

• • •

Sie treffen Kommissar Eiseles Assistenten noch strubbeliger an als sonst, und ganz vertieft in eine Akte.

„Kreuzberg, was macht di denn so stutzig?", fragt sein Chef laut und grantig, schon wieder in alter Gewohnheit.

„Otto! Du wolltest doch …"

Eiseles Nackenhaare stellen sich ruckartig auf. „Ja, scho gut, Charly. Also Kai, ich höre."

Kai Polankowitzek bekommt davon nichts mit. Er ist völlig hingerissen von seiner Lektüre und murmelt nur leise vor sich hin: „Frollein Charlotte, Otto … ik lese jerade den Abschlussbericht von der KTU und der is … irgendwie … hochinteressant …"

„Was!?!", im Chor schnauzen Charly und der Kommissar ihn an, und bekommen im Handumdrehen eine Antwort, diesmal etwas lauter.

„Is ja jut! Ik fang mal von vorne an. Det Auto lag tatsächlich schon etwa zwee Wochen im See. Es wurde Brandbeschleuniger festgestellt. Jemand hat es abjefackelt und dann den Hügel runter rollen lassen. Det war die Ursache für den Schaden, den der Bauer anjezeigt hat. Er konnte leider die Reifenspuren nich mehr entdecken. Laut Wetterbericht hat es tagelang jeschneit. Die Karre wurde nur durch Zufall entdeckt. Ein Hund wollt sein Stöckchen holen und is auf der dünnen Eisschicht einjebrochen. Det haben die Beamten vor Ort bei der Befragung der Umstehenden ermittelt. Der Hund hat überlebt."

Pause.

„Kreuzberg …", faucht Eisele gefährlich.

„Wat?" Der junge Mann zuckt zusammen. „Oh sorry. Aber ik habe mir nur jerade jedacht, warum jemand so blöd is und den armen Köter aufs Eis jacht?"

Nach einer kleinen Pause, in der die drei gemeinsam den Hund bedauern, fährt er fort: „Drinne war keener. Ik zitiere: 'der Innenraum des Toyota ist nicht ganz ausjebrannt, da dieser vermutlich zu schnell im See jelandet ist. Einige der unter diesen schwierigen Umständen gesicherten DNA-Spuren sind nicht identisch … jetzt kommts! … aber ähnlich

98

denen aus der Maske des Opfers, die zuvor nicht zuzu-
ordnen waren. Der Cowboyhut und det Tuch, det darinne
jesteckt hat, weist dieselben auf …" Kreuzberg stockt, sieht
in zwei überraschte Gesichter, kratzt sich nachdenklich
hinterm Ohr, versteht nur Bahnhof und resümiert: „Is doch
wat Bombensicheres, wa?"

• • •

Eisele steht zum wiederholten Mal andächtig vertieft mit
dem Filzer vor seiner Zeichnung.
Urplötzlich setzt er rechts oben an. „Unser John Wayne
war also auf'm Schulball, im Auto und hat irgendwann die
Maske agfasst … Der Wäschtern hat´s aber in sich."
Er fährt mehrmals mit dem Stift auf der Tafel herum,
verbindet Punkt um Punkt, zeichnet dann einen dicken
Kreis um sein Kunstwerk und dreht sich abrupt zu den
anderen um. „I glaub, mir brauchet gar it so weit zum
suche."
Mit großen Augen blickt Charly auf die unübersichtliche
Zeichnung und versucht den Knoten zu lösen.
Dann schüttelt sie vehement den Kopf. „Otto, das Auto ist
vor zwei Wochen im See versunken. Stimmt doch, Kai? Seit
der Zeit ist der Xaver weg. Warum sollte er …?"
Das Mädchen scheint ihm nicht zu glauben, auch Kreuzberg
bezweifelt Eiseles Theorie und kaut verlegen am Nagel seines
kleinen Fingers der rechten Hand herum.
Aber der Kommissar ist sich seiner Inspiration ganz sicher.
„Mädle, denk doch mal nach. Nur der isch die Verbindung zwische dem Ganze. Sei Vater verhaut ihn, weil er des
Mädle gschwängert hat. Der Bue isch sauer, klaut des Auto
und haut ab. Er hat koin Führerschein, des sagt sei Mutter aus. Also lässt er den Wage verschwinde. Vor e paar Tag

bekommt er Gewissensbisse oder was au immer und kommt zrück. Verkleidet konnt er sich ohne Probleme in der Schul an sei Freundin ranmache. Se hand sich gschtritte, wahrscheinlich gings um ihre Beziehung und ums Baby. Sie hat ihn abserviert, des isch e Motiv! Irgendwie hat er ihr dann des Gift verpasst. Niemand hat des oifach so in der Hosedasch. Der war scho vor dem Zammetreffe auf alles vorbereitet, falls … Eindeutig Vorsatz! Ihr wird wie erwartet schlecht, sie verlässt den Schulball, er fängt se ab, sie stirbt. Dann zieht er ihr die Koschtümierung über und hängt se an de Narrebaum. Bleibt bloß no die Transportfrage und warum grad *des* Häs. Der Fall isch so gut wie glöst. Den schnappe mer uns jetzt. Auf geht's!"

Es herrscht Totenstille, bis Kreuzberg den Mund aufmacht. „Chef, ik mene Otto. Wenn ik mal so anmerken dürfte. Wo finden wir denn den mutmaßlichen Jiftmörder? Der hat det Auto über den Acker und sich selbst mittlerweile über denselben davon jemacht." Auch Charly reißen Eiseles Schlussfolgerungen nicht gerade vom Hocker.

Der schließt seine Augen, reibt sich die Schläfen und vermittelt so den Eindruck, als würde er scharf nachdenken. Ein tiefer Seufzer folgt. „Gute Frag. Dann fahr mer halt no e mal zu de Nägeles. I hab sowieso no e Hühnchen mit dem Alte zum rupfe!"

• • •

Noch ist es hell, die Straßen sind frei. Im einem Affenzahn fährt Eiseles Ford die Strecke nach Oberteuringen. Auf dem Rücksitz muss Charly an ihre Mutter denken. Bei den Kurven hätte die bestimmt eine Spucktüte gebraucht. Aber sie lächelt nicht. Die Situation ist zu ernst, und ihrer Mutter wurde schließlich nicht umsonst schlecht beim Autofahren.

'Der Unfall ist schon so lange her, aber ich vermisse Papa und Moritz auch noch.' Sie verjagt den schrecklichen Gedanken an ihren toten kleinen Bruder und versucht sich zu konzentrieren. 'Würde Mama mir glauben, dass Otto auf dem Holzweg ist? Nein, wohl eher nicht … Verdammte Kacke, alles spricht gegen Xaver. Wenn ihr ihn kennen würdet, dann wüsstet ihr, dass er das nicht war. Niemals! Aber ich kann's nicht beweisen.' Unruhig ballt das Mädchen die Fäuste. „Ist es noch weit?"

Eisele sieht besorgt in den Rückspiegel. „Isch dir schlecht, soll i kurz ahalte?"

„Nein Otto. Es ist nur so, ich glaube, ich habe Angst vor der Wahrheit."

„Glaub mir Kind, des hemmer alle", antwortet er lakonisch und saust um die letzte Kurve.

Der Hügel erscheint. Er liegt malerisch in der Abendsonne. „I fahr da jetzt it nauf. S hat ataut, mir bleibet bloß schtäcke", brummelt der Kommissar beim Anblick des Nägelehofs. Er parkt am Straßenrand, steigt aus, öffnet den Kofferraum und deutet auf drei Paar Gummistiefel. „Bin auf alles vorbereitet. Han i uns vorhin no kurz aus unserm Arsenal bsorgt. I hoff, die basset."

Die Stiefel sind viel zu groß, alle drei stolpern und rutschen mühsam die Anhöhe nach oben.

Plötzlich horcht der Kommissar auf: „Pscht! Schdande bleibe … I hör da was."

Glattweg wirft er sich hinter einen aufgeschütteten Schneehaufen in Deckung und bereut es sofort. Seine alten Knochen knacksen verdächtig. Charly und Kreuzberg tun es ihm sofort nach. Sie haben allerdings keine Ahnung warum.

Vom Haus her sind laute Worte zu vernehmen.

„Schieb endlich!"

„Mach i doch."

„I merk nix davon."

Kommissar Eisele robbt sich mühsam bäuchlings hinter ein in der Nähe wachsendes Gebüsch und späht durch die schneeschweren, tief hängenden Äste, kann aber zunächst nichts erkennen. Das tuckernde Geräusch eines heran kommenden Traktors lockt ihn hinterm Busch hervor. Da sieht er Charly ungeschützt mitten auf dem Weg weiter Richtung Hof gehen.

„Ja spinnt denn die?!", schimpft Eisele, schnappt nach Luft, schwitzt vor Angst, holt die Dienstwaffe heraus, entsichert und will das Mädchen aus seiner Halbdeckung schützen! Kreuzberg ist schneller. Er stürmt hinter dem Schneehaufen hervor, rutscht aus und fliegt der Länge nach auf die Fresse. Gerade in dem Moment dreht sich Charly um, winkt ihnen zu, verrät damit leichtsinnig das Versteck ihrer Beschützer und ruft dann auch noch laut: „Kommt schon! Otto, das sind deine Kollegen!"

Ungläubig, einen gemeinen Schmerz im Steiß ignorierend, rappelt der Kommissar sich auf. Er weiß auch ohne hinzuschauen, dass sein Mantel von oben bis unten voller Schneematsch klebt und wäre am liebsten an Ort und Stelle im Boden versunken. Nur, für derlei Peinlichkeiten war jetzt nicht die Zeit.

Stinkesauer über die ganze Welt schmeißt Eisele seine Tarnung hin und stapft los. Bei jedem Schritt gluckst es in den Gummistiefeln. Aber er tut so als wäre nichts und folgt dem Mädchen und Kreuzberg, der bereits neben ihr geht. Tatsächlich! Jetzt sieht der Kommissar auch das Wappen der Polizei auf der Schiebetür des Transporters. Er hört Nägele unverblümt schimpfen: „Saupack. Hauet bloß endlich ab. I han die Schnauze voll von dene Drecksschnüffler."

Der Bauer hat die Neuankömmlinge noch gar nicht entdeckt. Er ist mit klammen Pfoten voll damit beschäftigt, ein

Abschleppseil an dem Großraumwagen anzubringen, der in der Zufahrt seines Hauses feststeckt, um ihn dann mit dem Traktor aus dem Matsch zu ziehen.

Im Schneckentempo erreicht Eisele das Haus, bleibt dann, eine Hand in den schmerzenden Rücken gestützt, kurz stehen und denkt dabei ärgerlich: 'Eindeutig d Schpusi. Han i was verpasst?'

Er tritt näher an den Wagen heran, will genau wissen, warum und wieso die jetzt gerade da sind, setzt aber aus taktischen Gründen sein spöttischstes Grinsen auf und brüllt gegen das laute Geräusch des Treckers an: „Hoi, sind ihr schtäcke bliebe?! I han unte parkt. Han mir glei denkt, dass des it gut geht. Was machet ihr da?"

„Des gleiche könnt i di au frage", kommt ziemlich säuerlich die Antwort des Mannes, der offensichtlich vorher hätte schieben sollen. Er ist ebenfalls von oben bis unten mit Matsch bespritzt.

„Ermittle, was sonscht? Des isch mein Fall", plustert der Kommissar sich auf.

Der andere mustert ihn skeptisch. „Seit wann? Du hasch doch die tot Hex am Hals."

„Äbe. Deshalb mag i au it, wenn andere da mitmischet."
Er fährt einen Gang runter. „War ebbes?"

„Mir mischet it, mir hand unseren Job gmacht. Wenn de was wisse willsch, frag de Bauer." Damit lässt der Mann ihn einfach stehen und steigt zu seinem Kollegen in das inzwischen wieder fahrtüchtige Auto.

„Also, so was Uverschämts isch mir ja scho lang nimme ..."
Aber um sich so richtig gründlich über den Typ aufzuregen bleibt ihm keine Zeit. Bauer Nägele macht eine rasante Kehrtwende mit dem Traktor, brettert verdammt nah an Eisele vorbei und wirbelt dabei massenhaft Matsch auf.
Vor lauter Schreck fällt der Kommissar auf seinen Hintern,

landet damit direkt in einer Pfütze und brüllt dem Bauern hinterher: „Nägele … jetzt langts!!!"
Kreuzberg kommt ihm zu Hilfe und zerrt ihn hoch.
Otto Eisele schlottern die Knie. Er fühlt sich gedemütigt, erschöpft, sein Rücken schmerzt gottserbärmlich. Gefährlich langsam zieht er ein Taschentuch aus dem Mantel, wischt sich das Gesicht ab und zischt durch die Zähne: „Hand ihr des gsähe? Des war Absicht. Der isch absichtlich …"
Blanker Zorn steigt in ihm auf, siegt gegen sein Schamgefühl und den Schmerz, lässt ihn fuchsteufelswild werden. Ohne jede Taktik stürmt Kommissar Eisele ins Haus.

• • •

Die Bäuerin nimmt in der Küche den pfeifenden Kessel vom holzbefeuerten Herd und gießt Tee auf. Derweil sitzt Eisele mit Filzpantoffeln an den Füßen und einer Wolldecke um die Schultern neben seinen beiden Assistenten ungeduldig auf dem abgelebten Sofa in der warmen Stube.
Irgendwann hält er dieses intrigante Schweigen nicht mehr aus und herrscht den Bauern an: „I will jetzt endlich höre, was da los war!"
Aber der stopft sich in aller Ruhe seine Pfeife weiter. Frau Nägele kommt beladen mit einem Tablett voll dampfender Teetassen und selbstgemachtem Honig herein. „Gschosse isch worde", antwortet sie an Stelle ihres Mannes.
Der Kommissar traut seinen Ohren kaum. „Jetzetle!! Wer hat gschosse?"
„Mein Ma", jammert sie und reicht Eisele mit zitternder Hand einen Löffel aus ihrer Schürzentasche.
„Isch ebber verletzt? Oder … tot?" Kommissar Eisele will unwillkürlich aufspringen, aber das Sofa hat ihn vereinnahmt.

„I hoffs it!!", schreit Friedl Nägele hysterisch, da unterbricht der Bauer jäh seine Frau.

„Auf meim Grundstück hat koin Fremder was zum suche, und scho gar it im Haus! I han des Recht, mi und mei Familie zum schütze. Da isch de Waffeschein." Er knallt den Wisch neben Eiseles Teetasse auf die Tischplatte. Eine bräunliche Pfütze bildet sich auf dem Unterteller. Blaue Tabakwolken steigen auf, niemand widerspricht ihm, da setzt Nägele nach: „Die Schrotflint hand eure zwoi Komiker vorhin mitgnomme. I hoff, s geht schnell mit dere Ballischtik. Des Gwehr brauch i nämlich."

Seine Frau findet als erste ihre Sprache wieder: „Bernhard! Hör jetzt auf! Sei froh, dass it meh passiert isch. Der Kerle konnt immer no auf boide Füß davo laufe."

Dann erwacht Charly aus ihrer Starre. „Haben Sie denn erkannt, wer es war?"

Der Bauer mustert das junge Mädchen abfällig, dann den ungekämmten Burschen und wendet sich schließlich an den kleinen Mann, der ihm schon seit ihrer ersten Begegnung im Stall unsympatisch ist und der sich jetzt krampfhaft schweigend an seiner Teetasse festhält.

„I hab dem bloß oine auf de Pelz brennt, des muss euch gnüge. Was schleicht der au da rum." Verstockt pafft Nägele an seiner Pfeife weiter.

Eisele hat den verächtlichen Blick des Bauern sehr wohl gespürt. Er kämpft sich aus der behaglichen Furzmolle heraus, nimmt so gut es geht Haltung an und zückt seinen feucht gewordenen Notizblock. Es kommt selten vor, dass er ins Hochdeutsch verfällt, aber jetzt ist so ein Moment.

„Sie werden mir jetzt alle meine Fragen beantworten, und zwar in der Reihenfolge, sonscht nehme ich Sie in Beugehaft! Erschtens: Wann isch des genau passiert? Dann: Isch die Eingangstür aufgebrochen worden? Wissen Sie, wer's

war? Und, haben Sie Wertgegenschtände im Haus?"
Wieder steigen nur Tabakwolken zur Decke, die Stube vernebelt sich, der Bauer schweigt.

„Des hat so koin Sinn!" Frau Nägele steht energisch von ihrem Stuhl auf, sammelt die Teetassen ein, bleibt aber dann stämmig mit ihrem Tablett in den Händen vor dem Tisch stehen. „Lasset se mein Ma jetzt in Ruh. I glaub it, dass der heut no was sagt. Me schießt schließlich it jeden Tag auf en Mensche, wenn me sonscht bloß Hase oder vielleicht mal e Reh vor der Flinte hat."

Sie sieht kurz auf ihn hinunter und schildert in einfachen Worten den Tathergang: „Mir waret am Morge im Schtall grad fertig, da hat der Bernhard jemand ums Haus rum schleiche gsähe. Er hat mi ins Heu nei druckt und gsagt, i soll schtill sei. I woiß it, wie lang s dauert hat, da hab i dann de Schuß ghört. Des habet mir ihrem Kommissarkollege, der in der Früh da war, scho alles erzählt. Die zwoi andre hend bis vorher Schrotkugle aus de Holzbalke rausgholt. Schad um des schöne Fachwerk. Unser Haustür braucht me it aufbreche, die isch immer unverschlosse, falls Gäscht kommet. En Nachbar oder Freund wär it rumgschliche, die Type von Vorwerk, Telekom oder Jehova trauet sich nimme aufs Grundstück, und Wertgegeschtänd?", sie zieht den Atem scharf ein. „Wer e schtörrische Kuh klaut, isch selber schuld. I mach jetzt Brotzeit. Vielleicht hand se ja Glück und der Bernhard kriegt sein Kiefer doch no ausenander."

Ihre Augen werden nass. Die Bäuerin wendet sich heulend ab und geht zur Stubentür. Sie drückt die Klinke, verharrt dort kurz, dreht sich nochmal um, fleht unter Tränen: „Bernd, hol e Stückle Gselchtes aus der Kammer, mir ham Gäscht im Haus" und verschwindet wieder in der Küche. Wortlos macht sich Nägele davon.

Kommissar Eisele starrt bedeppert auf das leere Blatt vor sich.

„Ganz harte Nüss, die zwoi. Aber dene komm i schon no
auf d Schliche! Kreuzberg, ruf doch mal im Präsidium a
und frag, wer den Fall aufgnomme hat. I muss aufs Klo, der
Kräutertee treibt."
Während er die Toilette sucht, rutscht Charly unbehaglich
auf ihrem Sessel herum. Kai telefoniert, was könnte sie tun?
Niemand bemerkt, wie sie sich aus der Stube schleicht.

• • •

Eisele zieht am abgestoßenen Keramikgriff einer altmodi-
schen Klospülung mit Kette. Beim Anblick des Kernseifen-
stücks wird ihm dann klar: 'Also gschpickt sind die, glaub i,
it so richtig.' Er wäscht seine Hände nur unter fließendem
Wasser, vermeidet das saubere Handtuch und verlässt
Nägeles Badezimmer mit dem selben Ekel, den seit dem
Mistgabelangriff auch der Bauern in ihm auslöst.
Auf dem Rückweg sieht sich Eisele einen Moment im Flur
um. Steinere Fliesen, der Raupuutz an den Wänden ist ver-
gilbt und teilweise abgebröckelt. Es gibt keine Bilder, nur ein
Kreuz, mehrere Hufeisen und die Gardrobe, bestehend aus
einem halben Wagenrad, an dessen Speichen Jacken und
Mäntel hängen. Daneben steht eine kleine Kommode, darauf
das Telefon. Eine Holztreppe führt in den ersten Stock.
Außer Eingang und Hinterausgang sind da vier weitere
Türen, allesamt geschlossen. Die beiden vorderen gehören
zu Stube und Küche, er steht hinten vor dem Badezimmer,
also öffnet der Kommissar vorsichtig die Tür gegenüber. Da-
hinter verbirgt sich ein Wirtschaftsraum mit vollgestopften
Regalen, Bügelbrett, Nähmaschine, Staubsauger.
Er inspiziert eben den Inhalt eines großen Weidenkorbs,
da hört Eisele die gepresste Stimme des Bauern sagen:
„Noi, verdammt! I wart nimme. Du verkaufsch mir jetzt

107

des Grundstück. Dein seliger Bruder hat mir des scho verweigert. Siehsch ja, was er davo ghet hat. Ohne des Geld hand ihr koi Chance, Haus und Hof ganget unter. Des isch mei letschtes Wort!"

Dem Kommissar klopft das Herz bis zum Hals. Er steht keinen Meter entfernt, hinter der Tür, und beobachtet dann durch den schmalen Spalt, wie Nägele wütend den Hörer auf die Gabel knallt.

„Bernhard! Muss des jetzt sei? D Polizei isch im Haus!", flüstert die Bäuerin erregt. Eisele kann aus seinem Blickwinkel nur einen fleischigen Oberarm erkennen. „Isch it gnug, dass mir unsre Kinder verlore hand? Muscht du jetzt au no hetze? I frag mi manchmal, wen i da gheiratet han ... Wo bleibt des Rauchfleisch?!"

„Halt doch bloß endlich dei blöde Gosch! Mir brauchet den Zugang. Oder hasch du des scho vergesse?", faucht der Bauer seine Frau an.

„Noi Bernd, gwies it. Unser Weid ..."

Eine Fliege kitzelt auf seiner Nase. Der Kommissar kämpft gegen den Niesreiz an.

„... grenzt an dene ihr Wies mit dem Bach und mir zahlet viel Geld für d Benutzung. Aber darum geht's dir it. Bloß der Herrgott woiß, warum du seit Jahren den Krieg gege die Schäpperles führsch, egal was es koscht. S kommt mir sogar so vor, als wärsch du froh, dass die Bine tot isch!"

„Blöde Gans!! Du kapiersch au gar nix."

Schwere Schritte trampeln an Eiseles Versteck vorbei, die Hintertür knallt mit Karacho zu. Er wartet kurz, bis aus der Küche Geräusche von klapperndem Geschirr und das Schniefen der Bäuerin zu hören ist. Auf leisen Sohlen schleicht Kommissar Eisele durch den Flur, betritt in Windeseile die Stube und stemmt sich mit dem Rücken gegen die Tür.

„Kreuzberg, kommet, s gibt Neuigkeite. D Bauer führt en
Krieg, da isch Mord it ausgschlosse. Den pack i mir, so oder
so. Verflucht, wo isch die Charly?"
Kai Polankowitzek schrickt hoch. Ein Großstadtkerl wie
er war auf solche subtilen Drogen wie Tee mit Honig nicht
gefasst. Das Gebräu hat ihn buchstäblich ‚umjehauen.'
Jetzt reibt er sich umständlich den Schlaf aus den Augen
und brabbelt vor sich hin: „Wees ik nich. Det Mädel wollt
vielleicht ooch ma pinkeln jehn, wa."
„Was, pinkle? Noi, des wär mir it entgange, und naus isch
se au it. Die treibt sich irgenwo im Haus rum und macht
Dummheite." Otto Eisele macht sich plötzlich Sorgen, kehrt
um und schaut zur Stube hinaus.
Düfte von frisch gebackenem Brot und geräuchertem Fleisch
steigen ihm in die Nase. Die Bäuerin kommt aus der Küche
auf ihn zu. Er lässt sie vorbei, sieht die Treppe, ahnt, wo das
Mädchen ist, und hofft, dass da oben keine Gefahren lauern.
Frau Nägele stellt stumm ein schweres Holzbrett auf dem
Tisch ab, geht zum Schrank, holt daraus Gläser und eine
Flasche.
Angesichts der fünf Schnapsgläser entspannt sich der
Kommissar wieder. „Des isch aber sehr freundlich, Frau
Nägele. Netter Zug, die Eiladung. Damit han i ja gar it
grechnet. Kommet se, i helf Ihne schnell beim Tischdecke,
mei Assischtent muss nämlich dringend mal naus!"
Er blinzelt Kreuzberg mehrfach zu, bis der endlich kapiert.
„Gnä Frau, ik bin überwältigt. Det sieht lecker aus. Jeh mir
dann schnell die Hände waschen."
Die Bäuerin sagt immer noch nichts. Sie schenkt ein, Eisele
nimmt ebenfalls wortlos den Kirsch entgegen und kippt
das Glas auf einen Zug. „Deifel!", mehr bringt er nicht
mehr heraus. Das Zeug brennt wie Feuer in seiner Kehle.
Er bekommt Sodbrennen. Das liegt sowohl am Schnaps

wie auch an der Ungewissheit. 'Wo isch die Charly!?' Dieser kleine Teufel treibt ihn noch in den Wahnsinn!

Beiläufig verteilt Eisele Teller und Besteck. „Wo bleibt denn ihr Ma?"

• • •

Kai Polankowitzek sieht sich das Gebälk und die Eingangstür an. Wenn da Blutspuren waren, sind sie ordentlich weggewischt worden, denn bei so einer Ladung Schrot muss es doch den einen oder anderen Spritzer gegeben haben. Er steigt die Holztreppe hinauf, geht den Flur bis nach hinten durch und sieht in jedes Zimmer. Schlafraum. 'Na, hier kommt sicher keen Verjnügen uff.' Ein großes, bis zur Decke gekacheltes Bad. 'Da drinne könnt man ne Metzgerei unterbringen.'

Dann fällt ihm etwas auf. Eine Tür ist nur angelehnt. 'Unjewöhnlich! Die heizen doch nich den Flur.' Er zieht den Atem scharf ein, geht darauf zu …

Beinahe hätte Kai den Schatten hinter sich übersehen. Er wirbelt herum und steht vor Bauer Nägele, der seinen Schlag mit dem Rundholz nun doch nicht ausführt, den Arm senkt und stattdessen schimpft: „No oiner, der hier nix zum suche hat!"

Eiseles Assistent geht die Pumpe. Er japst: „Wat soll denn der Scheiß?! Weeste wat? Ik könnt dir jetzt festnehmen wejen Bedrohung eines Beamten!"

Aber zu dieser Amtshandlung kommt es nicht mehr. Die angelehnte Tür wird plötzlich aufgestoßen.

Vor ihnen steht Charly, die Augen voller Tränen, ein Foto in der Hand. Verzweifelt keift sie den Bauern an. "Die beiden waren soo ein schönes Paar. Was ist bloß passiert? Haben Sie das kaputt gemacht, sind Sie schuld, dass die beiden …?"

Die Bäuerin unten hat ihren Frust in Kirsch ertränkt und ist redselig geworden. „Schmeckts, Herr Kommissar? Des isch selbscht gräuchert. Tanne und e Gheimnis von meim Ma."
„Ausgezeichnet, Frau Nägele. Kann i den Rescht da kaufe?"
Sie nickt. „Normalerweis räuchret mir bloß für uns, aber i pack Ihne des Stückle ei. Nehmet Ses oifach mit."
Eisele schleckt sich gierig seine Finger. Den Anflug von schlechtem Gewissen – 'Isch des jetzt Beamtebestechung? Eigentlich scho. S derf halt koiner mitkriege. Aber ausgrechnet von dene? Wenn des it so saulecker wär!' – unterdrückt er. Das Geschrei aus dem ersten Stockwerk hingegen ist nicht zu überhören.
„Des isch so it richtig!" Wutentbrannt packt der Bauer Charly am Schlafittchen, zerrt sie Richtung Treppe. „Mach, dass du weg kommsch!"
„Aua!!!" Das Foto segelt auf die Stufen.
„Lass det Mädel los!!"
Kommissar Otto Eisele sieht die Frau neben sich entsetzt an und springt auf. „Wenn da was schief geht, reißt mir d Chefin de Kopf ab!!! Trauet Sie Ihrem Ma en Mord zu?"
Frau Nägele verliert sämtliche Farbe, starrt fassungslos an die Zimmerdecke, seufzt laut auf und weist dann energisch zur Stubentür. „Noi. Aber Sie ganget jetzt besser, sofort!"

• • •

Drei Autotüren des Ford stehen sperrangelweit auf.
„Kreuzberg, hasch heut wenigschtens was glernt?", schnauzt Eisele. Er hockt auf dem Fahrersitz und streckt seinem Assistenten die dreckigen Gummistiefel entgegen. „Helf mer mal aus dene verdammte Dinger raus."
„Otto, bist du mir böse?", fragt Charly kleinlaut von der Rückbank.

„Dir?? Noi, Mädle. Aber in em Haus, wo gschosse worde isch, schnüffelt me it heimlich rum. Schreibet euch des boide hinter d Ohre!"

Die Angst, die er Minuten zuvor um Charly ausgestanden hat, sitzt ihm noch in den Knochen. Außerdem frustriert ihn seine Gedankenlosigkeit, nicht wenigstens aus Nägeles Badezimmer alle Zahnbürsten für einen DNA-Abgleich mitgenommen zu haben. Die Auswertung von heimlich entwendeten Beweismitteln ist zwar vor Gericht nicht zulässig, aber die Bäuerin einfach danach zu fragen, ist ihm nach dem Rausschmiss gar nicht mehr eingefallen.

Kai Polankowitzek knallt den Kofferraum zu, schafft es gerade noch auf den Beifahrersitz, da drückt Eisele, stinkig vom Kopf bis zu den Socken, auch schon das Gaspedal durch und gnatzt: „Dann könne mer ja jetzt endlich. Anschnalle!"

• • •

Charly und Kai halten gespannt die Luft an, als der Kommissar nach seinem Telefonat ärgerlich den Hörer hinschmettert, die Augen kurz schließt, tief durchatmet …

Dann lernen beide Eisele von einer Seite kennen, die ihnen bisher noch unbekannt war. Er explodiert förmlich, springt auf, stampft mit den Füßen auf dem Boden herum, gestikuliert wie wild und schreit: „Scheißdreck!!! So ein Granatearsch!!! Hund, verreckter!!! Bleder Seggl, der verarscht mi doch!! Wo simmer denn?!"

So unerwartet, wie der Ausbruch begonnen hat, setzt sich Otto Eisele jetzt hin, dreht den Stuhl Richtung Wand und hebt seinen Mittelfinger hoch. „Sackgasse. Des stinkt doch."

Charly traut sich als Erste. „Otto?"

„Was??"

„Soll ich Kaffee machen? Kai könnte dir was vom Bäcker holen."

„Noi, i mag nix!"

„Aber Otto …"

Eisele fährt herum und wedelt mit beiden Händen vor seinem Gesicht. „Des müsset Ihr Euch mal gäbe. Mir brauchet sofort en Beschluss, weil der Heini vom K3 moint, dass i mi aus seine Ermittlunge raushalte soll, die hättet nix mit meinem Fall z due. Der schpinnt doch komplett!!" Niemand antwortet ihm, keiner hat einen scheißklugen Spruch drauf. „Hallo?! Sind ihr jetzt schtumm worde wie de Nägele und sei Frau?"

Dann legt der Kommissar völlig ruhig seine Hände vor sich auf den Schreibtisch und sagt: „Was no koiner woiß: I han rausbracht, dass der Nägele es scheints auf e Grundstück von de Schäpperles abgsähe hat. Sei Frau spricht in dem Zusammehang von em Krieg, den er gege die führe würd. Sabines Tod wär ihm da grad recht komme. Und dann ballert er am hellichte Tag so mir nix dir nix auf en Mensche. Der Typ geht über Leiche! Mi veräpplet die nimme, von wäge brave, unschuldige Bauersleut." Sein Jagdinstinkt meldet sich: „Und wenn de Vater scho so gemeingefährlich isch … E alte Bauernregel moint au 'de Apfel fallt it weit vom Schtamm'. Hä, des sagt doch alles!"

Charly schluckt hörbar.

Auch Kai hat Bedenken: 'Kaffee is jetzt keene jute Idee. Ottos Blutdruck könnte pathologisch werden.' Er entscheidet, dass Wasser die bessere Lösung ist, und stellt eine Flasche Sprudel vor seinen Chef hin. „Trink wat, Otto. Det hilft."

Aber Kommissar Eisele wirkt halsstarriger denn je. Er stiert über seinen Schreibtisch in das verstörte Gesicht des Mädchens. „Unser Charly isch natürlich wieder anderer Meinung. Vergiss it, dass mir den deutliche DNA-Abdruck hend. Wem der letschtendlich ghört, des werd i schon no rausbringe. En Nägele isch es auf alle Fälle, da verwett i mein Arsch drauf."

Jetzt erst öffnet Eisele die Flasche, trinkt in großen Schlucken und sagt: „Ah, des hat guet due. Nach dem Schnaps von dene Giftmischer han i nämlich dringend Verdünnung braucht. Kreuzberg, des war e gute Idee. Hasch sonscht no oine? Vielleicht einen anderen Ermittlungsansatz? Irgendwas?? Noi? Na also."

Dann steht er auf, läuft im Büro hin und her, lässt seine Gedanken kreisen und kommt immer wieder zu dem Fazit: 'Vater oder Sohn? De Alt oder de Jung? S kann nur oiner von denen gwäse sei!' Was ein ahnungsloser Teenager darüber denkt und dieser Frischling, beide noch grün hinter den Ohren, interessiert ihn gerade einen feuchten Kehricht. 'En gute Riecher braucht me halt, und den han i!'

Der Kommissar bleibt am Fenster stehen und sieht hinaus. Auf dem Sims liegt ein kleiner Vogel direkt neben dem Meisenknödel, den er dort hingelegt hatte. ‚Erfrore. Arms Viech', denkt er gerade frustriert, da zuckt der winzige Körper plötzlich und reißt den Schnabel weit auf.

Otto Eisele wird es ganz warm ums Herz. Am liebsten hätte er das Tierchen vor Freude umarmt.

• • •

Charly zögert noch. Sie sieht zu Kai hinüber, der auch nur mit den Schultern zuckt, und wird wütend. Diese sture Selbstgefälligkeit geht ihr gegen den Strich. „Pfff, ihr seid soo doof!" Bockig verschränkt sie ihr Arme. „Warum fragt mich eigentlich keiner?"

Eisele überlegt gerade ernsthaft, ob er den Vogel hereinholen soll, bevor das dumme Ding endgültig erfriert, deshalb

reagiert er barscher als gewollt: „Was willsch denn no?
Mei Meinung kennsch doch!" Kreuzberg hebt nur die
Handflächen zum Zeichen, dass er sich aus dem Zoff völlig
raus hält.

„Okay … schon kapiert. Ihr seid solche Nullnummern!!"
Charly springt auf, schlüpft in ihre Jacke und rennt zur Tür.
„Ich hau ab! Vielleicht hört mir Mama ja zu. Die ruf ich
jetzt an! Und Otto, das mit unsere Freundschaft hat sich
erledigt!"

Erschrocken dreht sich Eisele um. Charlys heftiger Auftritt
bringt ihn völlig aus dem Konzept. Er ist zwar hier der Chef,
aber deswegen noch lange kein Unmensch. „Jetzt wart halt!
Warum bisch denn glei so eigschnappt?"

Das Mädchen nimmt ihre Hand von der Türklinke und
fixiert ihn mit großen feuchten Augen. Dieser Blick, der un-
bändige Zorn dahinter löst bei Eisele etwas aus. Für diesen
Blick muss es einen Grund geben, und den will er jetzt
sofort erfahren!

„Also, schieß halt los. Warum bisch denn derart durchenand?"

„Weil du so engstirnig bist und einfach nicht kapieren willst,
dass es noch andere Möglichkeiten gibt", antwortet sie trotzig.
Das sitzt!

In seiner Eitelkeit erwischt, wird Otto Eisele einsichtiger, als
ihm lieb ist, und brummelt: „Bin ganz Ohr."

Jetzt ist es Charly, die durchs Büro tigert, ihre Hände an
die Schläfen presst und überlegt, wie sie anfangen soll. Vor
Eiseles Tafel bleibt sie schließlich stehen und sagt: „Da gibt
es zum Beispiel ein Zimmer neben dem vom Xaver. An den
Wänden hängen Poster vom VFB und ein Fan-Schal."

„Na toll. Da wohnt beschtimmt der Knecht. Des Haus isch ja
groß gnug", kontert Eisele.

„Es hängt aber ein Bild von Frau Nägele an der Wand und

eins von einem fremden Haus", setzt Charly eigensinnig nach.

„Chef", endlich bringt Kai das Maul auf. „Da verehrt einer außer seinem Fußballclub die Bäuerin, wa. Lass det mal den Bauern nich wissen, der is jähzornig."

„Hm …" Eisele graut jetzt doch saumäßig vor kommendem Mittwoch, sollte er dummerweise mit leeren Händen seiner Chefin gegenüberstehen. Er rauft sich die spärlichen Haare und fasst zusammen: „Okay. Da gibt's also e weitere Person aufm Hof. Vermutlich männlich, Fraue hends ja it so mit Fußball. En Knecht han i da bisher no it zu Gsicht bekomme, geschweige denn befragt. Versteckt der sich vor mir? Wenn ja, warum?"

Zwei Paar Augen sind vehement auf ihn gerichtet. Dem Kommissar schwant Fürchterliches.

„En Hausdurchsuchungsbeschluss wäge em Bildle an der Wand und em eifersüchtige Baure? De Staatsanwalt wird mir des nie genehmige. S isch au z weit hergholt. Und en unsichtbare Knecht erklärt no lang it de Mord an der Sabine."

„Otto", versucht Charly ihn aus seinem Zwiespalt herauszuholen. „Du kannst nur gewinnen. Einen Versuch ist es wert. Der Paule kennt doch da diese Richterin, könnte der nicht …"

Otto Eisele schnappt nach Luft. „Kind, bisch jetzt von alle gute Geischter verlasse?? Vielleicht isch des bloß e Missverständnis, des Zimmer für Gäscht, und i schteh dann da wie en Blödmann!" In seinem Kopf hämmert es. 'Warum wisset Frauen, auch wenn se noch trotzige Teenager sind, immer alles besser?'

„Vielleicht, vielleicht! Wenn es ein Gästezimmer wäre, dann hätte Frau Nägele aber auch vielleicht das Bett frisch überzogen und die Stinkesocken weggeräumt, oder? Hat sie aber nicht!" Charly sieht ihn mit einer solchen Überzeugung an, dass Eisele sich plötzlich nackt und ertappt fühlt.

Er greift zögerlich zu den Autoschlüsseln. „Kreuzberg, du bringsch derweil des Mädle hoim, s isch scho dunkel. Wartesch da auf mi. I fahr ins Krankehaus. Des muss unter vier Auge besproche werde!"

• • •

Der Kommissar verlässt enttäuscht das Zimmer. Paul Bauer ist nicht da. 'Wo zum Kuckuck steckt der um die Zeit?' Die blonde junge Frau, die er auf dem Gang fragt, „Schweschter, wo isch mein Kollege?", kann ihm auch nicht weiterhelfen.

„Keine Ahnung. Ist der schon wieder nicht in seinem Bett?"

„Noi", schnauzt Eisele sie giftig an, „sonscht dät i it so saudumm frage?", und wedelt grantig mit seinem Dienstausweis.

Die Krankenschwester lässt sich davon überhaupt nicht beeindrucken. Sie legt eher beruhigend ihre Hand auf die seine. „Was soll die Aufregung? Allzu weit dürfte er in seinem Zustand kaum sein."

Kommissar Eisele spürt warmes Blut durch seine Adern fließen, fühlt in der Berührung plötzlich Vertrauen und erhofft sich eine Erklärung: „Aha, was kann me denn hier so afange, wenns oim langweilig wird?"

„Anfangen? Das ist ein Krankenhaus. Unsere Patienten werden hier gut versorgt, für das Programm sind wir allerdings nicht zuständig."

„Scho klar." Immer noch fühlt sich Eisele magisch zu ihr hingezogen und stammelt: „Denk … Tschuldigung, denket Se halt mal nach. Wann und wo habet Sie ihn zuletzt gesähe?"

Der blonde Engel überlegt und lächelt ihn dann auf zauber-
hafte Art an: „Als meine Schicht begann. Er hatte Besuch
von Doktor Albern."

„Danke, des isch doch scho ebbes. Wenn der bei ihm war,
dann woiß i scho."

Sehr ungern löst Eisele den zarten Handgriff, geht zum
Aufzug und schaut sich noch einmal um. Aber da steht
niemand mehr. Der blonde Engel hat sich eine Bettpfanne
unter den Arm geklemmt und ist in einem Krankenzimmer
verschwunden, um jemand anderem Erleichterung zu
verschaffen. Etwas enttäuscht betritt Otto Eisele den Lift und
betätigt den Knopf zum Untergeschoß.

Im Keller empfängt ihn Dunkelheit. Er fröstelt, tastet nach
dem Lichtschalter. Neonröhren flackern auf, direkt über ihm
surrt es leise. Das grässliche Geräusch und der leere Flur
lösen Panik in ihm aus.

Da hört er lautes Gelächter und geht ihm nach, aber nur
widerwillig. Dann nimmt der Kommissar seinen ganzen
Mut zusammen und öffnet die schwere Tür.

• • •

„Albern, du hasch bschisse!", brüllt Bauer, während der
Pathologe mit verschmitztem Gesicht mehrere Geldscheine
zusammen schiebt, die auf der Obduktionsfläche liegen. Er
kichert: „Auch Zocken will gelernt sein, Paul."

Sie bemerken den Mann nicht gleich, der zögernd im Eingang steht und „Hallo", dann etwas lauter „Hallo!" sagt.

Dr. von Stauffen sieht verwundert von dem Bündel Scheinen
auf. „Ah, Besuch, wie schön. Nur herein! Pokern macht zu
dritt sowieso mehr Spaß. Geld haben Sie dabei? Kaltes Bier
ist im Schubfach gleich neben Ihnen, der Schnaps in dem
mit dem Totenkopfaufkleber."

„Otto!" Paul Bauer sitzt, seinen verletzten Fuß ausgestreckt, mitten auf dem Untersuchungstisch.

„Äh … schtör i?"

„Nicht so schüchtern, alter Freund. Hier stört selten jemand, außer … na ja. Ich übernachte hier manchmal und es kommt vor, dass der eine oder andere meiner Gäste plötzlich anfängt zu zucken. Gase, Sie verstehen?" Das dröhnende Lachen des Doktors bringt Eisele ganz schön aus der Fassung, doch Bauer schnappt sich die Krücken und humpelt auf ihn zu.

„Nimm ihn oifach so, wie er isch. Suchscht du mi? Hasch e neue Leich?"

Der Pathologe wird stutzig, und bevor Eisele seinem Kollegen antworten kann, prescht er vor: „Was Interessantes? Verstehen Sie doch bitte … Die Todesursache des Mädchens konnte mit Hilfe einer lächerlich kleinen Blutprobe von unseren Labormäuschen zwar schnell aufgeklärt werden. Und üblicherweise sind für Giftmorde ja Frauen verantwortlich. Dazu kann ich Ihnen äußerst spannende Lektüre zur Verfügung stellen. Vielleicht haben Sie auch schon eine entsprechende Dame im Visier. Was allerdings dagegen spricht: Frauen agieren normalerweise im Hintergrund. Der Auffindungsort, die theatralische Art der Drapierung und der immense Kraftaufwand, der dafür erforderlich war, sind ungewöhnlich. Für ein Weib müsste die schon ordentlich Muskeln haben. Das fasziniert mich kolossal!"

Von Stauffen hat einen verklärten Gesichtsausdruck. Achtlos lässt er die Geldscheine fallen und geht zum Schubfach mit dem Totenkopfaufkleber. „Will noch jemand?" Paul Bauer hätte schon gern einen, aber Ottos strenger Blick hält ihn zurück. „Na gut." Der Doktor entnimmt der Schublade eine Flasche und prostet dem Fach daneben zu. „Du vielleicht? … Da drin liegt ein Verkokelter. War nicht ohne!

Aber nachdem ich Geschlecht, Alter, Todeszeitpunkt und Ursache dokumentiert habe, liegt er seit zwei Wochen in der Kühlung und keiner will ihn haben. Arme Sau … Ich brauche dringend neue Herausforderungen!!" Dann setzt er die Flasche an und trinkt.

Eisele nutzt die Verschnaufpause des Gerichtsmediziners und flüstert: „Paul. Koi neue Leich. Aber s isch dienschtlich. Könnte mer hier naus gange?"

Kriminalhauptkommissar Bauer nickt. „Glei. Wart en Moment", flüstert er zurück, greift sich schnell das Kartenspiel und holt unter der Tischplatte etwas hervor, das dort mit einem Streifen Hansaplast befestigt war. „Komm Otto. Hau mer ab, bevor der merkt, wo i no e Ass versteckt han."

• • •

„Also doch! Der Herzkönig war mehrfach im Spiel. Und der Pik Bube au?? I hans gwisst, der bscheißt tatsächlich." Hauptkommissar Bauers Mundwinkel zucken gefährlich, als er vor der Tür die Karten durchgeht und sie anschließend in seinem Bademantel verschwinden lässt.

Der Flur ist nach wie vor kalt und leer. Auch das Surren der Röhre hat nicht nachgelassen, aber Eisele fühlt sich in Gegenwart des Kollegen doch sicherer als zuvor. Er schmunzelt sogar und narrt ihn: „Du doch au, Paule! Hasch viel Geld verlore?"

„Bei dir brennts wohl da obe?! Und wenn … des hol i mir alles zrück." Bauer zeigt ihm gereizt den Vogel und haut mit dem Griff einer Krücke heftig gegen den Knopf des Fahrstuhls. Da dreht Eisele abrupt um und läuft zurück zu der Tür, durch die er eben erst entflohen ist.

Von Stauffen lehnt lässig an der Wand und prostet ihm mit einer braunen Flasche entgegen. „Ich wusste es. In manchem

Hasenfuß steckt ein ganzer Mann. Der eine entpuppt sich früher, der andere später. Bierchen?"

Eisele winkt ab, kneift seine Augen zusammen und fragt: „Herr Doktor, der Verkokelte …"

„Ja?"

„Wann isch der … I moin, kann i den mal sähe?"

„Klar", ruft der Gerichtsmediziner hoch erfreut. „Sie gefallen mir. Ganz mein Geschmack." Er schubst sich von der Wand ab, schwankt etwas, lallt: „In … dir steckt ein ganz Großer! Lass dir bloß nie was anderes einreden." Dann öffnet er das Fach neben sich und zieht die Schublade mit Schwung heraus. „Hier lümmelt er in seiner ganzen Pracht. Ist noch nicht identifiziert, deshalb der Name auf dem Schild an seiner Zehe. Hab ich ausgewählt. 'Zippo' brennt bekanntlich bei jeder Wetterlage. Kein schöner Anblick."

Als er wieder zu sich kommt, blendet ihn grelles Licht. Dann beugt sich Paul Bauer über ihn. „Trink des, Otto, dann geht's dir besser."

Eisele kippt ohne Widerrede das Glas. Der Obstler brennt in seinem Hals, bringt ihn zum Husten. Dabei wird ihm mit Entsetzen der blanke Tisch bewusst, auf dem er liegt! Ein jenseitsmäßiger Schreck durchfährt den Kommissar, elektrisiert ihn geradezu und lässt ihn kerzengerade hochfahren. Er keucht: „Läb i no? I läb doch no, gell?"

• • •

Eine Tasse lauwarmer Pfefferminztee aus der Hand der netten Stationsschwester und dass wieder mehrere Stockwerke zwischen ihm und diesem Gruselkabinett lagen, haben ihm richtig gut getan …

Vor dem Gebäude schnauft Otto Eisele tief durch. Und hätte man ihn auf dem Weg zum Parkplatz beobachtet, wäre sein dümmliches Grinsen aufgefallen. 'Des war doch die Schweschter, die mi da z mal vergoscht hat, weil i it behindert bin, oder? Wenn die Alte wüsst, wie schräg i drauf sei ka.' Er setzt sich hinter die schmutzige Windschutzscheibe seines Autos und kichert. „So ändret sich halt d Zeite!" Eisele dreht den Zündschlüssel, der Motor springt an, ein gutes Zeichen. „I fahr jetzt hoim und ihr könnet mir alle mal de Buckel nunter rutsche. Hauptsach, de Paule schaltet sei Connection ei." Dass Hauptkommissar Bauer überhaupt nicht von seiner Idee begeistert war, blendet er einfach aus.

• • •

Nachdem er Kreuzberg bei Charly eingesammelt hat, erzählt ihm der Kommissar auf dem Heimweg in seinem klapprigen Ford von der Begegnung mit dem verbrannten Körper.
Der junge Berliner ist danach ganz aufgeregt. „So wat hab ik noch nie jesehen."
„Ja glaubsch i?" Eisele versucht ganz schnell, den grauenhaften Anblick wiederaus seinem Gedächtnis zu streichen. Minutenlang schweigen beide. Otto Eisele konzentriert sich mühsam auf die eisglatte Straße, Kai Polankowitzek sieht aus dem Fenster und scheint die in der Dunkelheit vorbeiziehenden Bäume zu zählen. Auf halbem Weg gibt er dann kleinlaut von sich: „So einer riecht, det haut einen doch von di Socken, wa?"
„Pff. Mi doch it!" Der üble Geschmack in seinem Hals macht Eisele zu schaffen. „Gibsch mir mal die Gutsle aus m Handschuhfach?"
„Die wat?"
„Oh Bue, lern endlich Fremdschprache!"

• • •

Der getigerte Kater springt aus seinem Versteck hinter dem
Schuppen, als das Auto in der Einfahrt hält. Kommissar
Eisele löscht erleichtert das Scheinwerferlicht. „Gschafft. Was
für en Tag! Kommet, mir drei esset jetzt no des Gräucherte
vom Nägele. Und dann brauch i Zeit zum Nachdenke."
Kater rollt sich behaglich vor dem Kamin zusammen.
Kreuzbergs Kinn fällt immer wieder auf seine Brust, dann
schläft auch er laut schnarchend. Nur Eisele läuft unruhig
durch den Flur in die Küche und zurück ins Wohnzimmer.
„Des passt … Des it? Warum passt des it?"
Er sinkt erschöpft in den zweiten Sessel, reibt sich die
Augen, denkt noch, 'Wie machet die des in deim Berlin?',
nickt ein und träumt von grellem Neonlicht. Jemand
lacht unentwegt, aber dieses schallende Lachen dröhnt
bedrohlich. Ängstlich versucht Otto Eisele sich die Ohren
zuzuhalten. Es geht nicht! Warum geht das nicht?? Er
versucht es wieder und wieder, fuchtelt mit den Armen
herum, wird zornig und heult: „S geht it. Warum hilft
mir denn koiner?!" Das Gesicht des Pik Buben huscht vor
seinem vorbei, macht sich lustig über ihn: 'Ha ha! Gib's
auf, Kumpel! Du hast keine Hände mehr, nein, nein. Der
Herzkönig hat sie dir weggebrannt! Und nur er hat die
Macht, sie dir zurückzugeben. Ja, warum lässt du dich auch
mit ihm aufs Zündeln ein?'
„Noi!", schreit Eisele, will ihn packen, fällt zu Boden, rollt
hin und her und strampelt mit den Beinen.
Eine vertraute Stimme sagt: „Wart mal, ik helf dir."
'Diese Stimme … Woher …?' Er reißt kurz die Augen weit
auf, sieht den Pik Buben groß an. Sein Herz pocht bis zum
Anschlag! Plötzlich ist es ganz still.
„S schterbe hat gar it weh due", murmelt Eisele, lächelt und
sinkt in die Arme des Buben zurück. „Jetzt muss i bloß no
den Herzkönig finde." Dann fühlt er komischerweise doch

Schmerz, und wieder ist es der Pik Bube der sagt: „Ik bring dir ins Bette, mein Freund."

„Otto?" Kai schlägt ihm jetzt rechts und links ins Gesicht. „Otto, komm schon!" Er hievt seinen Chef hoch. Der war wild um sich schlagend aus seinem Sessel auf den alten Teppich vor dem Kamin gefallen. Jetzt auf dem Weg nach oben ist er kaum wach zu kriegen.

Die Schlafzimmertür fällt leise ins Schloß, das Sägen dahinter schwillt an.

Veilchendienstag – Blauer Rauch, saure Kutteln, frisches Blut

Er erwacht mit steifem Genick und streckt sich.
Kater rutscht von der Decke, mault lauthals: „Miauuu!!!"
„Pst, sei leise! Der Chef schläft bestimmt noch." Kreuzberg
sieht aus dem Fenster. Es ist früh am Morgen und
stockdunkel, aber der frisch gefallene Schnee glitzert im
Licht der Straßenlaterne.
„Oh Mann, det war vielleicht en Traum … Ikke in Ritter-
rüstung uff m riesen Gaul im Zweikampf mit irjend so nem
Irren rette Otto vor dem sicheren Tod. Nee, wa?"
Noch einmal streckt Kai sich ausgiebig, schlüpft dann in
seine Klamotten, schleicht auf Socken die knarrenden
Treppenstufen hinunter und steigt unten im Flur in die
Gummistiefel.
Vor der Haustür greift er zur Schippe, hält sie drohend wie
ein Schwert, durchschneidet zwei, drei Mal die eiskalte
Morgenluft, stürzt sich auf die Schneemassen und ruft aus:
„Okay, pass uff! Jetzt kommt der edle Ritter aus Berlin und
macht dir wech!!!"
Methodisch wirft er den Schnee Schaufel für Schaufel über
Eiseles Zaun, als wäre der die schwere Last, die ihm auf der
Seele liegt. „Eene Schippe für den Alptraum und noch eene
für die ausjebrannte Karre." Kai Polankowitzek setzt erneut
an, nimmt Anlauf, wirft. „Eene für die verbrannte Leiche,
zwee Wochen alt. Wenn der Junge det Auto jeklaut hat, is
er mit an Wahrscheinlichkeit grenzender Sicherheit och det
Opfer. Ik meen, dann ist er Ottos Verkokjelter. Wo wurde
die Leiche eigentlich jefunden, frag ik mir?"
Kater springt auf den Pfosten der Gartentür und beobachtet
ihn mit verschlafenem Blick. Kreuzberg, der gerade an ihm

vorbei schiebt, hält an und streichelt ihm über den Kopf.
„Dir fehlt deine kleene Freundin, wa?"
Die nächste Schaufel Schnee landet am Ende des Grundstücks in Nachbars Garten und seine Unterhaltung mit dem Kater wird tiefgründiger. „Die war für eure Dahinjeschiedenen. Du bist jetzt traurig, aber det gibt sich mit der Zeit. Sei erst ma einfach froh, det de am Leben bist, weil der Xaver is et vermutlich nich mehr, weeste. Dann kann er aber ooch die Sabine nich jekillt haben. Dieser Cowboy schon. Aber wer ist der Kerl?" Polankowitzek schippt und labert in der Dunkelheit vor sich hin. „Noch eene… und noch eene. Ritter Kai, Leichen pflastern seinen Weg. Klingt jut, wa? Is et aber nich, bringt halt der Job so mit sich. Nehmen wir jetzt nur mal an …"
„Halt endlich s Maul!!" In der Nachbarschaft knallt ein Fenster zu.
Davon lässt sich ein echter Recke nicht beirren. Er stützt seinen Kopf auf den Stiel der Schippe und zwinkert Kater zu. „Die zwei waren ein Paar, beide sind tot. War da jemand vielleicht eifersüchtig und trägt derjenige jerne ein Tuch vor der Schnauze?" Kater fängt an sich zu putzen und fährt sich immer wieder mit der Pfote übers Gesicht. „Du hällst mer für bekloppt, wa?"
Kreuzberg streut jetzt groben Sand über den Gehweg bis vor die Tür und kehrt ins warme Haus zurück, aber nicht, ohne dem Tier vorher noch grinsend eine Portion Schnee über den Kopf zu kippen.

• • •

Otto Eisele sitzt mit zerknittertem Gesicht auf der Küchenbank und beobachtet stumm den Kaffee, der aus der Filtertüte in die Kanne tropft.

„Morjen", brüllt Kai aus dem Flur, weil er Licht in der Küche sieht. „Allet erledigt und schon mal Jedanken jemacht!"

„Brüll doch it so. I hab kaum gschlafe. Han die ganze Nacht nachdenke müsse", schnauzt Eisele zurück.

„Hab ik jehört, wa." Das frische, rotbackige Gesicht des jungen Berliners erschreckt den Kommissar. Er fühlt sich heute Morgen sowieso gar nicht gut, 'und jetzt muss des Bürschle sich au no wichtig mache!' Dass sein Kater dem folgt wie ein Hund, vermiest ihm die Laune endgültig. „Menschenskind, sei bloß it frech, sonscht …!"

Kater macht sofort einen Buckel, aber Kreuzberg ist sich nicht bewusst, etwas Falsches getan zu haben. Er holt die Milch aus dem Kühlschrank, schenkt zuerst etwas davon in die Katzenschale und sagt dann mit sonnigem Gemüt: „Kaffee is fertig. Willste ne Tasse? Bleib sitzen Chef, ik mach det schon."

Wortlos schlürfen die beiden aus ihren Tassen, bis Eisele das Schweigen bricht. „Glaubsch au, dass der Bub unsre nicht identifizierte Leich und der Cowboy die Verbindung zwische boide tote Kids isch?"

„Jo."

Der Kommissar sieht seinen Assistenten scharf an. „Was isch denn jetzt los? Du bisch doch sonscht it so wortkarg."

„Wat? Nee … doch, klar. DNS vom Hut und seinem Tuch haben se ja im Auto und an der Maske sicherjestellt. Aber … ik denk grad über det Motiv nach", antwortet Kai zögerlich.

„Schtimmt, e Motiv hemmer no koins."

Eisele versinkt gerade wieder in Gedanken, da posaunt Kreuzberg heraus: „Ik hab da mal so en Kurs jemacht. Det hatte mit dem Ausschlußverfahren zu tun. Man nimmt die häufigsten Motive und stellt die dann den Fakten jejenüber. Habgier schließ ik darum aus, bei dem Mädel war doch nüscht zu holen. Plemplem is der Typ auf jeden Fall, det sacht uns die Art und Weise, wie er sie drapiert hat. Aber warum ausgerechnet die Sabine? Er hat sich an keen anderes Jörl ranjemacht. Hat er sie jekannt? Dann wären wir vielleicht doch wieder bei Eifesucht, wa?"

„Ka scho sei. Aber beim Thema Eifersucht schtosset mir wieder de Nägele und Charlys Phantom auf", grunzt sein Chef und bekommt augenblicklich Sodbrennen.

„Otto, wenn der alte Knacker aufm Schulball als Cowboy uffjetaucht wär, hätt det doch jemand bemerkt", wirft Polankowitzek ein. „Ik hab mir ausjiebig vor allem mit de Mädels unterhalten. Der Typ war zwar scheint's älter, aber so alt ooch wieder nich."

„Aha?" Da es sich hier um eine ernsthafte Diskussion über das Tätermotiv handelt, überhört Eisele den 'alten Knacker'. Dieser Nägele ist nämlich jünger als er.

„Okay, dann fass i halt mal zamm: Mir suchet en Cowboy, älter als de Räscht auf dere Party, aber jünger wie i oder de Nägele. S gab koin zwoite Lover außer m Xaver, und nachgschtellt hat der Sabine au niemand."

Eisele stockt mitten im Satz. Seine Chefin erscheint ihm. Sie schwebt durch die Küche und hebt mahnend den Zeigefinger! Der Kommissar erschrickt furchtbar und hält sich die Hände vors Gesicht. Jetzt, kurz vor dem Finale zu scheitern, wäre fatal. Also wischt er sie einfach weg, trinkt einen Schluck kalten Kaffee, um sich Mut zu machen, und kommt zu dem Ergebnis: „Bleibt im Moment bloß no Charlys unsichtbarer Knecht oder … De Paule hat da so e Idee ghet, en Stalker. Von dene liest me heut zu Tag in jeder Zeitung, aber wisse tut me nix Gnaues über die."

„Hm", Kreuzberg guckt nicht besonders überzeugt aus der Wäsche. „Dann steht ab jetzt der janze männliche Bodenseekreis unter Verdacht!?"

„Macht de Krois it kloiner, woiß i scho", fiebert Eisele.

„Wenn mer blos wüsstet, wer uns da helfe will, den Fall zum kläre. Des Päckle isch it umsonscht bei uns glandet. Interessant wär au no, was es mit dem Grundstück am Bach auf sich hat, des der Nägele so dringend habe will. Ghört immerhin de Schäpperles. Die sollet pleite sei …"
Er starrt wie hypnotisiert aus dem Fenster, als wäre dort draußen die Erklärung für alles. 'Der Paule kümmert sich hoffentlich scho um den Durchsuchungsbeschluss für des ganze Nägeleanwäse, also bleibt mir nur oins.' „Und genau da hake mer jetzt nach", platzt es aus ihm heraus.
Von Eiseles Wahnvorstellung, in Zukunft Knöllchen zu verteilen, hat der junge Berliner keine Ahnung. Angesteckt durch die plötzliche Initiative seines Chefs, reckt er vielmehr das Kinn wissbegierig vor. „Ik räum schnell uff. Dann jehen mer mit den beiden Frauen Tacheles reden."
Kommissar Otto Eisele nickt, quetscht sich hinter der Küchenbank hervor und greift zum Katzenfutter. Wer weiß, wie lange er wieder außer Haus sein würde. Der Kater kann schließlich nichts dafür. 'Au wenn de en miese, abtrünnige Verräter bisch.'
Fleisch landet in der Schale. Eisele wartet, bis Kater sich aus seinem Versteck hungrig heraustraut, krault ihn, wird gebissen und zieht seine Hand schnell zurück. „Bleds Vieh!"
Kreuzberg spült seelenruhig Teller und Tassen ab, kann also gar nichts bemerkt haben. Der Kommissar leckt sich die Wunde, schmeckt Blut und herrscht mehr den Kater als Kai an: „Scharf bin i ja it grad drauf, aber s bleibt uns au nix anderes übrig. Wie schpät hemmers eigentlich?"
„Kurz nach sieben. Noch etwas früh für Hausbesuche, wa?", antwortet sein Assistent und wischt sich Schaum von den Fingern. „Pflaster?"
Eisele übergeht die letzte Frage geschickt. „I denk, die hand Küh und sind jetzt im Stall, also … packe mer s!"

• • •

Auch hier ist Schnee geschippt worden und die Milchkannen stehen bereits unten an der Auffahrt zum Hof.

„Siehsch, des sind Frühaufschteher wie mir", sagt Eisele noch, biegt ab und hält vor dem Haupthaus. Sein Herz klopft verdächtig, als er aussteigt und sich umsieht.

Die Tür zum Wohngebäude steht sperrangelweit auf. Ein Besen liegt auf den Stufen davor, weit und breit ist niemand zu sehen.

„Was isch denn da los?"

„Vielleicht sind die Frauen ja drüben im Stall?", versucht Kai das Rätsel zu lösen.

Der Kommissar schüttelt den Kopf. „Siehsch doch selber, dass da alles dunkel isch. Noi, hier schtimmt ebbes it. Komm!"

Zum zweiten Mal in diesem vermaledeiten Fall löst Eisele den Verschluss seines Pistolenhalfters. Er geht voraus, betritt auf leisen Sohlen den Flur. Kreuzberg sichert hinter ihm, allerdings nur mit einer Taschenlampe, in deren fahrig umher irrendem Lichtkegel sie sich jetzt in dem finsteren Haus zu orientieren versuchen.

„Hörsch ebbes?", flüstert Eisele.

„Nichts."

„I au it. Des isch die Tür zur Küch, und da isch s Wohnzimmer. Was zerscht?"

„Küche." Kreuzberg hat das Licht durchs Schlüsselloch zuerst entdeckt. Eisele zieht seine Waffe. Vorsichtig drückt er auf die Klinke und die Tür springt mit einem laut klagenden Geräusch auf.

• • •

Kommissar Eisele überblickt schnell die Situation. Drei Personen befinden sich außer ihm im Raum. Gefüllte Gläser stehen neben einer Flasche Williams auf dem Tisch, der Schraubdeckel ist heruntergefallen. Gisela Schäpperles tränennasses Gesicht fleht ihn hilflos an. Ihr Mund wurde zugeklebt. Klebeband fixiert auch die Arme und Beine der Frau am Küchenstuhl. Der Mann mit dem Gewehr zielt auf Monika, die wie gebannt den Tisch anstarrt.

Eisele reagiert instinktiv. „Polizei! Nehmet Sie die Waffe runter!! Bisch eigentlich voll blöd, Nägele?"

Das Gewehr schwenkt langsam in Eiseles Richtung.

„Hände hoch, oder i schieß!!!" Der Kommissar hebt die Pistole in Richtung Zimmerdecke und drückt zur Warnung ab. Nichts tut sich.

Verdutzt sieht Eisele auf seine bewaffnete Hand, entsichert und brüllt in einem: „Weg mit dem Ding!"

Gisela Schäpperle rollt ängstlich mit den Augen, aber Bauer Nägele lässt seine Flinte tatsächlich sinken.

„S hat koin Sinn me." Er wischt sich mit dem Jackenärmel Schweiß von der Stirn, hebt den Kopf und sagt beklommen: „I glaub, i bin ganz froh, dass Sie da sind, Herr Kommissar."

„Ah so!?", herrscht Eisele den Bauern an: „Des wär aber s erschte mal. Wie kommts?"

Der fährt sich schuldbewusst mit einer Hand durch die Haare und versucht es damit: „Weil die Weiber für mi alloi zu schtur sind."

Kreuzberg hat sich ihm währenddessen langsam von der Seite genähert, reißt Nägele das Gewehr aus der Hand, wirft ihn geschickt mit einem Judogriff zu Boden und legt ihm Handschellen an.

Augenblicklich erwacht Monika Schäpperle aus der Erstarrung. Sie geht langsam um den Küchentisch herum, nimmt ein Messer aus dem Block, schneidet ihre Schwägerin los und reißt ihr dann das Klebeband vom Mund. Die schreit auf, schreit wie am Spieß!

Unbeeindruckt greift sich die Rothaarige eins der gefüllten Gläser vom Tisch. „I brauch jetzt en Schnaps." Emotionslos kippt sie es, greift sich das zweite und prostet mit verzerrten Mundwinkeln Eisele zu: „Herr Kommissar, Sie sind genau zur richtige Zeit auftaucht. Der Ma da wollt uns umbringe." Schließlich nimmt sie mit zitternder Hand auch noch das letzte Glas, sieht dann auf Nägele hinunter und schreit den Bauern an: „I bin mir jetzt au ganz sicher, dass du Drecksau mein Bruder auf m Gwisse hasch!!!"

• • •

Beide Schäpperlefrauen haben Eiseles Frage verneint, ob er einen Notarzt rufen soll. Gisela heult zwar immer noch vor sich hin, aber Monika massiert ihr zart den Nacken. Gleichzeitig verfolgt sie mit finsterem Blick, wie Bernhard Nägele von einem Streifenbeamten abgeführt wird. „Da habet Ihr euren Mörder. Verschwindet jetzt aus unsrem Läbe!"

Der Kommissar verzieht angesichts ihrer Feindseligkeit keine Miene, zuckt nur die Schultern und spielt dann seinen einzigen Trumpf aus.

„Etzetle, grad bin i no rechtzeitig auftaucht, scho wollet Sie mi ohne Erklärung wieder los werde? Des wär doch z oifach. Zu ersch verzählet Se mir mal von dem Grundstück, das der Nägele so dringend habe will."

'Wenn die jetzt bockt, dann han i z hoch pokert.' Er hofft inständig, dass das nicht der Fall ist. Trotz der hektischen Umstände ist ihm nämlich das Schriftstück, das unter der Schnapsflasche liegt, nicht entgangen. Es sieht ziemlich amtlich aus. Deutlich ist darauf ein Stempel mit Unterschrift zu erkennen.

Otto Eisele bemerkt sofort das Zucken in Monika Schäpperles Gesicht.

„Aha, also lieg i gar it so falsch. I derf doch." Er hebt die Flache hoch, zieht das Dokument an sich und liest. „Des isch ja e Urkunde darüber, dass des Grundschtück auf die Sabine Schäpperle übertrage wurd?"

„Natürlich, was hasch denn du dacht?! Des hat mein Bruder bei Bines Geburt gmacht, ohne dabei nach zum denke. Sie hätt erscht an ihrem 18. Geburtstag darüber verfüge dürfe!", brüllt ihn die rothaarige Furie an.

„Also darum hand Se it verkaufe könne, obwohl Sie des Geld so dringend für de Erhalt vom Hof brauchet", kontert Eisele überrascht. „Und de Nägele hat des gwisst?"

Sie schüttelt den Kopf. „It von Anfang a, warum au, s isch doch unser Sach. Der war damals nur sauer, weil die Gisi en andere gheiratet hat. Nach dem angebliche Unfall vom Franz hat er se bedrängt, ihre überall aufglauert, die Gisi beschimpft, sie hätt ihm sei Recht auf d Mitgift gnomme."

Monika Schäpperle zerrt nervös an ihrem Haarband herum. Dann sprudelt es aus ihr heraus: „Vor e paar Monat isch er dann richtig massiv worde, hat dauernd agrufe und tobt, s wär sei Wies. Des war fuchtbar! Oimal am Telefon hab i ihn dann ausglacht und gsagt, Nägele, du Narr, kasch di auf de Kopf schtelle, aber des hat koin Sinn, weil nämlich it die Gisi erbt, sondern die Bine, wenn se achtzehn isch! … Dem muss es Wasser au bis zum Hals schtehe. Darum hat er unser Kind umbracht. Und i dumme Kuh verrat ihm des au no!?!" Sie stöhnt.

„Aber", setzt Eisele sofort nach, „damit hättet Sie doch alle drei e Motiv, des Mädle zum töte. I nehm mal an, der rechtmäßige Erbe danach sind …?" Er dreht sich zu Gisela Schäpperle um.

Die zuckt unter seinem Blick fürchterlich zusammen, ihre

blauen Augen füllen sich wieder mit Tränen. Sie ist nicht fähig zu antworten, nur ihr Mund geht auf und zu.

„Sie schpinnet doch!!" fährt die andere ihn an. „I bring doch it mei Nichte um, bloß weil mir finanzielle Probleme hend! Und die Gisi ihr eigene Tochter ersch gar it! Mir haltet uns seit Jahren über Wasser, und s hat immer irgendwie klappt." Diese Frau steht kampfbereit vor ihm in der Küche, und das nach so einem Schock? Eisele kommt ins Grübeln. „Wenn de Bauer Nägele des wirklich war, dann hat der sich ins oigene Knie gschosse. Sie verdächtiget ihn, verkaufet Grund und Bode an jemand anderscht und so bleibt dem bloß no, mit Waffegewalt e Unterschrift zum erzwinge. Desch die oinzig Erklärung, oder? Jetzt setzet Se sich her." Er deutet auf einen der freien Stühle.

„I will mi it setze! Außerdem muss sich oiner um de Traktor kümmre. Der schtorett scho wieder mal." Monika Schäpperles derbe Gummistiefel quietschen auf dem abgetretenen Linoleumboden, dann knallt die Tür hinter ihr zu.

„Die hat Nerve!" Fast bewundernd sieht der Kommissar ihr nach. „Und schraube kann se au?"

Da packt eine eiskalte Hand die seine, hält sie umklammert. „Seit de Franz umkomme isch, kümmert sich mei Schwägerin um alles, was sonscht Männerarbeit wär." Energisch zieht Sabines Mutter die Nase hoch. „Sie isch die Schtarke auf m Hof, hackt Holz, brennt Schnaps, repariert, was hie isch, führt d Bücher ... und kümmert sich jetzt au no um Bines Beerdigung! I kann oifach it in des Zimmer nai. Mei Kind braucht doch was zum a ziehe ... Wann isch es denn soweit?" Ihre Stimme erstickt in lautem Schluchzen.

„Des Ganze tut mer echt Leid, Frau Schäpperle." Eisele fühlt förmlich ihren Schmerz, will sie trösten und tätschelt hilflos mit seiner freien Hand auf der Hand herum, die ihn immer noch umklammert hält. „Der Pathologe isch scho längscht fertig, aber d Schtaatsanwaltschaft … Sie wisset scho. Des dauert halt immer sei Zeit."

Gisela Schäpperle starrt ihm ungläubig in die Augen. „Da bringt oiner mei Allerliebschtes um und dann wird's au no aufgschnitte?!" Ihr Händedruck wird noch stärker, seine Finger werden langsam blutleer und taub.

Verzweifelt sucht der Kommissar nach den richtigen Worten. Dann rutscht es ihm einfach so heraus: „Des ghört halt heut z Tag so, damit me de Todeszeitpunkt und d Ursach ganz genau …" Am liebsten hätte er sich selbst die Zunge abgebissen! „I sag Ihne dann sofort Bscheid, verschproche."

Otto Eisele verstummt, um sie nicht noch mehr zu erschüttern und ärgert sich maßlos über seine Taktlosigkeit. Eine Ohnmächtige könnte er jetzt auch gar nicht gebrauchen.

Frau Schäpperle starrt ins Leere.

Apathisch überlässt Eisele ihr seine Hand, sehnt sich nach Hilfe. 'Wo zum Teufel isch de Kreuzberg abbliebe? Eigentlich könnt der hier rumtätschle.'

Wertvolle Zeit vergeht. Schon das hilflose Schweigen bereitet ihm körperliche Schmerzen, jetzt kriegt er auch noch einen Krampf im Arm!

Der Kommissar löst seine zusammengequetschten Finger aus Gisela Schäpperles Griff, springt auf und verabschiedet sich hastig: „I kann Ihne Ihr Tochter it zrück bringe. Aber den Mischtkerle, der des due hat, den find i!"

Er lässt die gebrochene Frau in ihrer miefigen Küche zurück, rennt durch den Flur und vors Haus, atmet ein paar Mal heftig ein und aus, kommt endlich zu sich.

'Heilandsack, was war denn des?! Läscht di jetzt scho manipuliere von e paar schöne blaue verheulte Auge? Die könntet ohne Zweifel au zu oiner eiskalte Mörderin passe!'

• • •

Aus bleischwarzem Himmel beginnt es zu schneien. Dicke Schneeflocken setzen sich auf Eiseles Mantel, bedecken schnell seine Glatze. Er öffnet den Mund, schnappt nach den Flocken und japst mit eiskalter Zunge: „Vielleicht bin i ja en Depp. Aber noi, die war's it."

„Otto?" Kreuzberg schiebt die Stalltür von innen einen Spalt weit auf. „Hab ik doch richtig jehört. Komm schnell rinn, sonst wird det mit dem Motor nie wat."

Mit der Schrauberei kennt sich Eisele überhaupt nicht aus. Sein alter Ford hat ihn schon immer an den Rand des Wahnsinns gebracht. Trotzdem geht er in den Stall. Das große Tor schließt sofort wieder geräuschvoll hinter ihm. Bei dem spärlichen Licht hat er Mühe, irgendwas zu erkennen. Bis Eiseles Augen sich langsam gewöhnt haben, redet Kai unaufhörlich: „Ik sach ja, et liecht an der Kälte. Aber det Frollen Monika will davon nix wissen. Wat meenste, Zündkerzen oder …"

Der Kommissar nickt. „Trecker fahret mit Diesel, und Diesel ka friere. Zieh dei Jack aus, en Versuch isch es wert. Aber dann müsse mer wieder." Er selbst schüttelt allen Schnee vom Mantel, macht aus dem vergleichsweise dünnen Stoff seines Trenchcoats und Kreuzbergs dick wattierter Bomberjacke eine Art Verband und wickelt diesen um die Treibstoffzufuhr. Jetzt heißt es ausharren.

Otto Eisele bibbert trotz Wollpullover sofort. Auch Kreuzbergs anfängliche Euphorie lässt ziemlich schnell nach. „Chef, ik bin gleich zur Säule erstarrt."

Monika Schäpperle sitzt mit finsterem Gesicht stumm auf dem Bock.

„Abwarte!", stammelt der Kommissar. Dann, gefühlte Stunden später, formen seine blauen Lippen endlich das Wort „Jetzt!" und plötzlich scheint der Stall mit einem Knall zu explodieren …

Der rote Zopf schwingt streitbar, als Monika Schäpperle von ihrem Traktor heruntersteigt. „Des hätt i au alloi na kriegt. En Diesel isch halt launisch. Trotzdem Danke, dass Ihr da waret. So isches schneller gange."

„Koi Problem. Aber jetzt könntet Sie mir au weiterhelfe. Was isch denn Bsondres dran an dere Wies?", hakt Eisele mit letzter Kraft nach und wickelt seinen Mantel fester um sich.

„Die Wies, immer die verdammte Wies. I kanns nimme höre!", faucht Monika Schäpperle „Bio, des war no em Franz sei Idee. Darum hat der des Grundstück bei Sabines Geburt ihre überschriebe mit der Auflage, dass es unbelaschtet bleibe muss. Unser aller Zukunft sollt damit gsichert sei. Mein Bruder hat viele Pläne ghet. Und dann lässt er sich oifach tot fahre!?" Sie lacht hysterisch los, verschluckt sich in ihrem Zorn an der eigenen Spucke, bekommt einen fast asthmatischen Anfall und Eisele haut ihr instinktiv eine rein. 'Die Tätlichkeit war in dem Fall ausnahmsweise zulässig, um die Zeugin vor dem sicheren Erschtickungstod z bewahre', versichert sich der Kommissar. Und auch irgendwie befriedend. Er schmunzelt deshalb insgeheim, während er wartet, ob sie wieder richtig Luft bekommt. „Geht's?"

„Muss ja", japst die undankbare Frau nur, hält sich die Seite, hustet erneut und röchelt: „Und jetzt ganget. I ka koine Bulle me sähe!"

'Bulle? Das isch aber unter d Gürtellinie!' Der Kommissar gibt seinem Assistenten unmissverständlich ein Zeichen zum Aufbruch.

„Glaubet mir jetzt endlich! Ihr findet hier nix", keucht die Rothaarige noch hinter ihnen her. „Mei Bruder war en Träumer. Au wenn die blöde Wies heut e Vermöge wert isch, s hat doch koiner me s Geld bei dem Milchpreis."

Kreuzberg meint, draußen noch das Wort 'Bulleschweine' gehört zu haben.

Zu Eiseles Überraschung steht Gisela Schäpperle neben dem
Ford. ‚Des hat scho was, wenn e schöne Frau auf di wartet‘,
denkt er sich zunächst erfreut. 'S isch lang her. Aber die
Schrottkisch und i waret au mal jung.'
Der Kommissar schwelgt sekundenlang in Erinnerungen,
trennt sich auch nur ungern davon und fragt erstaunt:
„Hand Se sich's überlegt? Wollet Se mit uns komme und
dem Fall endlich en Deckel drauf mache?“
Sie reicht ihm kopfschüttelnd ein Päckchen. „Des Käsen
hat mir mei Mutter beibracht. Davon verschteh i was. Zum
Überläbe langts it, aber … hoffentlich schmeckt er Ihne.“
'Na also. Geht doch.' Wenigstens eine der Frauen raucht
mit ihm die Friedenspfeife. Seine Mundwinkel zucken nach
oben. Dankend reicht er das Geschenk an Kreuzberg weiter,
fummelt mit dem Autoschlüssel am Schloss herum und
fragt beiläufig: „Würdet Sie den Grund eigentlich verkaufe? I
moin, der grenzt ja it grad an Ihren?“
„Noi“, ihre Lippen beginnen zu zittern. „Die Bine hat als
Kind scho an dem Bach gschpielt und war mit meim Ma da
zum Angle. Sie hat mir auf dere Wies zu jedem Muttertag
Blume pflückt. Wie könnt i?“
Das war direkt in die Magengrube! Kommissar Otto Eisele
fühlt sich richtig mies, steigt ins Auto, klappt den Mund auf,
dann wieder zu und fährt einfach los.

• • •

Nach ein paar riskant genommenen Kurven fährt Eisele
wieder langsamer und schaut, grantig auf sich und die Welt,
zu seinem schweigsamen Beifahrer hinüber: „Was grübelsch
eigentlich die ganz Zeit?“
Kai Polankowitzek schrickt hoch. „Ikke? Ik, also, wenn du's
jenau wissen willst. Ik globe nich, det der Bauer Nägele

unser Mörder is. Hab den beobachtet. Aufbrausend ja, im Nachhinein: viel zu feige, wa?"

Der Kommissar bremst abrupt. Sein Ford rutscht über die glatte Fahrbahn, kommt aber zum Glück noch vor einer vielbefahrenen Kreuzung zum Stehen.

„Willste mir jetzt deswegen umbringen?" stöhnt der Berliner.

„Eigentlich it, obwohl de Nägele mir bei weitem lieber wär als …", antwortet sein Chef deprimiert. Er ignoriert die Hupe des protzigen SUV mit den getönten Scheiben hinter sich und stellt den Motor ab. „Okay. Wer dann? D Gisela Schäpperle scheidet nämlich au aus."

„Doch det unsympathische, rothaarige Biest? Bislang hat noch keener Bullenschwein zu mir jesacht", beschwert sich Kreuzberg lauter als nötig und sieht in den Rückspiegel. Ottos Fahrkünste geben ihm langsam zu denken.

Die Mittagssonne blendet ihn, deshalb kneift Eisele seine Augen fest zusammen und zieht lakonisch Bilanz: „Dann hemmer nur no zwoi Möglichkeite. Entweder die, wobei Beschimpfunge nix bedeute müsset, des bringt de Job so mit sich, braucht me halt e dicks Fell … Oder en uns bisher total Unbekannnte. Damit wäret unsre ganze Ermittlunge allerdings für de Arsch."

Das darauf folgende Schweigen des Kommissars findet der junge Berliner fast noch schlimmer als den nicht mehr abreißenden Hupton des SUV und diesen seltsam strengen Geruch im Auto.

Ein paar Sekunden vergehen, gefühlt sind es Stunden, in denen Kai Polankowitzek über seine bisherige Ausbildung nachdenkt. Alles hat man ihm beigebracht, das Schießen, Nahkampf, sogar deutsche Gramatik, und dass man als Junger die alten Spürnasen respektieren muss. Aber 'Schnauze halten', das konnten schon seine polnischen Vorfahren nicht.

„Einen Unbekannten hätt ik im Anjebot. Die Charly hat
doch von diesem Zimmer auf dem Nägelehof erzählt, det
mit den jebrauchten Socken und dem Bild von der Bäuerin
an der Wand. Knecht oder nicht, da wohnt einer! Könnte
ein wichtiger Zeuge sein … Fragen wie ihn doch einfach.
Det Fragen jeht auch ohne Durchsuchungsbeschluss, wa?",
schlägt Kreuzberg vor, während er immer nervöser werdend
in den Rückspiegel blickt.
Jegliche Antwort auf seine forsche Idee bleibt aus.
„Okay, war blöd von mir. Aber fährste endlich weiter, Chef?
Bitte vorsichtig, wenn möglich. Ik bin noch jung und häng
am Leben. Dafür versprech ik ooch, det ik mir Mühe jeben
werd, sowat wie 'Bullenschwein' nich mehr persönlich
zu nehmen." Kais Versuch, ein gewinnendes Lächeln
aufzusetzen, endet in einer unansehnlichen Grimasse, weil
der Gestank langsam wirklich unerträglich wird. Auch
Eisele verzieht angepisst das Gesicht. Dieser Jungspund will
ihm doch tatsächlich zeigen, wo's langgeht! Und kritisiert
dann auch noch seinen Fahrstil, wofür ja wohl eher die
abgefahrenen Reifen verantwortlich sind? 'Des stinkt scho
zum Himmel!'
Er legt einen hemmungslosen Kickstart hin. Der Fahrer des
SUV zeigt ihm noch von hinten den Vogel und biegt dann
links in eine kleinkarierte Siedlung ab.
„Da khersch au nei, du Depp!!", gnatzt Kommissar Eisele
grantig Richtung Rückspiegel und dann nach rechts: „In
deim Berlin sind se vielleicht it so zimperlich, aber hier scho.
Tzzz! E Zimmer, in dem s Gsicht von der Bäuerin an der
Wand hängt, kann e dritte Person auf'm Hof bedeute, muss
es aber nicht. Und solang d Nägeles von so oim nix freiwillig
verzählet, hend mir ohne den Wisch oifach null Chance."
Theorie und Praxis scheiden sich, Gesetz ist Gesetz!
Kreuzberg starrt bockig auf die vorbeifliegenden, von

Schnee belasteten Obstbäume, auf öde, abgeerntete Felder und weite, verharschte Wiesen. Bis Eisele plötzlich schreit: „S isch de Käs! De Käs fangt a zum schtinke! Nimm sofort die Guggel[9] von der Heizung!"
Kurz danach staut sich alles, sie haben Friedrichshafen erreicht.

• • •

Auf Büro hat Eisele jetzt eigentlich keinen Bock. Sein ganzes Berufsleben lang erwarteten ihn dort entweder verstaubte Aktendeckel von alten, ungelösten Fällen samt dem leidigen Bewusstsein, versagt zu haben, oder irgendein neuer, abartiger Mord oder wie heute eben: nichts. Er mochte seine Arbeit ja, aber manchmal …
Im stockenden Berufsverkehr kommt der Kommissar ins Grübeln. Jeder Mord ging ihm bisher doch sehr an die Nieren, vor allem der direkte Kontakt mit den Opfern. Dass er in der Pathologie ohnmächtig wurde, ist Beweis genug für seine schwachen Nerven. Bei dem Gedanken an das Brandopfer im Kühlfach und angesichts der beschlagenen Scheiben um ihn herum wird ihm gleich schon wieder mulmig im Bauch. Er kurbelt das Fenster ein Stück runter, schnauft Abgasluft ein, sieht auf die belebte Straße und denkt: 'Deshalb waret ja au immer de Paule und d Chefin unterwegs. I han recherchiert, telefoniert, Kaffee kocht und was zum Esse gholt. So richtig ermittelt hab i doch nie!'
Der Stau ist zäh. Auch die Ampelanlage kann daran nichts ändern. Sie springt von rot auf grün und wieder zurück, immer nur ein Auto kommt weiter. Irgendwo muss es ein Hindernis geben, irgendwas muss passiert sein.

---

9 Tüte

Endlich erreichen sie die Kreuzung. Der Kommissar trommelt ungeduldig auf das Lenkrad ein.

Es wird wieder grün, er kuppelt unsanft, aber statt geradeaus Richtung Präsidium zu fahren, lenkt er den Ford mit jämmerlich pfeifenden Reifen rechts ab. 'Des war's dann wohl mit m Profil.' Aber das ist Otto Eisele im Moment völlig wurscht. Da musste erst so ein pfiffiges Bürschchen aus der Großstadt kommen und ihm sagen, wo es lang geht. 'Und i kneif au no! Noi, wo de Kreuzberg Recht hat, hat er Recht. Die Befragung eines Zeugen ist jederzeit zulässig, mit oder ohne Beschluss. Und die Speichelprob aller Verdächtige müsset jetzt endlich her.'

Der nächste Kreisverkehr gehört ihm, Eiseles Ford legt sich geschmeidig in die Kurve, fährt an drei Ausfahrten vorbei und verlässt Friedrichshafen im Eiltempo.

Erst als das Ortsschild 'Oberteuringen' an ihnen vorbeifliegt, findet Kreuzberg seine Sprache wieder. Zum Teil wenigstens. „Falls … falls ik jemals alt werde", japst er und krallt sich am Sicherheitsgurt fest, „jibt et denn en konkreten Plan?"

„Plan? It wirklich", brummt sein Chef, atmet angespannt und gibt sich alle Mühe – 'schterbe isch schpäter!' – bei dieser Geschwindigkeit auf der vereisten Strecke die Spur zu halten. „Aber Möglichkeite!", sagt Eisele, als er schon mal den Fuß vom Gas nimmt, um abzubiegen. Die Bremsen zu betätigen wäre wohl angesichts der abgefahrenen Reifen schiefgegangen. „Du hasch doch selber gsagt, dass es die gibt. Und wenn i die jetzt it glei ergeif, bleib i ewig de Depp!"

„So hab ik det nie …"

• • •

Die letzten Meter zum Nägelehof schlingert der Ford in vereisten Spurrillen von schweren Landmaschinen, ächzt die

Zufahrt hinauf, bringt seine Insassen heil an, macht noch
ein paar klappernde Geräusche und … gibt den Geist auf.
„Oha!?" Otto Eisele zieht bestürzt den Zündschlüssel ab,
sieht durch die Windschutzscheibe bläulichen Rauch auf-
steigen und schluckt trocken.
„Kreuzberg, i glaub, mir brauchet en Abschleppwage",
krächzt der Kommissar. „Und wenn de scho debei bisch,
rufsch beim Erkennungsdienscht a. Falls sich hier nix
Reelles ergibt, isch immer no de Bauer Nägele wäge dem
Waffedelikt bei uns in Gewahrsam. Die sollet des volle
Programm mache, auf mei Verantwortung na. Fingerab-
drück, Schpeichelprob, DNA oifach alles. Mit oder ohne
Schtaatsanwalt, mir brauchet irgendwas, damit s Labor abgleiche ka, ob unser verbrannte Leich de Xaver Nägele isch!
Ah ja, frag au, wer alles auf'm Hof gmeldet isch. I gang jetzt
da nai, und wehe, i mach mi lächerlich!"
Eisele löst den Sicherheitsgurt und beobachtet seinen Assistenten, der das Handy aus der Tasche zieht. „Noch wat
verjessen, Chef?"
In den Augen des Jungen erkennt er sofort dieses trotzige
Funkeln, das ihm vielleicht vor langer Zeit schon abhanden-
gekommen ist.
„Noi, it wirklich", antwortet Eisele, dann steigt er aus,
wirft noch einen wehmütigen Blick über die Motorhaube,
tappt durch Schnee und Matsch, klingelt, klopft heftig
an die Haustür. Dann betätigt er die Türklinke. 'Sicher it
abgschlosse.' Der Kommissar geht unaufgefordert hinein.

• • •

Am Flughafen Friedrichshafen nimmt Hauptkommissarin
Rosemarie Gebhard ihr Gepäck vom Laufband. Sie wirkt
nicht gerade relaxt. Während des Fluges von Frankfurt gab

es Turbulenzen, und alles was schwankt, bereitet ihr Übelkeit. Oder war es das Telefonat mit Charly gestern Abend, das ihr auf den Magen schlug? 'Super Mama … morgen schon? Otto wird bestimmt begeistert sein.' „Wieso Otto?", hatte sie noch gefragt, aber da war bereits ihre Schwiegermutter am Apparat und laberte was von 'dass sie staunen würde, wie jot et mit Otto und de Jong jejangen wär.' Irgendwas verstärkt gerade Roses Unwohlsein. Da ist so ein beklemmendes Gefühl? Zögerlich trottet sie hinter den anderen her Richtung Ausgang.

„Sissi, hier bin ich!"
Der Mann neben ihr stellt seinen schweren Koffer ab, sieht sich um und spricht Rose an: „Ich glaube, Sie sind gemeint?"
„Was?"
„Entschuldigung, ich habe Sie in Ihren Gedanken gestört. Aber falls Sie Sissi sind, mein Name ist übrigens Franz." Er nimmt eine Visitenkarte aus seiner Brieftasche, drückt sie der hübschen Frau in die Hand und lächelt. „Anruf genügt. Die Dame dort drüben! Ich empfehle mich."
Die Hauptkommissarin starrt ihm verdattert hinterher, erkennt eine stattliche Figur im maßgeschneiderten Anzug, hat noch dieses männliche Rasierwasser in der Nase …
Eine wippende Feder, darunter der dazugehörigen Hut und "Thea!" bringen sie auf den Boden der Tatsachen zurück.
Die beiden Frauen umarmen sich kurz.
„Ach Sissi, schön dat du wieder da bist. Du siehst blass aus! Die Kleine freut sich riesig. Wir haben jeknobelt, wer den Braten jießt oder dich abholen darf. Tataa, hier bin ich! Und jetzt komm. Die letzten Tage waren ziemlich turbulent. Der Paul wartet auch schon im Krankenhaus auf dich." Thea Gebhard packt ihre Schwiegertochter herzhaft am Arm und zerrt sie zum Ausgang.
Da war es wieder, dieses unangenehme Gefühl. 'Ist es dieser

Überfall, was ich gefürchtet habe? Wäre mir Charly und ihre dauernde Whatsapperei mit den Freundinnen lieber gewesen?'

Rose reißt sich aus Theas eisernem Griff los. „Okay, langsam. Psychologisch gesehen sind Knobelspiele erwünscht, falls es nicht um Geld geht. Ich bin nicht blasser als sonst, sehne mich nach einer heißen Dusche, meinem Sofa, und gleichzeitig möchte ich sofort ins Büro. Übrigens, was sollte der Spruch, 'mit Otto und de Jong wär allet jot jejangen'? Paul hat mich zwar telefonisch auf dem Laufenden gehalten, aber ich hab da so einen miesen Verdacht, dass meine Tochter …" Ärgerlich zerknüllt Rose die Visitenkarte in ihrer Hand.

„Schon gut, Rosemariechen. Dem Kind geht's prächtig."

Thea Gebhard beißt sich auf die Unterlippe. 'Noch. Bis du ihr und uns allen den Kopf abreißt!' Sie nestelt merkwürdig abwesend an einer losen Haarsträhne herum, stopft sie dann unordentlich unter die Hutkrempe und strebt energisch zum Ausgang. „Wir müssen. Der Bus wartet nid, oder lieber Taxi? Mein schwäbischer Krustenbraten verbrennt mir sonst im Rohr."

Hauptkommissarin Rose Gebhards kriminalistischer Spürsinn schlägt Alarm.

• • •

„Na, wat sagt dein Jefühl?"

„Dass du mir im Nacke hängsch."

„Stimmt", flüstert Kreuzberg hinter Eisele. „Abschleppwagen ist unterwegs, jemeldet sind hier nur drei Personen und schönen Gruß vom Erkennungsdienst. Det wird teuer."

'Des isch jetzt grad au scho wurscht', denkt sich der Kommissar und tastet suchend die kalte Backsteinwand ab.

'Irgendwo muss des vermalefitzte Ding doch sei? I han nämlich koin Bock auf weitere Überraschunge.' Endlich hat er den Lichtschalter gefunden.

„Na also." Eisele dreht sich zu seinem Assistenten um und murmelt: „Warum flüschtersch eigentlich?" Sie stehen in einem menschenleeren Flur und niemand stellt sich ihnen in den Weg, bis auf den uralten Staubsauger, der links auf der Schwelle zur dunklen Stube am Türrahmen lehnt.

„Wes ik och nich." Kai zuckt unschlüssig mit den Schultern, da beginnt das Licht zu flackern, irgendwas riecht auch noch verschmort, dann macht es "Bätsch!"

„Kreuzberg, hasch mal e Feuerzeug?"

„Chef, ik roch doch nich."

„Na und?! In meiner Jungend hat jeder Ma sowas in der Dasch ghet. Des waret halt no Kavaliere, falls e Mädle rauche wollt, oder was sähe", zischt Eisele.

Er schüttelt unwirsch den Kopf, versucht sich zu orientieren und geht dann nach rechts. Von dort sind undeutlich Stimmen und Geräusche zu hören.

'Mehrere. Die sind in der Überzahl.' Kommissar Eisele zieht seine Waffe. „Bleib hinter mir!!"

• • •

Vor Schreck fällt Frau Nägele der Kochlöffel aus der Hand. „Hilfe!! Was wollete Se von mir? Bargeld isch fai koins im Haus", schreit sie mit weit aufgerissenen Augen, erkennt dann die zwei Eindringlinge und zetert sofort los: „Scho wieder d Polizei?! Hend ihr nix bessres zum due, als unschuldige Fraue z überfalle? Na wartet, der Bernhard kommt glei hoim. Dann erfahret Ihr euer blaues Wunder."

Eisele ist immer noch mit der Sicherung der Küche beschäftigt. Er zielt in alle Ecken, unter den Tisch …

Kai stellt das Radio leiser.

„Lass deine Pfote da weg, dauber[10] Kerle!! D Helene Fischer isch mei Lieblingssängerin. Jetzt kommt dere ihr Lied!"

Die Bäuerin bückt sich recht sportlich nach ihrem Kochlöffel. Beschwörend hält sie das Küchenutensil wie ein Kruzifix vor's Gesicht, verschafft sich so Zugang zum Radio und dreht es wieder voll auf.

Ein süßsaurer Geruch umweht skurril den Tanz einer völlig enthemmten Frau, die in Schürzenkleid und Filzpantoffeln anmutig durch ihre Küche schwebt und mit kratzigen Stimmbändern, den Holzlöffel nun zum Mikrofon umfunktioniert, singt: „Atemlos, durch die Nacht …"

Ebenfalls atemlos, oder halt auch sprachlos beobachtet Eisele das Geschehen, bis endlich ein männlicher Sprecher ertönt, der das Wetter von morgen ankündigt. „Schwere Schneefälle, im Südwesten bisweilen sturmartige Böen …"

Kai aber pfeift wie verhext den Song weiter und die Bäuerin tänzelt im Viervierteltakt auf ihn zu, die Arme bedrohlich weit geöffnet.

'Irgendwas brennt da a!!' Der Kommissar sieht sich um, greift sich beherzt die Essigflasche, die noch offen neben dem Herd steht, und kippt den ganzen Rest in den ungut qualmenden Topf. Ätzender Dampf steigt auf, raubt ihm den Atem, er fasst sich an die Kehle, boxt Frau Nägeles üppigen, im Takt wippenden Arsch zur Seite, erreicht das Küchenfenster, reißt es auf und schnauft ein paar Mal die eiskalte, klare Winterluft ein bis …

'Jetzt kläbt mir der Seggl scho wieder im Nacke!'

Der Kommissar, der halb zum Fenster raus hängt, spürt wie seine Brust unter Kais Gewicht immer mehr zusammensinkt. Mit letzter Kraft holt er noch mal tief Luft, schüttelt

---

10 dummer

das keuchende Weichei aus Polen ab und schimpft: „Schtell di doch it so a. Mir Schwabe mögets oifach saurer."

Die Bäuerin starrt derweil entsetzt den Inhalt ihres Kochtopfs an, der sich in eine graue, mehlklumpige, unappetitliche Brühe verwandelt hat. Da drin zu rühren nutzte jetzt wohl auch nichts mehr.

Doch Eisele gibt niemals auf! „Kuttle, oder? It grad jedermanns Gschmack." Er reißt der verwirrten Frau den Kochlöffel aus den Fingern und schabt versonnen am Bodenrand. „Ihr Ma wird grad im Präsidium so richtig ausenand gnomme. Geiselnahme, Bedrohung eines Beamten mit Hilfe einer scharfen Waffe. Zäher wie die Soß isch der sicher it. Hend se mal e Briesle Zucker? Und dann brauch i no irgendwas von ihrem Sohn zum Abgleiche. Haarbürscht, Zahnbürscht, egal."

Frau Nägele faltet erschrocken die Hände, presst sie gegen den Mund, schwankt, sinkt dann auf einem Küchenstuhl zusammen und stammelt: „De Bernd? ... Und was hat des mit m Xaver z due?" Ihre Augen weiten sich, fassungslos heult sie auf. „Wieso abgleiche? Des macht me doch wenn ..."

Das Wort war ihm unabsichtlich herausgerutscht. Auf diese Art sollte eine Mutter nicht erfahren, dass ihr Sohn ein noch unbekanntes Brandopfer sein könnte.

„I kann Ihne des im Moment it so oifach erkläre", druckst Eisele herum.

Jetzt schluchzt die Bäuerin gottserbärmlich.

'Des Kind isch eh scho in Brunne gfalle. Und abrennt isch abrennt', denkt sich der Kommissar in mehrerlei Hinsicht und lässt das Rühren sein.

„Bei dere Gelägeheit ... Da obe wär no e Zimmer, des würd i mir gern mal genauer a schaue. S isch sehr wichtig. Sie habet doch nix dagege?"

Seine Frage schreckt Frau Nägele auf. Sie meint aber, ihn so verstanden zu haben, dass sich alles auch um einen Irrtum handeln könnte. Am ganzen Körper bebend, kaum fähig zu sprechen gibt die Hausherrin daher ihr Einverständnis zu einer Durchsuchung.

„Machet Se Ihr Arbeit und bringet mir den Xaver zrück."

'Des hält koim Richter schtand, aber egal', denkt sich der Kommissar. Ob diese erschlichene Durchsuchungserlaubnis nun was bringt oder ob Charlys Phantasie mit ihr durchgegangen ist, weiß er nicht. 'Aber wie au immer, da muss endlich Klarheit her. Und it bloß für mi alloi!'

Der Frau die simple Frage zu stellen, wer da oben wohnt, fällt ihm gar nicht ein.

„Kreuzberg, i gang jetzt da nauf. Kümmer di e bizzle um d Bäurin."

„Det is aber unjerecht", mault Kai noch. Er platzt fast vor Neugier und soll tatenlos bei einer rotztriefenden alten Schachtel hocken, die wahrscheinlich umsonst um ihren Sohn hofft, während sein Chef ohne ihn den oberen Stock durchsucht?

Enttäuscht und bockig stapft der junge Berliner durch die miefige Küche, das elende Schluchzen nimmt auch kein Ende. Er reißt das Fenster auf um laut zu schreien, doch draußen schneit es dicke, stille Flocken.

„Ik krieg die Krise!", brüllt Kai Polankowitzek trotzig mitten hinein und knallt dann das Fenster schnell wieder zu. Besser fühlt er sich nicht. 'Okay, okay. Ik bin nur Praktikant, praktisch mit ohne Chef. Kümmer ik mir halt um die blöde Kuh.'

Sein Blick schweift emotionslos über die flennende Bäuerin hinweg, hinüber zum großen Gasherd, wo das angebrannte Essen steht. Kai's Magen rebelliert sofort, aber auch etwas anderes rührt sich ihn ihm.

Da gab es nämlich mal eine polnische Oma, die hat auch oft übel riechende Innereien gekocht. Vor lauter Heimweh

drückt er Frau Nägele plötzlich an sich, streichelt ihr liebe-
voll die Tränen vom Gesicht und flüstert tröstend: „Moja
Droga[11], allet wird jut."
Dann fängt Kai Polankowitzek leise an zu singen.

• • •

Hauptkommissarin Rosemarie Gebhard hält nichts mehr
zurück. „Eine Schießerei, und meine Tochter mitten drin?!"
„Mama, der Schuss fiel Stunden, bevor ich dort war", brüllt
Charly trotzig dazwischen.
„Unterbrich mich nicht! Ich hab aus Pauls Berichten zwar
erfahren, dass du Eisele in Bezug auf Schulkameraden
geholfen hast. Aber das war gelogen! Na wartet, ihr zwei.
Und du, du hast fürs erste Hausarrest!"
„Oma, hilf mir bitte! Heute Abend ist doch die Party bei
Dennis. Aus meiner Klasse sind alle da, aber auch die zwei
Brüder von Denis. Die haben an dem Abend in der Schule
aufgelegt. Vielleicht kann ich von denen was rauskriegen."
Sie kämpft mit den Tränen, fühlt sich zu Unrecht beschul-
digt und schreit, bevor sie heulend in ihr Zimmer rennt:
„Bine war meine Freundin!"
Rose sieht ihr wütend hinterher, hätte das Kind am liebsten
in die Arme genommen, es getröstet. Die Angst, sie zu ver-
lieren verschlägt ihr fast die Sprache.
„Trotzdem. Wenn jeder auf eigene Faust losziehen würde,
weil er mit dem Opfer befreundet war! Was denkt sich
dieser Eisele eigentlich dabei!!?"
Mit vernichtendem Blick starrt die Kommissarin jetzt Thea
Gebhard an. „Und du, Mutter? Ich dachte, ich könnte mich
auf dich verlassen?! Lässt meine minderjährige Tochter so

---

11 meine Liebe

einfach hobbyermitteln?", keift Rose die alte Dame an.
Auch die war bei Charlys haarsträubender Erzählung blass
geworden, ist sich aber keiner Schuld bewusst. „Komm
wieder aufn Teppich, Rosemarie! Ich wusste nichts von alle-
dem. Ich dachte doch nur, dat Kind würd deinem Kollegen
etwas unter die Arme …"
„Unter die Arme greifen?? Das ist knallharte Polizeiarbeit!
Ich geh jetzt ins Büro. Wir sprechen uns später noch!"

• • •

Eisele betrachtet das riesige Poster an der Wand.
„VFB Fan isch er also. Und des Foto von Ihne direkt danäbe,
hat des e Bewandtnis? Sie lachet da drauf, sähet richtig
glücklich aus, so als ob was Intimeres wär zwische … Hier
wohnt doch euer Knecht, von dem i nix wisse soll. Oder,
Frau Nägele?"
Kai Polankowitzek war es letztendlich mit einem polnischen
Kinderlied gelungen, die Bäuerin wenigstens ein bisschen
zu beruhigen. Als er spürte, wie sich ihr Körper langsam
entspannte, flüsterte er der Frau ins Ohr: „Keener weeß
jenau, wat deinem Xaver zujestossen is oder überhaupt, wa!
Wenn einer det herausfindet, dann mein Chef."
Daraufhin hatte sie sich mit erstaunlicher Ellbogenkraft aus
seiner Armen gelöst und war, Eiseles Hilfe suchend, nach
oben gestapft. Um sich jetzt sowas anhören zu müssen?
„Sie sind aufm Holzwäg", antwortet die Bäuerin nur tonlos.
„So, so. Holzwäg … Macht aber scho de Anschein von em
Tächtelmächtel."
Frau Nägele steht ihm gegenüber. Ihr Blick stiert ins Leere,
die verschränkten, fleischigen Oberarme jagen Eisele einen
Schauer über den Rücken. Todesmutig geht er einen Schritt
auf sie zu und brüllt lauter als nötig: „Dann erkläret Se mir

endlich des Portrait von Ihne an der Wand da!!"

Die Bäuerin schwankt Besorgnis erregend. Aber bevor Kai, der neugierig hinter ihr am Türpfosten lehnt, ihr zu Hilfe kommen kann, setzt sie sich auf die Bettkante und streicht sorgsam die Decke glatt. Dann steht sie wieder auf, schüttelt das Kopfkissen, gibt ihm einen kräftigen Handkantenschlag, als wolle sie sich von irgendwas befreien, und wendet sich mit herunterhängenden Armen dem Kommissar zu.

„Mir hand den Rudi it absichtlich verheimlicht. Er arbeitet als Knecht für uns, des schtimmt. Aber er isch weder mein Gschpusi noch sonscht ebbes." Dann legt sich die Frau einfach ins Bett, umklammert das Kissen und heult leise hinein: „De Rudi Federle hat doch nix mit dem alle hier z due. Er isch von Geburt an geischtig behindert. Woher soll denn mein kloiner Bruder wisse, wo de Xaver isch. Der kriegt doch nie was mit." Danach schluchzt sie nur noch: „Xaver … Xaver … Bue, wo bisch du?"

„Aha?", murmelt der Kommissar. Eisele ist selbst überrascht von seiner brutalen Vorgehensweise eben und Kreuzbergs vorwurfsvoller Blick geht ihm tierisch auf den Senkel. Er überlegt, was jetzt am Besten zu tun ist, da hat er plötzlich ein Kettengerassel in den Ohren. 'Tinnitus! Koi Wunder.'

„Ah, noi. De Abschleppwage isch da. Gut. Du rufsch jetzt de Hausarzt an. Unte im Flur näbe der Garderob schteht 's Telefon. Da klebt en Zettel mit alle Nummre. Und dann fahrsch mit dene zrück in d Schtadt. Des mit dem Bruder will i vom Bernhard Nägele beschtätigt han. I wart hier so lang."

Dieses ständige Geheule und die Sorge um sein Auto machen ihn fertig. 'Schrottpress? Hoffentlich it', denkt er, sitzt neben der Frau auf einem wackligen Stuhl, friert in dem ungeheizten Zimmer, und kann sich nicht aufs Wesentliche konzentrieren.

Viel Zeit vergeht, während Eisele untätig rumsitzt und sich die Gegenstände im Zimmer einprägt. Auf einmal gehen Gespenster in seinem Kopf um. Nackte Hexen mit gruseligen Fratzen, die wirre Worte kreischend um einen riesigen, dampfenden Kochtopf tanzen. Der verändert plötzlich Form und Farbe, und aus Eiseles Ford hüpft ein kleiner Junge heraus. In den Händen hat er einen zerquetschten Fußball, den er ihm anklagend entgegenhält. Das Kind weint, sein verzerrter Mund öffnet sich, es will etwas sagen, aber nur ein Pfeifen kommt heraus. Oder ist es doch eher ein langgezogenes Heulen?

Eisele schrickt auf, geht zum Fenster und sieht hinunter in den Hof. Ein Notarztwagen mit Martinshorn ist eingetroffen.

• • •

„Der Hausarzt war nicht zu erreichen. Was haben wir hier?", fragt Dr. Philipp von Stauffen knapp.

Kommissar Eisele erklärt kurz die Situation, dann beginnt er zu grübeln. 'Verdammt, woher kenn i den? I kenn den …'

Der großgewachsene Mann nickt, beugt sich zu Frau Nägele, die zitternd auf dem Bett liegt, misst ihren Puls, redet mit leiser Stimme auf sie ein und gibt ihr eine Beruhigungsspritze.

Eisele wendet sich ab, als der Doktor die Kanüle aus ihrer Vene zieht und einen Tupfer auf die Einstichstelle drückt. Bei frischem Blut wird ihm immer schlecht. 'In der Wurscht derfs ja sei. Aber kocht, und von Saue!' Trotzdem knurrt sein Magen.

'Seit em Frühstück nix meh gässe, des rächt sich jetzt', denkt der Kommissar und bekommt regelrecht Halluzinationen. Seine Metzgersfrau belegt dick einen Leberkäswecken …

„Sie sollten was essen", sagt jemand.

„Jaa", antwortet Otto Eisele. „Mach i jetzt dann au." Er fühlt sich geschwächt, unverstanden, hilflos, hungrig, so richtig mies. „I hau ab. D Polizei hat no andere Aufgabe als wie Händle halte und Angehörige von Verdachtspersone zum umsorge. Oi Frag no. Des macht mi schier wahnsinnig. Rein aus ermittlungstechnische Gründ. Hend Sie en Bruder, der mit Saue z due hat?"

Der Notarzt klebt seelenruhig ein Pflaster in Frau Nägeles Armbeuge, sieht dann zu Eisele hinüber und antwortet ihm gelassen: „Ich habe einen Bruder. Der hat sich tatsächlich auch schon mit Sauen beschäftigt. Tot oder lebendig, sie sind dem menschlichen Individuum am nächsten."

• • •

Sie trifft einen strubbeligen jungen Mann an, der gerade telefoniert. „Spaziergänger, aha. Und wo? ... Im Seewald also. Wo jenau? … Sacht mir nüscht … Warum ik dann frach?! Weil eine Akte vollständig sein muss, Kollege! Aktenkunde und so en Scheiß bläuen se dir im ersten Semester ein, bevor du jemals ne Waffe oder en abjefuckten Junky zu Jesicht bekommst, schon vergessen?! Sonst irjendwelche Spuren? … Negativ, scheiß Wetter, jut, danke … Wat is? Du fragst mich ernsthaft, wer ik überhaupt bin? Tja, ik bin der, der jejen det Wetter nüscht machen kann, aber dir mein Freund unverjessliche Alpträume verschafft. Danke, Kollege!"

Kreuzberg legt auf und lächelt der Frau, die ohne anzuklopfen einfach hereingeschneit ist, freundlich zu. „Wat kann ik denn für Sie tun?"

„Diese Frage könnte ich Ihnen auch stellen. Wer sind Sie denn überhaupt?", fragt sie verwundert.

„Ikke? Ik vertrete hier den Chef. Der ermittelt in einem ganz wichtigen Fall. Aber Sie sind doch diejenige, die wat will."

Der junge Mann bietet Rose bereitwillig einen Platz gegenüber von seinem Schreibtisch an, fragt sie tatsächlich nach Name, Adresse und Anliegen. Stille.

Für eine sehr lange Minute sehen sich die beiden an. Es ist ein Durchleuchten, Abklopfen, Abtasten. Schließlich hält Hauptkommissarin Rosemarie Gebhard dem unbekannten jungen Mann ihren Ausweis vors Gesicht und macht dem Ganzen ein Ende.

„Das eben war ganz gut. Aber jetzt tauschen wir die Plätze wieder, Sie geben mir einen umfassenden Bericht, und egal, wo Eisele sich gerade aufhält, sorgen Sie dafür, dass er sofort hier antanzt. Wir beginnen mit Ihrem Namen!"

• • •

Mit dem Notarzt zurück zu fahren, war nicht möglich, der hatte einen weiteren Einsatz. Ihm blieb nur eins, eine Streife zu rufen.

Warten ist nicht gerade Eiseles Stärke. Er tigert ungeduldig über den Hof, beginnt einzelne Schneeflocken zu zählen, die sanft vor ihm herumtanzen und dann im Matsch zerplatzen, sieht hinauf zum bleischwarz verhangenen Himmel und flucht: „Also gut. Sag mir, was i verbroche han?! Sag's halt! Kann it oifach mal was glatt laufe?!"

In diesem kritischen, für sein Ego ungünstigen Moment hat Eisele das Gefühl, dass da jemand … Dann sieht er die Gestalt im Haus verschwinden.

• • •

„Da könnt i ja mindeschtens dreimal tot sei, bis ihr kommet!" Kommissar Otto Eisele sitzt jetzt im Streifenwagen neben einem Beamten, dessen zweiter Vorname anscheinend ‚Straßenverkehrsordnung' ist. Er sieht genervt zu ihm hinüber und betrachtet skeptisch seine angeschwollene Nase. 'Der fahrt wie e Schnecke, der Depp. Hasch heut koin Bock me auf Dienscht?' Eiseles Stimme klingt nicht wirklich nach Mitleid: „Broche? Tut's arg weh?"

„Im letschte Einsatz", nuschelt der Fahrer. „Aber i schpür fascht gar nix." Dann konzentriert er sich wieder darauf, exakte 50 zu fahren, obwohl inzwischen 70 kmh freigegeben sind. Hinter ihnen hat sich ein langer Stau gebildet. Niemand will einen Streifenwagen überholen.

'Des macht der absichtlich! Großkotz in Uniform, will de Boss naus hänge lasse', denkt Kommissar Eisele grätig, drückt den Schlüssel in seiner Hand noch fester und beobachtet im Schminkspiegel den jungen Mann auf dem Rücksitz. Der verzieht keine Miene, wackelt nur mit dem Kopf hin und her und murmelt unverständliches Zeugs.

'Was bisch du für oiner? Schleichsch di an mir vorbei ins Haus, i will grad zupacke … da machsch e Schublad auf und gibsch mir den Autoschlüssel vom Toyota! Gschwätzt hasch au nix. Des isch doch unnormal? Ganz bache bisch jedenfalls it. Aber ab jetzt mein Hauptverdächtiger in dem Fall!'

Dass es dann doch so einfach werden würde, einen mutmaßlichen Mörder zu schnappen, wäre ihm im Traum nicht eingefallen. Und Eisele will damit gut dastehen, auch endlich mal gefeiert werden.

Sie stehen jetzt am Ende eines Staus, Ironie des Schicksals. „Blaulicht?"

„Hoi, auf oimal hasch es eilig?", antwortet Eisele mürrisch. Irgendetwas sträubt sich in ihm plötzlich gegen überstürzte Rasanz. „Mir fahret weiter nach Vorschrift."

• • •

Als der Streifenwagen vor dem Präsidium anhält, wird er sofort stutzig. Ein Auto, das dort steht, kommt ihm bekannt vor. „D Chefin? Oh noi!"

Im Büro trifft Eisele einen sichtlich geknickten Kreuzberg an. „Wo isch se?"

„Det wes ik jetzt ooch nich so jenau. Die Frau Jebhard wollt zum Staatsanwalt und dann den Paul Bauer besuchen."

Der Staatsanwalt war also auch aus dem Skiurlaub zurück! Es kann nicht mehr lange dauern, bis beide über ihn herfallen, seine Ergebnisse haben wollen, den Täter! Es macht Kommissar Eisele zu schaffen.

Er wirft fahrig den Mantel über die Stuhllehne, setzt sich hin und rauft verzweifelt sein spärliches Haar. 'I brauch meh Zeit, verdammt! … Und i brauch echte Beweise, sonscht bin i gliefert!'

• • •

„Rose!" Bauer strahlt bei ihrem Anblick. Mit diesem Besuch hat er nicht gerechnet. Sie küsst ihn flüchtig auf beide Wangen und drückt ihm hektisch eine einzelne Orange in die Hand. „Was anderes gibt's da unten nicht, aber die hat viele Vitamine. Wie geht es dir?"

„Oh, danke. Besser als erwartet. Aber du bist so blaß, mein Schatz. Die Vitamine sind bei dir besser aufgehoben." Bauer wirft ihr die Orange zurück.

Rose greift nicht einmal danach. „Paul, lass die Scherze. Ich habe eine schreckliche Rutschpartie hier raus gehabt, ich bin nicht blasser als sonst, und ich will wissen, was hier wirklich los war!"

„Na immerhin hast du die Fahrt auf dich genommen, um mich zu sehen", antwortet er vergnügt, obwohl ihr Verhalten alles andere als Wiedersehensfreude ausdrückt.

„Nicht ganz, Dr. Albern ist mein eigentliches Ziel. Aber danach kommst du dran. Ich denke, der Grund müsste dir bewusst sein."

„Jetzt beruhig dich erst mal, Rose." Ein wenig enttäuscht richtet Paul Bauer sich auf. „Ich klingel der Schwester, sie soll dir einen frischen Pfefferminztee bringen. Und dann komm ich mit."

• • •

Eisele schaut geistesabwesend aus dem Fenster.

„Chef."

„Was isch denn?! I bin mitte drin, die Vernehmunge vorzubereite."

„Ik dachte nur, der Anruf der Richterin wär wichtig."

„Richterin?? Was für e …", dann schwant ihm etwas. „Die Richterin, mit der der Paule was ghet hat?"

Kreuzberg legt seine Finger auf den Mund, deutet zum Hörer, der neben dem Telefon liegt und flüstert: „Sag ik doch."

Eisele streckt sich durch, geht in Richtung Schreibtisch.

„Kommissar Otto Eisele hier, wer isch dran?"

• • •

Der Flur im Keller des Krankenhauses kommt Hauptkommissarin Gebhard heute noch unheimlicher vor, obwohl es ein ganz normaler, langer Flur ist, von dem ein paar Stahltüren rechts und links abgehen. Was sich dahinter verbirgt, will sie erst gar nicht genauer wissen. Gerichtsmedizin war nie ihr Ding und wird es auch nie werden.

Rose stiefelt auf dem harten Betonboden weiter, stracks einer dieser Türen entgegen, und ihre Knie werden immer weicher. Kollege Bauer humpelt mit seinen Krücken hinterher.

Der Obduktionssaal des Dr. von Stauffen ist der letzte Raum am Ende des Ganges links. Entweder ist ihm die Distanz zu seinen Kollegen ganz recht, oder die anderen Pathologen halten wegen seiner grotesken Art gern Abstand zu ihm. Rose weiß es nicht, aber beides erscheint ihr sehr gut möglich. *Dr. von und zu Albern. Tod, du bist mir willkommen. Eines Tages werde ich dir nämlich ein Schnippchen schlagen!* steht in großen Buchstaben an der Tür.

Die Kommissarin atmet tief durch, schluckt trocken und reißt eben diese Tür energisch auf.

• • •

Neonröhren werfen ein jedes lebende Wesen katastrophal hässlich machendes Licht. Das Radio läuft, die Kaffeemaschine auch, nur …

„Er ist nicht zu Hause", rekapituliert Rose.

„Vielleicht hält er ein Nickerchen in einem seiner Kühlfächer. Du weißt doch, gut für den Teint", witzelt Bauer.

Die Kommissarin sieht sich neugierig um und lacht dann erleichtert auf: „Irgendwie hab ich das alles während diesem Seminar über Abartigkeiten vermisst. Theorie ersetzt einfach keine Praxis, und Psychopathen müssen aufs Klo wie du und ich." Sie fühlt sich erstaunlich mutig, aber nur, weil keine Bierkrüge mit gelblichen Flüssigkeiten herumstehen, oder blutige Leichenteile Entsetzen und Übelkeit in ihr auslösen, wie sonst oft.

Hauptkommissar Paul Bauer inspiziert die Schubfächer, ob eines vielleicht nur angelehnt ist, setzt sich dann auf einen der Seziertische, um sein Bein zu entlasten.

Dr. Albern war noch nie nicht da!

„Alternativ wär noch möglich, dass von Stauffen mal schnell an die frische Luft gegangen ist, er könnte auch krank sein oder einfach … frei haben?", stellt ihr Kollege fest, woraufhin Rose auf den frisch gebrühten Kaffee zeigt.

„Und hinterlässt eventuellen Besuchern eine Erfrischung in seinem gemütlichen Reich? Also gut." Im Radio läuft gerade Schunkelmusik, die Kommissarin bewegt sich im Takt auf ein Schränkchen zu, nimmt die Tasse mit dem Totenkopf heraus, die ihr einmal fast eine Ohnmacht eingebracht hat, und bedient sich. „Frei und krank schließe ich aus. Dass er am hellichten Tag frische Luft schnappt ebenfalls. Zombies vertragen kein Sonnenlicht, richtig? Vielleicht ein Date mit einer hübschen Krankenschwester? Ob er wohl lieber rothaarige oder …"

„Bemerkenswert! Und trotzdem daneben. Ihr habt den Hunger vergessen. Zombies nicht unbedingt, aber Psychopathen zum Beispiel haben auch Hunger."

Der Pathologe hat die beiden belauscht, jetzt kommt er zur Tür herein und stellt einen Teller mit Apfelkuchen neben Bauer auf dem blitzeblank geputzten Untersuchungstisch ab.

„Charmant wie immer, Frau Hauptkommissarin! Paul, ist dir wieder langweilig geworden trotz der hübschen Schwestern auf deiner Station? Ich grüße und verneige mich."

'Dr. Albern' genießt förmlich seinen Auftritt.

„Die Oberschwester hat Haare auf den Zähnen und will mich ans Bett fesseln", brummt Bauer.

„Du sollst schließlich gesund werden", erinnert Rose ihn.

„Da oben werd ich bloß trübsinnig. Mein kaputtes Bein lechzt nach liebevoller Pflege. Aber jetzt bist du ja wieder da!", fügt er über beide Ohren strahlend hinzu.

„Genau, Frau Gebhard. Endlich. Ich steh nämlich ausschließlich auf Blondinen, um Ihre Frage nach meinen Vorlieben zu beantworten … Und wie kann ich sonst noch helfen? Deshalb sind Sie doch hier, und nicht wegen meiner unwiderstehlichen Erscheinung!"

Er setzt zu einer seiner donnernden Lachsalven an, entscheidet sich dann aber erstaunlicherweise für ein tiefgründiges Bekenntnis in eigener Sache: „Es hat sich einiges ereignet in Ihrer Abwesenheit. Oh, ja. Ich habe das äußerst schmerzlich registriert und die nette Konversation mit Ihnen schrecklich vermisst."

'Hoppala.' Paul Bauer sieht erstaunt zu ihm hinüber. Er betrachtet seinen Nebenbuhler von den ehemals weißen Turnschuhen über den verschmutzten Kittel bis hin zur Glatze und ist sich dann absolut sicher: 'Noi, noi Freundchen. Des kannsch du dir aber glei abschminke!'

Die Kommissarin wirkt eher verspannt als geschmeichelt. Von Stauffens ernst gemeinte Worte prallen förmlich an ihr ab. Sie will eigentlich gar nicht länger als nötig hier sein. Doch der Pathologe hat zu wenig Erfahrung mit den Lebenden. Dass diese begehrenswerte Frau seinen Flirtversuch wie immer ignoriert, sich jetzt mit strenger Miene eine der blonden Strähnen hinters Ohr klemmt und allzu herzlos sagt: „Herr Doktor. Könnten Sie mir einfach in ein paar wesentlichen Sätzen sagen, was los war?", stört ihn nicht im Geringsten. 'Mein Tag wird kommen', das weiß von Stauffen ganz sicher und gibt sein Bestes.

„Ich werde mich bemühen, Ihren Anforderungen gerecht zu werden, wenngleich das Wesentliche nicht das Eigentliche ist. Es gibt da eine tote Hexe, die eigentlich keine ist, und diese scheinbare Brandleiche."

Eine unheimliche Stille breitet sich aus. Rose Gebhard zieht die rechte Augenbraue hoch. 'Hat er sich jetzt festgefahren?' Sie räuspert sich. „Schießen Sie los."

„Ihr Wunsch ist mir Befehl! Nun, wo beginne ich?" Dr. von Stauffen lässt seine Fingerknöchel knacken. Das

Geräusch, das er damit erzeugt, bringt zwei Augenpaare dazu, in Richtung Knochensäge, die am Spülbecken liegt, zu schnellen.

„Also gut. Mit dem Lederstrumpf. Ich musste ihn tatsächlich …"

„Herr Doktor, ersparen Sie mir das. Wenn ich Sie richtig verstehe, ist er nicht durch das Feuer gestorben. Woran dann, und wann? Nur die Fakten bitte." Ein leicht hysterischer Unterton liegt in Roses Stimme, Paul Bauer greift nach ihrer Hand. Sie zieht sie allerdings sofort zurück.

„Eine gebrochene Rippe hat sich in seine Lunge gebohrt. Der Todeszeitpunkt muss so etwa vor zwei Wochen gewesen sein. 'Da isch der Junge angeblich verschwunde', wenn ich Ihren Kollegen Eisele zitieren darf. Das Labor konnte ihn nämlich anhand einer Zahnbürste identifizieren, nachdem wir endlich Vergleichsmaterial bekommen haben. Xaver Nägele, 17 Jahre alt und der Lover des Mädchens, das so demonstrativ, wie am Schandpfahl, auf dem Rathausplatz hing. Laut Mageninhalt hat ihr jemand Rattengift, aufgelöst in einem Alkopop, verabreicht. Eigentlich eine zu geringe Dosis, die aber zum Kreislaufstillstand wegen der frühen Schwangerschaft führte. Gewollt, oder nicht, wissen wir nicht. Ich meine sowohl ihren Tod als auch das Kind." Spätestens jetzt hätte ein dröhnendes Lachen zur Bestätigung seiner zweifellos bestens ausgeführten Arbeit ertönen müssen. Doch das blieb erneut aus.

• • •

„Komisch. Sonst hat von Stauffen doch eine ganz andere Beziehung zu seinen Gästen? Oder nannte er sie Besucher, die sich bei ihm nochmal vergnügen dürfen, damit den arme Seelen Gerechtigkeit widerfahren kann? Vielleicht geht ja

das schwangere Mädchen selbst ihm an die Nieren?", fragt
Rose mit zittriger Stimme im Aufzug. In Gedanken ist sie
nämlich bei Charly, die fast so alt ist wie die Tote.
'Wie schnell das mit einer Schwangerschaft gehen kann. Hat
meine Tochter eigentlich einen Freund? Ich weiß viel zu
wenig von ihr. Das muss sich ändern!'
Bauer lehnt schweißüberströmt an der Wand der Kabine,
sein Bein schmerzt. Er will ihr antworten, spürt aber, dass es
besser ist, das Maul zu halten.

• • •

Kommissar Eisele ist nach dem Telefonat mit der Richterin
ganz aufgeregt. Ihren Satz zum Ende des Gesprächs, dass
bei Gefahr im Verzug immer das öffentliche Interesse den
Vorrang hat, ihn aber ihr Privatleben einen feuchten Dreck
anginge, legt er mit „Tschuldigung. De Paule isch scho en
toller Hecht" ad Acta. Sie hatte bereits aufgelegt.
„Mensch, jetzt hemmer endlich sämtliche Befugnisse!"
„Ja, und wat fangen wir damit an?" Kreuzberg sieht erwartungsvoll zu ihm rüber.
„Frag doch it so blöd! Die zwoi Höfe werdet sofort ordentlich durchsucht. Und forder glei au no die Akte von dem
schture Kollege wäge der Schießerei a. I muss jetzt zum
Verhör."

• • •

„Der ist jetzt sicher beleidigt mit mir." Rosemarie Gebhard
schlängelt sich durch die nachmittäglichen Besucher, die
gerade das Krankenhaus in Scharen betreten.
„Seh ich nicht so. Der wollt dich doch nur mit allen Mitteln
beeindrucken. Aber gegen mich hat ein Von und Zu Saufen

koi Chance", versucht Bauer zu scherzen und bleibt hinter ihr stehen. „Du hast alle relevanten Informationen bekommen, i verdrück mi jetzt wieder zu meine Pfefferminzteedinosaurierinne. Obwohl, heute Nacht schiebt Angela Dienst, die hat einen Superarsch." Er zwinkert Rose zu und humpelt an seinen Krücken zum Aufzug zurück.

„Langsam", ruft sie ihm fast fürsorglich hinterher und verlässt dann eilig das Gebäude durch die Drehtür.

„Immer, mein Schatz", zischt Paul Bauer zwischen seinen Zähnen hindurch. Er ist sauer auf sich und seine Verletzung, die grad weh tut wie d Sau, aber auch froh, dass Rose ihm keine Vorwürfe gemacht hat. Aber das würde noch kommen, ganz sicher.

Jemand drückt den Aufzugknopf vor Bauer, der das mit einer Krücke erledigen wollte. „Des war jetzt aber e Kunscht, du Clown. Hasch Dusel ghet, sonscht wär dein Daume Matsch!" kommentiert Bauer unfreundlich.

Beide Schiebetüren gehen auf. Der grantige Mann mit den Krücken humpelt hinein und drängelt sich durch die mit Obst, Krimibüchern und Rätselheften bestückten Mitfahrer. Die Kabine schließt, ruckelt etwas, um sich Sekunden später auf beiden Seiten wieder zu öffnen. 'Kellergeschoss, Pathologie' zeigt eine Digitalschrift an. Niemand steigt zu, auch keiner aus. Fast alle Insassen starren beklommen auf den Boden, bis sich die Türen wie von Geisterhand wieder schließen, und sie in einem Rutsch ins Erdgeschoss zurück befördert werden.

Jetzt wird es eng. Eine von Kopf bis Fuß verhüllte Frau mit drei kleinen Kindern, die sofort auf sämtlichen Aufzugsknöpfen herum spielen, kommt dazu.

„Würd no mal oiner gscheit auf Orthopädie drücke?!", schimpft der Typ mit den Krücken in seiner Ecke, dann grinst er die Gören auch noch auffordernd an. 'Der spinnt doch?!'

Was immer es ist, Platzangst in der vollen Kabine, die nervenden Kinder oder der Versuch, die Frau in der Burka, falls es eine Frau ist, nicht allzu misstrauisch anzuglotzen: Alle starren jedenfalls Paul Bauer an. Die Mehrheit der mitfahrenden Personen hätte ihn sicher liebend gern auf der Psychiatrie rausgeschmissen.

• • •

Schon wieder schneit es wie verrückt. In Roses Wimpern bleiben nasse Flocken hängen. Sie hastet den Weg zum Parkplatz entlang, will sofort ins Büro, alle Spuren, Fakten selbst vergleichen, diesen Fall schnellstmöglich lösen. Gleichzeitig will sie als Mutter den ganzen Kram hinschmeißen und direkt nach Hause fahren.

Dermaßen hin und her gerissen rennt die Kommissarin blindlings über die Straße, wird fast von der Schaufel eines Schneeräumers aufgegabelt, beschimpft den Fahrer noch „Idiot! Mach die Augen auf" und rutscht dann direkt neben ihrem Auto aus.

„Au!", schreit Hauptkommissarin Rosemarie Gebhard und „Shit!" Sie sitzt da wie belämmert, platt auf dem Hintern, Nässe dringt durch den Mantel, durch sämtliche Kleidungsschichten, trifft auf blanke Haut. „Oh verdammt! Das Ganze langsamer anzugehen wär vielleicht doch nicht so falsch!"

• • •

Der Kommissar öffnet die Tür zum Vernehmungsraum. Rudi Federles kräftiger Oberkörper wippt hektisch vor und zurück. Der kleine Finger seiner rechten Hand steckt in seinem Mund.

Eisele setzt sich ihm gegenüber. „Federle? So e schöner

Name. Magsch e Cola?" Er schiebt die Flasche über den
Tisch.

Als Antwort kommt nur ein leises Wimmern, gefolgt von
einem asthmatischen Röcheln.

„Schau. Koiner will dir was Böses. Manchmal isch es doch
so, da ganget oim d Zügel durch, und dann passieret Sache,
die me gar it wollt. Verzähl oifach, glaub mir, wenn's endlich
raus isch, geht´s dir besser."

Der Kommissar scheitert kläglich mit seinem Versuch, eine
Vertrauensbasis aufzubauen. Rudi hebt zwar den Kopf, seine
wässrig blauen Augen haften auf ihm. Aber er schweigt.

Eisele hält dem Blick eine ganze Weile stand und gibt dann
auf. Mit Freundlichkeit kommt er hier nicht unbedingt
weiter. „Also gut. I kann au anderschd. Du bisch anscheinend genauso verschtockt wie de Nägele. Vielleicht bringt di
ja e Nacht in re dunkle, enge, schtickige Zell zur Besinnung.
Abführe!" Manchmal sind Drohungen ja effektiver.

Eisele liegt das Brutale zwar nicht, aber wenn's der Wahr-
heitsfindung dient?

Der uniformierte Beamte, der die ganze Zeit über still in der
Ecke saß, erhebt sich und legt fordernd seine Hand auf Rudi
Federles Schulter.

In dem Moment platzt Kreuzberg herein. „Da ist ein jewis-
ser Ejon Krauss und sagt, er wär sein Anwalt."

„Brauche mer nimme, der schwätzt eh nix." Kommissar
Eisele verzieht sein Gesicht. „Aber wenn's sei muss und fürs
Protokoll. Schick ihn halt rei."

Er erhebt sich schweren Herzens von seinem Stuhl und
blickt erwartungsvoll zur Tür.

„Sie haben keinerlei Beweise gegen meinen Mandanten. Ich
nehme ihn jetzt mit!", hallt eine Männerstimme noch vom
aus Gang herein, dann rauscht der Anwalt in den Verhörraum, schiebt den Vollzugsbeamten einfach rüde bei Seite

und packt Rudi Federle am Arm. Der wehrt sich.

„Doch!", nutzt Eisele blitzschnell die Gelegenheit und wedelt mit einem Autoschlüssel. „Den da."

Federle hat die fremde Hand einfach abgeschüttelt. Doch der Mann im abgetragenen Anzug – er hat die scheußlichste Krawatte um den Hals, die die Welt je gesehen hat, von seinen schmutzigen Schuhen ganz zu schweigen – greift energisch nach und will seinen Mandanten mit sich zerren.

„Das sind Zweitschlüssel. Frau Nägele hat mir gerade am Telefon von Ihrer unerlaubten Hausdurchsuchung und dem Fund berichtet. Unter diesen Umständen ist der Schlüssel als Beweismittel sowieso nicht zulässig … Jetzt komm schon, du Idiot!", fährt er Rudi Federle an, dabei landet Spucke auf seinem Gesicht. Der beißt ihn daraufhin in die Hand.

„Du belämmerter, zurückgebliebener Kretin, ich hau dir gleich …", zischt der Anwalt unbeherrscht.

Kommissar Eisele lehnt sich gelassen zurück, verschränkt die Arme hinter dem Kopf und beobachtet zunächst mit einiger Genugtuung das Gerangel zwischen den beiden, dann steht er auf und geht dazwischen, bevor es tatsächlich noch zu ernsthaften Verletzungen kommt.

„Während meim Verhör wird niemand verletzt. Niemand! Hend ihr zwoi Schreithähn mi verschtande?!"

Der komische Anwalt lässt Rudis Arm tatsächlich los. Rudi wippt wieder und röchelt.

Eisele sieht grimmig von einem zum andern. „Na also, geht doch. Und des alles bloß, weil i den blede Wisch it rechtzeitig vorzeigt han? Der liegt scho längscht auf meim Schreibtisch. Aber welcher Depp fährt bei so oiner Wetterlag von Oberteuringe in d Schtadt und wieder zruck?"

„Verfahrensfehler! Ha, das müsste selbst Ihnen ein Begriff sein!"

Der Anwalt ist gewieft, sieht seinem Kontrahenten spöttisch

ins Gesicht und packt jetzt seinen Mandanten mit beiden Händen.

Dem Kommissar ist absolut bewusst, dass der Mann Recht hat. Aber ihm blieb ja nichts anderes übrig! 'Und jetzt soll alles für d Katz gwäs sei?' Innerlich kocht er und sucht fieberhaft nach einer passenden Antwort.

Da kommt ihm Rudi Federle unerwartet zu Hilfe, der plötzlich hysterisch schreit: „Meine Cola!"

„Wir gehen, draußen warten viele Colas auf dich", versucht es der unsympathische Typ.

„Noi, i will die da! Du Arschloch, di kenn i gar it. Meine!! Cola!!"

„Sie haben meinen Mandanten eingeschüchtert. Das wird Ihnen noch leid tun", droht der Krawattenträger.

Eisele blickt direkt in die Videokamera. „Würd mir oiner den Schmieraffe vom Hals schaffe?"

Doch da ist der schon über alle Berge.

Und jetzt?

Der Kommissar reibt sich zufrieden die Hände. Etwas Besseres hätte ihm gar nicht passieren können. „Sodele, den Typ bisch los. Du bekommsch jetzt en Pflichtverteidiger von uns. Aber dann musch mir scho au sage, was da passiert isch."

Wieder folgt nur ein Wippen, vor und zurück, vor und zurück.

Ist Eisele zu euphorisch gewesen? Er hält die Colaflasche hoch. Das Wort 'Cola' war doch ein Durchbruch in der Vernehmung? „Noi ... willsch it?" Er wird nervös, ist drauf und dran aufzugeben – und spürt plötzlich einen jenseits Drang. „Okay, mache mer e Pause. Nach der Aufregung gang i mi mal kurz frisch mache. Musch au?"

Ein kurzer Blick zu Rudi Federle genügt ihm. Der sitzt stocksteif auf seinem Stuhl und reagiert überhaupt nicht.

Nur den Vollzugsbeamten drückt schon länger die Blase.

• • •

Kommissar Eisele steht am Waschbecken der Herrentoilette. Ein Blick in den Spiegel verrät ihm, 'Du siehsch Scheiße aus, Otto. Vermassel des jetzt bloß it, sonscht bisch weg vom Fenschter.' Er hält die Hände unter den Wasserstrahl und streicht dann kurz durch sein lichtes Haar. 'Ups, nach zwanzg Jahr e neue Frisur?', denkt er verdutzt, als sein Scheitel plötzlich irgendwie in die andere Richtung zeigt.

• • •

Auch Rose fährt sich automatisch durch die Haare, als Otto Eisele wieder drüben im Verhörraum auftaucht.
„Ist Otto gewachsen? Der sieht irgendwie anders aus."
„Logo Chefin. Ik wes zwar nich wie er det macht, aber er is en toller Bluthund, wa", antwortet Kreuzberg begeistert.
„Der verbeißt sich richtig, wenn's sei muss", bestätigt eine Stimme hinter ihnen.
„Paul?!" Die Kommissarin dreht sich ärgerlich um. „Paul, was zum Teufel … Du gehörst ins Bett!"
„Wenn du meinst, mein Schatz. Aber des geht jetzt grad it. Sorry."
In dem abgedunkelten Zimmer neben dem Vernehmungsraum fällt niemandem Bauers Schmerz verzerrtes Gesicht auf. Er humpelt an Rose Gebhard vorbei, zwinkert ihr schelmisch zu und lässt sich betont lässig auf den Stuhl neben den Praktikanten fallen.
Kreuzberg schaut skeptisch zu ihm rüber. Er hat das komische Gefühl, seinem Chef, dem Otto, den Rücken stärken zu müssen. Sein Gesichtsausdruck verrät ihn.
Bauer aber streckt das verletzte Bein weit von sich und atmet erstmal erleichtert aus.

„Okay. Jetzt machet eure Gosche mal wieder zu. I bin aus reiner Neugier hier. De Kollege Eisele isch scho immer an seine Aufgabe gwachse. Also, lasse mer ihn mache. Hab mir deshalb extra Urlaub vom Pflegedienscht gnomme. Wehe, s zahlt sich it aus." Er verzieht sein Gesicht zu einem Grinsen, aber innerlich ist Bauer genauso angespannt wie die beiden anderen.

Weder Rose noch Kai widersprechen. Zu dritt starren sie auf den Bildschirm.

• • •

Im Verhörraum hat sich noch nichts geändert, stellt der Kommissar mit Bedauern fest, als er zurückkommt. Federle sitzt wie eine Statue da. Nur der Beamte, der ihn bewacht, zappelt merkwürdig herum und rollt mit den Augen.

„Dann gang halt auf's Klo. Bin ja jetzt wieder hier, passiert scho nix", sagt Eisele zu ihm, wartet, dass der andere wie ein geölter Blitz aufspringt und die Tür knallen lässt. Dann setzt er sich hin und spielt stumm mit den paar Haaren, die plötzlich übers andere Ohr herunterhängen. Er rollt sie mit dem Finger auf, lässt sie los, beginnt von neuem … Keiner spricht ein Wort. Die Colaflasche steht unangetastet zwischen ihm und Rudi Federle.

„Warum ist er denn überhaupt verdächtig?", will Rose nebenan wissen.

„Pscht!", zischen Paul und Kai gleichzeitig.

Der Typ, der Otto gegenüber sitzt, wird nämlich auf einmal lebendig. Die Augen bekommen einen ausdrucksvolleren Blick, der Körper richtet sich auf. Er räuspert sich und fängt stockend an zu reden: „I hab den Xavi gfunde … lag im Schtall … der Mann, bei dem i aufgewachse bin, hat mi au immer so liege lasse, nachdem i seine Schläg geschpürt hab."

Dann weint der große Rudi plötzlich hemmungslos.

Eisele murmelt angewidert ins Mikro. „Der woiss it, dass des sei eigener Vater war, der ihn so verdrosche hat. Tut mir leid, Chefin, aber mir geht des ans Herz, wenn en Behinderter au no misshandelt wird."

„Halt's Maul!", rufen Gebhard, Bauer und Polankowitzek einstimmig.

Rudi Federle hat sich inzwischen ruckartig mit beiden Handgelenken die Tränen abgewischt. Er fixiert die Flasche auf dem Tisch und erzählt weiter: „Dann hat der Xavi brüllt, er will weg. Also hab i die alte Kischte gholt und mir sind los gfahre." Seine Stimme klingt allmählich schriller: „Oifach los. Er war immer so viel gscheiter als i, hat immer gwisst was richtig isch und er hat mi tröschtet, wenn der Nägele bös war mit mir." Rudi packt jetzt die Flasche, die vor ihm auf dem Tisch steht, schlägt den Kronkorken kurzerhand an der Tischkante ab. „Jeds mal, wenn i Schläg kriegt hab, hat der Xavi mir e Cola schpendiert." Er trinkt genüsslich, betrachtet die Flasche liebevoll, doch dann nimmt sein Gesicht einen grässlichen Ausdruck an. „Warum hat er des bloß gsagt?" Es folgt lautes Heulen, das Wippen vor und zurück, vor und zurück fängt wieder an, wird immer hektischer.

Eisele, dem die Haare inzwischen kreuz und quer vom Kopf abstehen, sagt noch fassungslos: „Aber hier schlagt di doch koiner!" Da kommt der Vollzugsbeamte in den Vernehmungsraum zurück, wittert Gefahr, will Rudi die Glasflasche aus der Hand nehmen, vorsichtshalber – und schon ist es zu spät! Federle schlägt, tritt und beißt um sich wie ein Wilder. Doch er zieht den Kürzeren. Der Beamte ist nebenberuflich Kampfkunstlehrer.

• • •

Hauptkommissarin Gebhard klappt ihr Handy zu. „Ein Arzt ist unterwegs. Der Mann braucht dringend Hilfe." Sie ist schon auf dem Sprung hinüber, da …

„Nicht, Rose. Das ist sein Fall." Paul Bauer hält die Kollegin am Arm fest. „Gib Otto e Chance. Mir haltet uns im Hintergrund zu seiner Verfügung. Lass uns was essen gehn. Du willsch doch, dass ich wieder zu Kräften komm?!"

Die Schmerzen in seinem Bein werden immer stärker. Trotzdem grinst er sie an, von einem Ohr bis zum andern, und versetzt ihrem Hintern einen Klaps.

„Ich spiele doch nicht deine Krankenschwester, nachdem du dich selbst entlassen hast! Das könnte dir so passen", antwortet sie gereizt und zeigt ihm den Vogel. „Und wenn die Verhörsituation eskaliert? Lass mich gefälligst los!"

Doch Bauer bleibt hartnäckig. „It bockig sei. S isch alles im grüne Bereich, oder glaubst du, unser Otto wär ein Unmensch? Du hast doch selber gehört, wie bestürzt der vorhin auf die Misshandlungen reagiert hat. Siehs doch mal so, normalerweise wäret mir boide jetzt gar it hier, würden also von all dem nix wisse. Und von Krankenschwestern hab ich eh die Schnauze voll."

Sie spürt, wie sich sein Händegriff verstärkt, versucht immer noch, davon los zu kommen. Tränen steigen ihr in die Augen. Dann gibt Rose plötzlich nach. „Eigentlich hast du ja Recht. Aber ich bin verantwortlich für das, was in unserem Kommissariat passiert. Wenn der Mann sich verletzt oder einen Herzkasper bekommt, nur weil einer meiner Kollegen zu weit gegangen ist …?"

„In dem Moment kannsch du auch nix mehr dran ändere. Komm, lass uns abhauen. Wir sind ja notfalls schnell wieder hier." Paul Bauer zieht sie sanft hinter sich her, zur Tür hinaus, den Flur entlang, die Treppen hinauf, und das ganz ohne Krücken.

Am Ausgang mault Rose noch: „Okay, okay. Gehen wir halt
Pizza essen und ich erklär dem Staatsanwalt morgen einfach,
dass der Kollege Eisele meiner Ansicht nach kompetent ist,
alles im Griff hatte, ich noch nicht im Dienst war, weil ..."
Da schießt ihr plötzlich ein Satz durch den Kopf: 'Spiel mit
deinem Kind, so lange es das noch will.'
Verdattert bleibt die Kommissarin stehen.
„Charly ..." Sie sieht Bauer mit großen Augen an. „Paul,
ich hab wohl überreagiert. Du weißt ja, dass sie das tote
Mädchen kannte. Aber meine Tochter will einfach nicht
kapieren, dass sie sich da raushalten muss! Kannst du dir
vorstellen, wie schrecklich ich mich gefühlt habe, als ich von
der Schießerei erfuhr? Von der übrigens auch ein gewisser
Kollege Paul Bauer Kenntnis hatte!!"
„Schatz, du siehst unwiderstehlich aus, wenn du dieses
Funkeln in die Augen kriegst! Aber, das war nur zu deinem
Schutz. Du solltest in Ruhe den Psychokram lernen. Wer
weiß, wofür der mal gut ist? Und jetzt ruf sie an. Wir sind in
fünf Minuten dort, holen Charly und Thea ab, mit Blaulicht
versteht sich. Du fährst!"
'Puhh. Da bin ich ja nochmal mit einem blauen Auge davon
gekommen.' Bauer schwitzt wie ein Schwein. Er sucht in der
Hosentasche nach seinen Schmerztabletten.

• • •

'Läuft da wat zwischen den beeden? Die schleichen um-
einander wie Katz und Hund.' Kreuzberg schüttelt miss-
mutig seinen strubbeligen Kopf. Da sind die Kommissare
Gebhard und Bauer gerade mir nichts, dir nichts abge-
rauscht. 'Und wenn schon, dann jeht mich det ooch nüscht
an. Aba det se sich im Hintergrund halten wollen, klingt
doch jut.' Schließlich sind er und Otto seit Tagen hautnah

an diesem Fall dran. Der junge Mann steckt sein Hemd in die Hose, streicht sich durchs Haar, murmelt zufrieden: „Da braucht et keene Klugscheißer, wa!" und macht sich auf die Suche nach Otto Eisele.

• • •

Auf dem Flur begegnen sie sich noch. Kollege Bauer gibt Otto kurz Bescheid, dass Rose einen Arzt angefordert hat und sie jetzt was essen gehen. „Wenn de Hilfe brauchsch, Anruf genügt."
Eisele ist verwundert. Kein vorwurfsvoller Blick der Chefin, kein saublöder Kommentar vom Paule??
„Scho recht, ganget ihr ruhig ohne mi. I han eh koin Hunger", ruft er den beiden noch hinterher. „Alles bechtens, koi Problem. I zieh des Ding alloi durch! Da fehlt sowieso nimme viel", murmelt er vor sich hin, ist aber im Grunde verunsichert und denkt angestrengt über sein weiteres Vorgehen nach.
Dann schlägt er schnurstracks den Weg Richtung Kantine ein. Sein Magen knurrt erbärmlich.

• • •

In der Zwischenzeit rennt sein Assistent mit einer äußerst wichtigen Akte unterm Arm durchs ganze Präsidium und fragt sich durch: „Ik such den Otto. Der is nach dem Verhör nich mehr ins Büro jekommen", erntet aber überall nur verständnisloses Kopfschütteln.
„Nee, nich?"
„Willsch e Azeig mache? Flitzer sind unser Schpezialität."
Das hämische Lachen der drei Typen von der Sitte verfolgt ihn bis in den Ausgangsbereich.
„Wen?"

„Na, Kommissar Eisele. Hat den jemand jesehen?"

„Noi, du?", fragt eine junge Frau ihren Begleiter.

„Wer soll des sei?", antwortet der und geht einfach weiter.
Sie zuckt daraufhin bloß die Schultern und läuft ihm schnell
hinterher.

„Det sind ja ma Kollegen nach meinem Jeschmack!" Kai
Polankowitzek ist frustriert, dreht um und wird 'justamente'
in Form einer Tafel fündig, auf die mit bunter Kreide
gemalte Luftschlagen einen Text umrahmen: *Narri Narro!
S gibt no a weng Läberkäs und hoiße Seele. Morge fangt d
Faschtezeit a!*

• • •

Treffer! Er findet seinen Chef völlig gedankenversunken und
an einer Stulle nagend.

„Mahlzeit ... Ik stör ja unjern. Aber det könnt echt wichtig
sein."

Eisele erschrickt, verschluckt sich, hustet fürchterlich.
Kreuzberg klopft ihm ein paar mal auf den Rücken und
bleibt auffordernd am Tisch stehen. Mit tränenden Augen
und noch immer nach Luft schnappend sieht ihn Otto Eisele
von unten bis oben an. „Bue, di han i ja ganz vergässe ..."
Wieder folgt ein Hustenanfall. Sein Assistent haut ihm jetzt
erbarmungslos zwischen die Schulterblätter. Der Kommissar
reagiert darauf richtig grantig. röchelt: „Kruzefix!!! Was isch
denn so dringend, dass du mir alle Knoche bräche musch?",
spuckt Brotstückchen über die Tischplatte, wird ganz blass
und fürchtet, entweder gleich an inneren Blutungen oder 'an
re simple Schinkekäseseele verrecke z müsse'.

„Chef?" Kreuzberg schlägt ihm mehrfach ins Gesicht. „Chef,
alles okay??"

„Was?", stammelt Eisele kurzatmig vor Schmerz und Panik,

jeden Moment mausetot vom Stuhl zu fallen. Es dauert etwas, bis er begreift, dass nichts dergleichen passiert …
Langsam erholt sich der Kommissar von seinem Schock. Seine Augen werden klarer, die Wangen bekommen wieder Farbe. Zum Glück ist die Kantine fast leer, bis auf vier Uniformierte am Tisch gegenüber, die sich mit ernster Miene über gehäufte Auffahrunfälle wegen dem 'Scheißwetter' unterhalten. Von denen war also kein Spott zu erwarten.

Dann zuckt er doch noch mal kurz zusammen, als die Kantinenwirtin vorbeiläuft und was von „ausverkauft, en Berliner hätt i no" schwafelt. Doch sie geht weiter, widmet sich ihrer Tafel, wischt … Eisele sieht ihr dabei zu und erinnert sich. Da war immer noch dieser Kai, der standhaft ‚wie en Oinser' neben ihm steht!

Plötzlich fühlt Otto Eisele so was wie Dankbarkeit für den strubbeligen Kerle, der ihm vielleicht sogar das Leben gerettet hat. „Jetzt hock di halt her zu mir. Jeder braucht mal e Pause. I bin total unterzuckert gwäse … Und em Bernhard Nägele schads beschtimmt nix, wenn der no e Zeit lang in seiner Zelle schmort. Magsch abbeiße? D Leberkäs hend mir die da drübe weggschnappt."

„Det wird warten müssen, Chef. Kick dir erst dat mal an. Et jibt ne Spur von der Kriminaltechnik." Kai Polankowitzek aus dem Polnischen ist sicher, dass diese Nachricht seinem Chef schnell wieder auf die Beine hilft.

„Ächt? Zeig her." Der Kommissar greift mit fettigen Fingern nach der Akte und liest. „Von der Schpusi. Des ging aber Ratz Fatz. Schau mer mal, obs wirklich so … Aha?!"
Das Blut von der Schießerei auf dem Nägelehof bringt tatsächlich einen Hinweis.

„Die hend en Treffer!", jubelt Eisele zunächst, aber dann verschlägt es ihm doch kurz die Sprache. Er starrt das

Blatt an. Der Satz 'die DNA der Sabine Schäpperle ist ausschlaggebend für das Ergebnis' verschwimmt vor seinen Augen. „Wie geht jetzt des? Bin I denn scho vollkomme verblödet?? Wieso … Die war doch da scho tot!?"
Sein Assistent steht gespannt hinter ihm und deutet auf den Absatz danach. „Otto, det Blut an den Balken stammt vom Einbrecher. Der war aber nicht die junge Hexe, sondern …"
Der Kommissar klatscht sich auf die Stirn. „Oh … oh i Esel!! Oine von de Schäpperlefraue, ja klar! I brauch sofort en Dienschtwage und du hälsch d Schtellung!"
Der Kommentar des uniformierten Quartetts hallt ihm noch hinterher: „i ah… i ah … i ah."

• • •

Eisele spricht auf der Fahrt zu kahlen Bäumen, braunen Sträuchern, auch dem ein oder anderen Verkehrszeichen: „Woisch, die saget so scho it viel … und wenn i da jetzt au no mit solche Anschuldigunge komm … was moinsch? … muss i da durch?"
Als er auf dem Schäpperle-Anwesen eintrifft, steht der weiße Kombi der Spurensicherung auf dem Hof, daneben ein Einsatzfahrzeug der Polizei. Mehrere Personen entledigen sich gerade ihrer Overalls.
„Und, waret ihr gründlich?", ruft er ihnen nervös zu. Einer hebt den Daumen: „Die Wies isch gmäht!"
Etwas entspannter spricht der Kommissar einen Streifenbeamten an, der sich, beladen mit einem alten Computer samt Zubehör, gerade umständlich in der Eingangstür an ihm vorbeischiebt. „Des trifft sich. Ihr bleibet zu zweit vor Ort, I brauch wahrscheinlich Verschtärkung."
Perplex verharrt der Mann einen Augenblick, sieht dem kleinen Kommissar dann sprachlos hinterher und ruft

seinem Kollegen zu: „Wer war jetzt des?"

„Mordkommission Friedrichshafen. Aber koiner von de Wichtige", antwortet der andere und brummelt dann in sich hinein: „Des ka ja heiter werde."

Kartons mit sichergestellten Dokumenten und zum Schluß noch ein Computer werden im Laderaum des Kombis verstaut, die Spurensicherung rückt ab.

„Gschafft." Der Beamte, den Eisele zum Bleiben verdonnert hat, wirft über die Schulter einen misstrauischen Blick auf das Haus. „Moinsch, des dauert lang? I han schpäter nämlich volles Programm. Mei Weib bedient beim Kehraus und Papi derf d Kinder bekoche. Schpagetti mit Soß, danach Märchen vorläse, Gschirr schpüle, Frau Mitte in der Nacht abhole und dann au no Frühschicht. Mir geht des alles so auf n Sack! Aber mir brauchet die Kohle dringend."

„Glaub i dir." Sein Kollege zündet sich eine Zigarette an, zieht kräftig daran, bläst dann den Rauch durch die Nase und schüttelt nur den Kopf. „Wenn da so en Hiwi dra isch, ka's daure. Willsch au oine?"

• • •

„Sind Sie dafür verantwortlich?! Ja klar, wer au sonscht!" Monika Schäpperle steht erbost in Latzhose und Gummistiefeln im Wohnzimmer. Schubläden und Schränke um sie herum sind aufgerissen, Bilder wurden auf der Suche nach einem versteckten Tresor abgenommen, die hellen Flecken an den vergilbten Wänden schreien förmlich danach, wieder verdeckt zu werden. Die Spurensicherung hat ganze Arbeit geleistet.

Eine pechschwarze Katze rollt einen elfenbeinernen Turm hin und her, jagt ihn davon, holt ihn ein, gibt ihm einen Schubs, duckt sich, setzt zum Sprung an. Aber der Turm lässt sich nicht fressen. Er bleibt nur reglos neben Springern, Läufern, Bauern und den beiden Königspaaren liegen. Unentschlossen, mit langgezogenen Pfoten steigt die Katze über das Chaos aus schwarzen und weißen Figuren. Das zugehörige Schachbrett lehnt einsam an einem Tischbein.

Da gibt die Rothaarige dem Tier einen Tritt. Fauchend springt es davon und zur Tür hinaus.

Eisele zuckt zusammen. Er empfindet plötzlich Schmerzen im Brustkorb, als wäre er selber getreten worden. Dumpf dringt die Stimme zu ihm durch: „Jetzet, du Schnüffler. Mir sind ganz unter uns. Zwoi alloi schtehende Weiber machet em Loser wie dir Angscht, gell?!" Sie stemmt bedrohlich ihre Hände in die Hüften, die Worte werden schriller. „Was isch? Kriegsch d Gosch nimme ausenand?? Aber uns e Horde Wilder auf de Hals jage, die alles, was niemand a geht, zerrupfet und Fingerabdrück nehmet in em Haus, dem grad e Kind grausam graubt wurd, des kaasch! Sowas nenn i reschpektfrei und gefühlskalt, du … du potenzloses Arschloch!!"

Der Kommissar ist schockiert. Er hat mit Widerstand gerechnet, aber das, derart unter die Gürtellinie, das geht eindeutig zu weit!

„Jetzt komm mal wieder runter, du blöde Gans", murmelt Eisele erst zögernd, dann setzt er nach: „Die Sabine isch ermordet worde. Da frag i it ersch, ob s denn grad basst! Jeder Hinweis isch wichtig, und dass oine von euch beim Nägele eibroche isch, des hat demit z due, da fress i en Bäse!"

Die Frau klappt den Mund auf, wieder zu, wird blass im Gesicht und sagt nichts mehr.

'Oha, jetzt hats ihr d Schprach verschlage', bemerkt Eisele. 'Isch des e Gschtändnis? Oder wars die ander, und sie deckt ihr Schwägerin?'

„Frau Schäpperle", er räuspert sich. „Woisch, du kasch denke von mir was de willsch, aber die tote Auge von eurem Mädle ganget mir nach. Deshalb krieget ihr mi nimme los, bis i den Mörder gfunde han. Ob des jetzt reschpektlos oder gfühlskalt rüber kommt, isch mir völlig wurscht. Und dass da was zwische euch und em Nägele lauft, von dem i nix wisse soll, macht mi no dezu verdammt sauer!"

Nachdem er sich Luft gemacht hat, fühlt sich der Kommissar um einiges wohler. Er sieht jetzt der Frau direkt ins Gesicht. „Vielleicht hats ja au it mit dem Fall z due? Wer lügt, macht sich äbe verdächtig! Wo isch eigentlich Ihr Schwägerin?"

„Die Gisi räumt d Küch auf", entgegnet Monika Schäpperle argwöhnisch.

Eisele weist zur Tür. „Also dann, geh mer doch zu ihr. I hab en Haufe Frage."

Nur zögernd gehorcht die Frau mit dem roten Haar.

Gisela Schäpperle ist gerade dabei, das Gewürzregal wieder einzuräumen, als sich die Küchentür hinter ihr öffnet. „Oh Moni, guck her", seufzt sie. „Meine Kräuter, alles durchenand. Die hend gwütet wie d Sau."

„Ganze Arbeit, Kompliment", muss Eisele gestehen. „I persönlich nehm ja it a, dass Sie Ihr Rattegift hier aufbewahret."

„Rattegift in der Küch?" Das Salzfass fällt krachend zu Boden, als die Frau herumfährt. „Sie??"

„Genau. I scho wieder", antwortet der Kommissar, setzt sich auf einen Küchenstuhl, macht eine einladende Handbewegung und sieht die beiden Frauen auffordernd an.

„Was isch, wollet er lieber schtande bleibe? Soll mer au Recht sei. I bin jedenfalls sehr gschpannt auf des Geschpräch."

Weit aufgerissene blaue Augen wandern stumm über ihn hinweg. Dann setzt sich die eine doch zögerlich ans Ende des Tischs.

„Und Sie? I denk, mir hend unsre Meinungsverschiedenheite

geklärt?" Seine Frage gilt der Rothaarigen, die wie zur Salzsäule erstarrt am Türrahmen klebt.

Gisela Schäpperles besorgter Blick zu ihrer Schwägerin entgeht ihm nicht.

„Die Moni hat sich vor e paar Tag am Stacheldraht verletzt. Sie kann it sitze."

„Ah so, am Stacheldraht, scho klar. Mi täts wundre, wenn des it eher e Ladung Schrot war. Und die ausgrechnet in de Allerwerteschte." Eisele verkneift sich ein hämisches Grinsen.

Der nervöse Ausdruck der Frauen spricht eh Bände. Plötzlich schnellt Monika Schäpperle leichenblass ein paar Schritte vor und brüllt hysterisch: „Wer oder was glaubet Se eigentlich, sind Sie? Mir sind unschuldig!!"

Eisele fährt vor Schreck zusammen, wischt sich heimlich unter dem Tisch die schweißnassen Hände am Hosenbein ab und murrt dabei: „Unschuldig … ja ja, des saget se zersch alle."

'Wenn Blicke töten könnten, würd i schpäteschtens jetzt tot umfalle', denkt Kommissar Eisele. Doch da keine weitere Bedrohung seiner Person folgt, fasst er sich erneut ein Herz: „Genau um des raus zum finde bin i da. Immerhin isch oine von Euch zwoi aus no ungeklärte Umschtänd beim Nägele eibroche und hat DNA hinterlasse wie e achtschpurige Autobahn. Warum glaubet ihr, macht mi des schtutzig?"

Ungeduldig klopf Eisele mit den Fingern auf der zerkratzten, alten Wachstuchtischdecke herum, bekommt aber trotz seiner forschen Vorgehensweise keine Antwort. Er gibt sie sich deshalb selber: „Weil i it an Zufall glaub! Jeder Depp sieht doch da en Zusammehang mit Sabines Tod. Bloß … wo isch s Motiv?"

In der Küche bleibt es für einen Moment lang totenstill.

„Gut." Sein Stuhl macht ein abscheulich quietschendes

Geräusch, als er ruckartig aufsteht. „Im Labor werdet grad die Blutschpure vom Nägelehof mit dem hiesige Material vergliche. De Haftbefehl wäge Einbruch isch scho unterschriebe, i muss nur noch den richtige Name einfüge. Wollet ihr mir it langsam sage, ob Sie …", Monika Schäpperles heftiger Atem schlägt ihm ins Gesicht, „oder Sie des waret?" Jetzt springt Gisela Schäpperle entsetzt auf. „Was war i???"

• • •

Kai Polankowitzek hat die Schnauze voll vom Stellung halten. Die Akten sind feinsäuberlich sortiert, der Schreibtisch ist aufgeräumt. Zweimal hat er wegen Federle nachgefragt. „Der pennt", hieß es da. Und dann: „I han doch gsagt, der pennt!"
Er langweilt sich, stiert abwechselnd das Telefon an, die Tür, dann aus dem Fenster – draußen ist es schon dunkel – muss gähnen. „Det Kriminalern zieht sich aber." Kurz darauf schläft der junge Mann ein …
Es ist stockfinster und regnet in Strömen. Der schwarze Mercedes rast über die Landstraße. Kai verfolgt ihn … mit einem Traktor! Schneller, geht das nicht schneller, sonst entkommt er mir! Aber das Gaspedal ist schon bis zum Anschlag durchgedrückt. Die Sicht wird immer schlechter. Der kleine Scheibenwischer schiebt quietschend Wassermassen von einer Seite zur anderen, dann bewegt er sich plötzlich nicht mehr. Jetzt versperren auch noch Kühe den Weg. Ein Auto steht mit aufgeblendetem Fernlicht und offener Fahrertür auf dem Asphalt. Schemenhaft erkennt Kai einen Schatten, der über die Felder in Richtung Wald davonläuft, zieht seine Waffe, will hinterher rennen, steckt aber knöcheltief im Matsch fest und brüllt: Stehen bleiben, Polizei!! Da dreht sich der Typ um, kommt auf ihn zu und

grinst. Was trägt er da in der Hand? Durch den starken
Regen kann Kai es nicht genau erkennen. Der Knall eines
Gewehrs zerreißt die Nacht …

„He, Kreuzberg! Aufwache!! Und mach d Gosch wieder
zu. S gibt Arbeit." Eisele hat ihn wild um sich schlagend
vorgefunden und die Bürotür zugeknallt.

„Der hat auf mich jeschossen." Verwirrt reibt sein Assistent
sich den Schlaf aus den Augen und sieht an sich hinunter.
„Bin ik jetroffen?"

Der Kommissar hängt in aller Ruhe den Mantel auf. „Noi. I
war ja rechtzeitig da. Jetzt simmer quitt."

Kai atmet erleichtert auf. „Det war äußerst knapp, Chef.
Und, jibts endlich wat neuet!?" Aus Langeweile abgeknallt zu
werden stand nicht auf seinem Plan.

„Wie mes nimmt. Wo sind die andre?"

„Na, wo schon. Immer noch Pizza essen. Wenn ik mir det so
richtig überleje, könnt ik ooch wat vertrajen, wa."

Otto Eisele nickt verständnisvoll. Wär mal wieder Zeit, dass
Essiggürkle zum Leberkäswecken oder dicke Schpätzle mit
viel Soß auf der Tagesordnung dieses Büros stehen. Doch
trotz knurrendem Magen winkt er ab und wendet sich zur
Tür: „Jetzt it, mein Freund. En echter Kriminaler kennt
koin Schmerz. Lass den Bauer Nägele vorführe, i wart im
Vernehmungsraum."

Der Kommissar kratzt sich kurz am Kopf. „Ah ja, no
was. Die Schäpperlefraue … I han sicherheitshalber glei
boide verhaftet. Sind beim Erkennungsdienscht." Dann
verschwindet er.

Sein Assitenz ist zu baff, um zu antworten. Froh, dass er
noch am Leben ist, wählt Kai Polankowitzek mit zittrigen
Fingern die Nummer des Zellentraktes.

Es dauert und dauert. Das Tuten rauscht in seinen Ohren.

„Ja, Mordkommission Eisele, Polankowitzek hier. Wir

brauchen den Nägele. Wat? Pennt? Dann kannste ihn doch
… Warum regste de dir denn jetzt so künstlich uff, ik …
Beim Vespern, aha. Weeste, det jeht mir am Arsch vorbei.
Den Bernhard Nägele zum Verhör, aber Dalli, wenn ik bitten
darf!"

• • •

Kommissar Eisele sitzt nachdenklich am Tisch, als der Mann
endlich vorgeführt wird. Er nickt ihm zu. „Und, Nägele,
hasch di inzwische besinnt?"
„Hm", brummt der nur und lässt sich widerstandslos auf den
freien Stuhl ihm gegenüber drücken.
„Handschelle sind glaub i it nötig, oder?" Eisele gibt dem
Vollzugsbeamten einen Wink, die Dinger abzunehmen.
„Guet. Danke. I brauch Sie dann nimme."
Aber der Beamte verharrt stumm mit verschränkten Armen
gleich neben der Tür.
Drei Männer atmen jetzt in dem engen, fensterlosen Raum
und verbreiten Schweißgeruch.
Der Kommissar hätte gerne ein Fenster geöffnet, stattdessen
lächelt er verschmitzt, schlägt ein Bein lässig übers andere
und sagt: „I han grad dei Frau aufm Flur troffe. Die hoilt wie
e Suse und moint, dass se di glei wieder mitnehme ka. Wie
siehsch du des?"
Keine Antwort. Die Luft wird immer dicker und stickiger.
Plötzlich schlägt Eisele mit der flachen Hand auf die Tischplatte. „Schturer Bock. Hilf mir, meine Fäll auf zum kläre,
dann kasch gange. S gibt übrigens saure Kuttle bei dir dahoim …" 'Ganz saure, wenn i s mir Recht überleg.'
Zuerst tut sich wieder nichts, dann macht der Bauer einen
Buckel wie ein wilder Stier und brüllt los: „Was han i mit
deine Fälle z tue!!?"

Otto Eisele zuckt zurück. Sein Blick schweift hinter Nägele zu dem Schutzmann, der scheints im Stehen schläft, überlegt kurz, was passieren könnte, wenn er den wutentbrannten Bauern jetzt mit der Wahrheit konfrontiert, und prescht vor: „Mir hand en bis zur Unkenntlichkeit verbrannte Körper. Und des isch dei Sohn, den du so erbarmungslos verprügelt hasch."

„Mei Sohn?" Bernhard Nägele springt erschrocken von seinem Stuhl. „Mei Sohn", flüstert er dann nochmal und sinkt zurück. „Der Bue isch it meiner. I han die Elfriede damals aus Trotz mit dem dicke Bauch gnomme, nachdem …"

Eisele horcht auf: „Ja?? … Jetzt red doch endlich, schturer Bock!"

„Was geht eich mei Vergangenheit a, verflucht?", antwortet sein Gegenüber nur und verschränkt die Arme.

Der Kommissar betrachtet neugierig das verstockte Gesicht des Mannes, erkennt aber weder ein nervöses Zucken der Mundwinkel noch dieses verstohlene Flackern in den Augen, wie es sonst bei Vernehmungen oft zu beobachten ist. Schließlich resigniert er, denkt 'i bin doch koin Hellseher', steht provokativ auf und startet seinen letzten Versuch: „S muss aber e großes Gheimnis sei, des ihr da versuchet unter de Teppich zum kehre. Woisch was? Nimms doch oifach mit ins Grab."

Treffer!

Der Bauer reagiert: „Gheimnis? Du schwätscht so en Scheiß. I woiß von nix."

„Ah, hasch dei Schprach wieder gfunde?" setzt Eisele sofort nach. „Doch, Nägele! Du hasch meh Ahnung, als dir lieb isch. Und i nagel di schon no daran fescht. Der Xaver, dei Auto, die Schäpperlefraue, dene ihr Grundstück, han i was vergesse?"

„Laß mir doch mei Ruh, du Pfeife!", zischt der Bauer zurück.

„Des könnt dir so passe!", antwortet der Kommissar energisch und setzt sich wieder hin. „Entweder du bisch jetzt bereit z kooperiere, oder i lass di achtevierzg Schtund schmore wie e alte Kuttel. Ich höre!" Aber seine Drohung bleibt erfolglos. „S hat wohl koin Sinn mit dir, oder? Wie de willsch. Beamtebeleidigung, Behinderung unserer Ermittlunge ... Da kommt ganz schö was auf di zu."

Zwei schwäbische Sturköpfe starren sich wortlos an.

Eisele schnauft tief durch: „Nägele ... Machs doch it no schlimmer. Was isch bei dir zum Hole, dass oine von dene Weibsbilder auf deim Hof eibricht? I bring sowieso alles raus. Also??"

Dem zuvor so verstockten Bauern fällt der Unterkiefer herunter. „Doch it d Gisi?", murmelt er gerade, als Kreuzberg die Tür zum Vernehmungsraum öffnet.

„Chef?"

„Herrgottsackradi. It jetzt!"

„Aber ... et wäre wichtig."

„I komm ja glei." Der Kommissar fühlt sich hin und her gerissen, will hier jetzt nicht locker lassen, aber auch da die Neuigkeiten erfahren. Seine Entscheidung fällt so aus: „Okay. Nägele, gang in di. Bin in re Minut wieder da." Der Vollzugsbeamte macht die Augen auf, als ihm jemand schmerzhaft auf die Schulter schlägt. Er hört den kleinen Kriminaler noch sagen: „Pass auf!", dann knallt die Tür von außen zu.

• • •

Auf dem Flur kratzt sich der Kommissar äußert grätig am Kopf. „So en schturer Sack aber au! Also, was gibt's? Und kämm di endlich Mal. Schausch ja aus, als wie wenn de grad aus m Bett kämsch."

Einen echten Berliner kann so was nicht erschüttern. Kai jedenfalls strahlt über beide Ohren und wedelt mit jeweils einem Blatt Papier in der rechten und der linken Hand. „Et jibt tatsächlich wat. Ik denke, det wird der Durchbruch. Welches zuerst?"

„Mach mi doch it wahnsinnig", stöhnt Eisele und fragt sich, wo der Kerle um die Uhrzeit mit leerem Magen noch so viel Energie her nimmt. „Rechts!"

„Jut. Zum Ersten, bei der Hausdurchsuchung auf dem Nägelehof wurde die Jeburtsurkunde der Elfriede Nägele jefunden. Sie ist ne jeborene Müller."

„Muss mir des jetzt was sage?"

„Erinner dir, Chef. Die jestohlene Maske jehörte einem Christian Müller, dereinst Hufschmied in Kluftern. So ein Zufall." Kai lässt ihm keine Zeit, darüber nachzudenken. Verschwörerisch hebt er die andere Hand. „Und zweetens … Det wird dir jefallen. Die Blonde war verlobt, und zwar mit unserem Kandidaten im Verhörraum. Da sagste nix mehr, Chef, wa?"

„Wie wa?! Kreuzberg, du bringsch mi um de Verschtand. Welle Blonde??" Es dauert ein bisschen, bis der Hebel umspringt. „Noi, oder? Bue, du bisch oifach unbezahlbar!" In Otto Eisele rattern die Gedanken. Da steht plötzlich Hauptkommissarin Rosemarie Gebhard mit zwei verführerisch riechenden Pappschachteln vor ihm.

„Stör ich? Man hat mir gesagt, ihr wärt beim Verhör."

• • •

Die unverhoffte Pause tut verdammt gut. Kreuzberg versucht aus Respekt vor der neuen Chefin, seine Pizza einigermaßen zivilisiert zu essen, und nuschelt mit vollem Mund ein Kompliment: „Det war aber ne jute Idee, Frau Jebhard."

Eisele schlingt, was das Zeug hält.

Rose lächelt die beiden an. „Kein Thema. Wer arbeitet, soll auch essen. Apropos arbeiten. Otto, wie geht´s denn so voran?"

Dem Kommissar bleibt fast die Salami im Hals stecken. Er würgt sie runter. Dann, mit Tomatensoße im Mundwinkel und einem kleinen Stückchen Käse an der Wange, schwindelt er: „Prima Chefin. Bin kurz davor, ab zum schließe."

Das Telefon klingelt, beginnt aufdringlich zu werden, scheint ihn aber nicht im Mindesten nervös zu machen. Hauptkommissarin Gebhard nickt. „Gut zu hören. Lassen Sie nur, ich geh ran."

Als sie den Hörer auflegt, ist ihr Gesichtsausdruck angespannt. „Das war die KT. Schon wieder ein Treffer. Die DNA von Bernhard Nägele wurde in dem ausgebrannten Toyota nachgewiesen. Außerdem gibt es anscheinend Erkennungsmerkmale der unbekannten DNA, die im Auto, der Maske, dem Tuch und Hut des Cowboys, aber auch in der Speichelprobe der Elfriede Nägele nachweisbar sind!"

• • •

Es herrscht absolute Ruhe, als Rose die Akte aufmerksam durchliest. Als Chefin muss sie doch wenigstens informiert sein, wenn Cowboys im Spiel sind!

Eisele zupft nervös an seinen Nagelhäuten herum, obwohl er sich sicher ist, nichts vergessen oder übersehen zu haben. 'Dem Nägele ghört der Toyota, des war klar. Die Nägele und de Cowboy? Ausgschlosse! Des muss en Fehler vom Labor sei.' Inständig betet er: 'Bitte, lass d Frau Gebhard die bled Nadel im Mischthaufe finde, auf dem nix meh so richtig zamme basst!'

Kreuzberg ist inzwischen eingenickt. Andächtige Stille.

188

Da wird die Tür aufgerissen und Paul Bauer humpelt, gestützt auf den Leibhaftigen, holterdipolter ins Büro.

„Mama, reg dich nicht auf", stöhnt Charly und lüftet ihre
Maske. „Wir haben nur noch ein Tiramisu gegessen, nachdem du weg warst. Dann hat Oma zwei Verdauungsschnäps-
le bestellt, der Paule wollt die Runde nicht auf ihr sitzen
lassen und … Würd mir mal endlich jemand den schwere
Kerle abnehme?!" Fast schuldbewusst sieht das Mädchen
ihre Mutter an. „Er ist vor der Pizzeria nochmal mit dem
kaputten Fuß umgeknickt. Aber in dem Zustand konnte ich
ihn doch unmöglich ins Krankenhaus zurück schicken."

„Na wenn scho, meine kleine Beschützerin", säuselt der
Hauptkommissar und grinst. „Gege die Schmerze gibt's doch
Tablette." Speichel rinnt ihm am Kinn hinunter. „Wo isch die
Thea? Narri, Narro, Grappa macht froh!"

Otto Eisele sieht erschrocken zu Rose hinüber, doch die sitzt
da wie gelähmt.

Kreuzberg kümmert sich als Erster und versucht den
Verletzten auf einen Stuhl zu hieven, aber der wehrt sich.

„Lass mi los, Bürschle. Sonscht hau i dir oine hinter deine
feuchte Ohre!", mault Bauer, der schwankt wie ein riesiger
Tanzbär.

Jetzt erwacht Rose aus ihrer Starre. „Das lässt du mal schön
bleiben, Paul. Setz dich!! Charly, wo ist Thea? Und wie viel
hat er getrunken?"

„Mama, ich bin doch keine Petze!", entgegnet ihre Tochter
trotzig. „Der Paule ist nicht im Dienst. Und Oma hab ich in
ein Taxi gesetzt."

Der strenge Blick ihrer Mutter verändert sich. Erstaunt
erkennt Rose Gebhard, dass Charly Verantwortung über-
nimmt, wenn's drauf ankommt. 'Meine Tochter! Gut geraten',
denkt sie stolz, fragt aber dann scheinbar unbeeindruckt noch
einmal: „Wie viel?" und hasst sich im selben Moment dafür.

Bevor das Mädchen antworten kann, brüllt Paul Bauer: „Uaaa!!" und schüttelt sich heftig. Der Schreibtischstuhl unter ihm wippt gefährlich, kippt beinahe um. „Mischtkerle! Hasch du se no alle??!"

Kai hatte inzwischen Eiseles Schal genommen, Schnee vom Fenstersims darauf verteilt, die Packung um den dick geschwollenen Knöchel gewickelt und dem betrunkenen Hauptkommissar dann beherzt noch eine Portion eiskaltes Nass in den Kragen gesteckt.

„Willsch mi endgültig zum Krüppel mache? Blöder Polak!", lallt Bauer böse, schnappt nach dem Jungen und verliert dabei fast das Gleichgewicht.

„Paul, pass auf!", ruft die Chefin. „Lass ihn los, Paule!", kreischt ihre Tochter. „Mein Schal!", schreit Eisele dazwischen und dann: „I habs! Höret doch, i habs!!!"

Rose schaut überrascht, Paul Bauer eher 'näbs der Kapp', und Kai Polankowitzek betrachtet verärgert einen Riß an der Naht seines Sweatshirts. 'Klamottentechnisch jesehen wird det teuer hier.'

Aber Charly strahlt. „Ich wusste es. Otto, du bisch einfach genial!"

„Danke, Kind." Der kleine Kommissar ist geschmeichelt.

„Wann hört ihr endlich auf, mich Kind zu nennen, ich bin kein …"

„Scho recht, Fräulein", unterbricht Eisele ihren Protest. „Sei doch oifach froh drüber. Des geht so schnell mit em erwachse werde, und dann …" Er muss kurz schlucken.

Während das Mädchen noch über seine Worte nachdenkt, wendet sich der Kommissar seiner Chefin zu. „I trau mer des it alloi zu. Frau Gebhard, vielleicht isch es besser, wenn Sie dabei sind?"

Die Hauptkommissarin zieht eine Augenbraue hoch.

„Ja klar … Wobei denn?"

„E Gegeüberschtellung", sprudelt es aus ihm heraus. „Jetzt glei. Sind alle no im Präsidium."

„Aha. Und wer mit wem?", will Rose wissen.

„Tja…" Eisele ist sich seiner Sache eigentlich ganz sicher. „In dene Filme vom Hercule Poirot macht der des au immer so. Jeder gege jeden, und alle mitenand."

• • •

„Der Hausmeister hat den Konferenzsaal aufgesperrt, da haben wir Platz genug. Charly, gib Paul noch mal eine Tasse von dem Gebräu, es scheint zu wirken. Wir brauchen ihn nüchtern. Und Sie, Herr Wedding holen noch mehr von dem Zeug. Die Idee war prima. Er braucht jetzt einen kühlen Kopf."

„Kreuzberg. Et is Kreuzberg, Frau Jebhard, wenn ik bitten darf", antwortet der junge Mann forsch und macht sich auf, eine ordentliche Schippe voll Schnee vom Hof zu holen. Eisele tigert währenddessen aufgeregt durchs Büro, Bauer schlottert jämmerlich. Er ist sauer auf die hinterhältige Kälteattacke, und Charlys braune, bittere Plörre geht ihm auf den Sack. Er will von dem guten Grappa, der schmeckt wenigstens und macht warm.

„Jetzt hau ab mit dem Scheiß! I bin top fit", meckert er. Rose spürt ihre eigene Anspannung, beobachtet aber auch aus dem Augenwinkel, wie hartnäckig Charly Paul dazu überredet, noch mehr Kaffee zu trinken; wie Otto hypernervös telefoniert, dann das Fenster aufreißt, weil er befürchtet, an seiner eigenen Idee zu ersticken; wie der junge Mann wieder erscheint und ihrem Kollegen voller Elan eine weitere Ladung …

„Ja hasch denn du no alle Tasse im Schrank!?!" Entsetzt springt Bauer hoch und hüpft auf einem Bein hinter diesem

eigentlich ganz sympathischen Berliner her. „Bleder Seggel!!
I mach di kalt!"
'Und ich', denkt sie zufrieden, 'wozu brauche ich eigentlich
ein Psychoseminar? Alles ist gut!'

• • •

„Mein Name ist Rosemarie Gebhard, ich bin die Chefin
dieses Dezernates, war aber die letzten Tage aus beruflichen
Gründen nicht anwesend. Daher übergebe ich jetzt das Wort
vertrauensvoll an meinen geschätzten Kollegen Kommissar
Eisele, der mich während meiner Abwesenheit so souverän
vertreten hat und mit Sachlage besser vertraut ist."
'Na, wenn das nicht Ottos Selbstbewusstsein stärkt, fresse
ich einen Besen.' Rose will sich gerade hinsetzen, da glaubt
sie ihren Augen nicht zu trauen: Oberstaatsanwalt Weller
lehnt mit verschränkten Armen hinten an der Wand.
'Wo kommt der denn auf einmal her? Und warum muss
Charly ausgerechnet neben ihm stehen?! Mir bleibt auch
nichts erspart. Sie kann ihre Klappe doch nicht halten.
Wenn Weller erfährt, dass meine minderjährige Tochter
Ermittlerin gespielt hat, macht er mich fertig. Und sollte
Ottos Experiment in die Hose gehen … Dann Prost
Mahlzeit!'
„Danke Kollegin", unterbricht Eiseles Stimme ihre sorgen-
vollen Gedanken. Er raschelt aufgeregt und mit feucht
gewordenen Fingern durch die Akten. Dass der Oberstaats-
anwalt anwesend ist, verunsichert ihn etwas. Im Raum wird
es langsam unruhig. Jetzt aber!!
Otto Eisele drückt den Knopf des Videoaufnahmegerätes,
sieht in die Runde der Anwesenden, fragt: „Hat jeder was
zum Trinke?", und hält schon wieder inne.
'Das reinste Psychodesaster! In den Filmen mit diesem

belgischen Detektiv kam das aber besser.' Roses Hals wird trocken, sie hüstelt nervös. Kommissar Eisele lässt sich nicht aus der Ruhe bringen. „Chefin, de Schprudel schteht direkt vor Ihne."

Sie nickt, schenkt sich ein, trinkt und beobachtet ihn durch das Glas wie durch eine Lupe.

Behäbig fängt Eisele an, die Akte durchzublättern. Dabei fragt er eine Rothaarige: „Frau Schäpperle, klappts no it mit m Sitze?" Anschließend sagt er zu dem unrasierten Mann mit den Gummistiefeln: „Nägele, Sie kennet ja die Dame, und ihr Schwägerin ersch Recht."

Liegt es an seiner anzüglichen Frageweise oder der trockenen Heizungsluft? Niemand antwortet ihm.

Da klappt der Kommissar den Aktendeckel energisch zu. „Also gut. Fange mer vorne a. Sie, Frau Monika Schäpperle, hand auf m Nägelehof eibroche und Sie, Herr Bernhard Nägele; hend auf en Eibrecher gschosse. Im Bericht schteht eindeutig, dass das zurückgebliebene Blut analysiert und dem Opfer Sabine, ebenfalls Schäpperle, zugeordnet werde konnte. Damit wär ein nahes Verwandtschaftsverhältnis scho mal nachgwiese."

,Die müsset doch jetzt irgendwie reagiere!', schießt es ihm durch den Kopf.

Nur Rudi Federle mit seinem eigenartigen Singsang und der Oberstaatsanwalt, der sich schnäuzt, durchbrechen die Stille. Schweißperlen rinnen von Eiseles Stirn. Tapfer blickt er an der Chefin und seinen Verdächtigen vorbei zu einem Mann im Hintergrund.

„Herr Dr. von Stauffen, jetzt sind Sie dran. Die Verletzung durch e Schrotflinte, ähnelt die in etwa dere von em Stacheldraht?"

'Endlich, mein Stichwort!' Albert von Stauffen braucht keine zweite Aufforderung. Hoch erhobenen Hauptes schreitet er durch die Reihe der Fragwürdigen, baut sich zwischen Rose und dem kleinen Kommissar auf. „Verehrte Anwesende. Ich kann gar nicht mit Worten ausdrücken, wie sehr ich mich über den Anruf dieses Herrn hier gefreut habe. Hinzugezogen zu werden, um Euch Lebenden Licht in dieses …"

Eisele funkelt ihn von unten an, unterbricht rüde seine Ansprache: „Was jetzt, Herr Doktor?!"

„Ähm, nein."

„Nicht? Danke für diese knappe und für jeden von uns verständliche Antwort. Sie sagt wohl alles."

Damit beendet Kommissar Otto Eisele vorerst die Ausführungen des Sachverständigen. Der tritt einen Schritt zurück und senkt mit finsterer Miene den Kopf.

• • •

Rose ist sprachlos. ‚Der hat das tatsächlich geschafft, den zum Schweigen zu bringen?!' Sie sieht Paul fragend an. Hauptkommissar Bauer ist inzwischen halbwegs wieder nüchtern. Er sitzt vor ihr in der ersten Reihe, hat sein verletztes Bein auf einen Stuhl gelegt und sieht genauso überrascht aus der Wäsche. Während die beiden noch überlegen, ob das Autorität war oder gesunder Menschenverstand, schießt Eisele schon wieder einen Pfeil ab.

„Kommen wir zum nächsten Punkt. Sie, Frau Gisela Schäpperle waren", er räuspert sich und bemerkt, dass ihm das vielleicht taktisch bessere Hochdeutsch trotz äußerster Anstrengung doch nicht so leicht fällt, „Sie waret vor zig Jahr mit diesem Herrn hier verlobt. Entspricht das der Wahrheit? Leugne hilft allerdings au it. Mir hend eindeutige Papiere gfunde, s Aufgebot war bschtellt. Was isch passiert?"

Gisela Schäpperle wird fahl, Nägeles Backen werden feuerrot.

194

Doch bevor auch nur einer der beiden ein Wort heraus-
bringt, schreit jemand im Saal: „Ah! Jetzt verschtand i! Ihr
Lugemäuler!" Rudi Federle, der bis dahin kaum anwesend
schien, ist aufgesprungen. „Elfi, it weine! It immer weine
wäge dem da. I kanns nimme ertrage!"
Er läuft zu ihr hinüber, schlingt die Arme von hinten um
den Hals seiner Schwester und drückt sie an sich. „Bleib
oifach bei mir, Elfi. Bleib bei mir!"
Rose ist ganz angetan von dieser rührenden Geste, auch
Gisela Schäpperles Augen werden feucht, während Frau
Nägele versucht, sich aus der Umklammerung zu befreien,
etwas zu sagen. Sie bringt nur noch ein Gurgeln heraus.
Federle hat sie im Griff, quetscht ihr die Luft ab, dabei sieht
er die anderen feindselig an und brüllt mit kehliger Stimme:
„Ihr … ihr verlogenes Pack!"
An seinem irren Blick erkennt Kreuzberg als erster den
Ernst der Lage. Er hechtet über mehrere freie Stühle,
schlittert mit seinem Hintern auf einer Tischplatte entlang
und packt Rudi von hinten bei den Ellbogen.
Hektik tritt ein. Laute Rufe ertönen. Endlich kommt ihm
jemand zur Hilfe.

• • •

„Heiliger Bimbam! Dr. von Stauffen, wie kann sowas
passiere??" Bevor sich der Pathologe auch nur seines
Namens bewusst wird, geht Eisele schon wütend auf seinen
Bruder, den Notarzt, zu.
„Sie habet dem Federle doch erscht vor wenige Schtunde
e Beruhigungsspritz gäbe! War damit Ihr ärztliche Pflicht
erfüllt? Hätt man den it besser ins Krankehaus bringen
müssen? Isch er vernehmungsfähig? Glaubwürdig? Derf der
überhaupt hier sei?!", sprudelt es aus dem Mund des kleinen,

195

von vielen unterschätzten Kommissars heraus.

Charly ist mächtig beeindruckt. Sie versetzt dem Oberstaatsanwalt einen Stoß mit dem Ellenbogen. „Der kann richtig, wenn er will!"

Weller nickt nur und wartet gespannt ab. Rose versteht nicht, was ihre Tochter sagt, aber den Ellenbogen hat sie gesehen und wird rot.

Auch Eiseles Gesicht überzieht jetzt eine fleckige Röte. „Ähm, i will doch bloß wisse, ob mir hier weitermache könnet. Der Zeuge Federle isch nämlich wichtig", versucht er seinen erregten Ausbruch zu erklären.

Der Mann in der signalroten Jacke hält Frau Nägeles Hand und nickt ihr aufmunternd zu. „Keine Sorge. Es ist nur eine leichte Schwellung. Atmen Sie ganz ruhig ... Ja, gut so. Und das mit dem Sprechen wird wieder, versprochen." Ohne sich von ihr abzuwenden antwortet er dann dem Kommissar in gedämpftem Tonfall: „Soweit ich die Situation beurteilen kann: eigentlich nicht, Herr Kommissar. Sie sollten einen Psychiater hinzuziehen. Das Ausmaß seiner geistigen Behinderung in der Kürze der Zeit einzuschätzen ist schwierig. Er hat jedenfalls Kräfte wie ein Ochse, die in keiner Relation zu seinem Verstand stehen."

„Philipp, etwas mehr Engagement hätte ich schon von dir erwartet." Der Gerichtsmediziner schaut ärgerlich auf seinen Bruder hinunter. Der lässt sich davon nicht beirren. Die Frau atmet immer noch schwer, also drückt er sanft Elfriede Nägeles Kopf nach hinten und besieht sich nochmals den Rachen von innen.

„Wie schon gesagt, keine Panik. Alles ist gut. Sie brauchen jetzt nur Ruhe", sagt der Notarzt mit freundlicher Stimme zu ihr und richtet sich auf. Am liebsten hätte er diesem nervigen Zwerg von Kommissar den Kragen umgedreht!

„Sind Sie sich eigentlich der Situation einer erstickenden

Person bewusst, Herr Eisele?! Und ja, Albert, ich engagiere mich in vollem Umfang! Auch wenn du ein paar Semester Psychologie studiert hast, dir waren doch schon immer die lieber, die sich nicht mehr wehren!"

Eisele ringt nach Worten, will immer noch seinen Ausraster erklären, Albert von Stauffen verliert die Fassung: „Muss ich mich etwa rechtfertigen, welchen Weg ich eingeschlagen habe? Vor diesen Leuten? Tote lügen wenigstens nicht!"

Hauptkommissarin Rosemarie Gebhard wird es immer mulmiger zumute. 'Eiseles Plan, oh hätte ich dem doch nie zugestimmt! Ein Zeuge tickt aus und verletzt seine eigene Schwester, die beiden Ärzte kriegen sich in die Wolle, und das alles unter den Augen des Oberstaatsanwalts!?! … Wir brauchen dringend eine Verschnaufpause.'

Sie räuspert sich und sagt dann laut: „Ich unterbreche hier. Niemand geht, bis geklärt ist, ob unter diesen Umständen eine weitere Gegenüberstellung Sinn macht!"

• • •

Im Konferenzraum wird es unruhig. Stühle werden quietschend verschoben, Gisela Schäpperle heult, ihre rothaarige Schwägerin versucht sie zu beruhigen.

Rudi Federle ist in einen merkwürdigen Sing Sang verfallen, Elfriede Nägele röchelt, als wäre sie dem Erstickungstod nahe und rollt mit den Augen. Ihrem Mann geht das alles tierisch auf die Nerven, er mault: „Isch da it jemand zuschtändig? I müsst d Küh endlich melke."

Aber der Notarzt kommt seiner Frau diesmal nicht zu Hilfe. Der streitet mit seinem Bruder lauthals über ihren Erzeuger, einen Theologen.

„Vater hat den Tod jedenfalls besser verstanden als du!"
Der Gerichtsmediziner nickt mit säuerlicher Miene und

spottet: „Sicher, kleiner Bruder. Im Jenseits wartet auf uns das Paradies mit Engeln und allem Drum und Dran. Wie hirnrissig ist das denn?! Ich bin Wissenschaftler! Meine Arbeit wird eines Tages für uns alle wichtig sein."

„Ich sorge dafür, dass so wenig wie möglich auf deinem Tisch landen!"

Nägele runzelt dazu nur die Stirn und klopft mitleidslos ein bisschen auf dem Rücken seiner Frau herum.

• • •

Kai winkt nach dem Aufsichtsbeamten. Er muss aufs Klo und jemand sollte den Federle im Auge behalten.

Auch der Bauer Nägele braucht nach dem 'ganze Gschwätz' frische Luft. Verstehen tut er die ganze Aufregung sowieso nicht. 'Wen geht denn des was a, mit wem i verlobt war, und des bissle Schrot schadet dere rote Hex doch it. Den Rudi nehm i mir schpäter vor. Der Saukerle ka was erläbe!' Schwerfällig steht er auf, sein Blick schweift von der angestrengt schnaufenden Elfriede ab und bleibt an Gisela Schäpperle haften.

„Mei Weib muss sich koine Sorge um de Hof mache! Die hat alles, was sich e Frau nur wünsche ka", ruft der Bauer ihr mit belegter Stimme zu. Dann trabt er schleunigst hinter Kreuzberg Richtung Tür. Dabei schubst er Hauptkommissarin Gebhard zur Seite, die gerade Kai anspricht.

„Na sowas, der hat se wohl nicht alle?! ... Junger Mann, besorgen Sie uns doch noch mehr Kaffee und Mineralwasser. Ich muss mal mit meiner Tochter sprechen."

„Aber Chefin? Ik müsste mal."

Für 'ik' hat Rose jetzt keine Zeit. Charly unterhält sich gerade viel zu angeregt mit dem Oberstaatsanwalt, also platzt sie dazwischen.

„Kind, du gehst sofort nach Hause! Ich kann mich nur dafür entschuldigen, dass meine Tochter Sie belästigt, Herr …"

„Mama! Roderik ist doch auf unsrer Seite."

„Wie bitte? Charlotte, du nennst den Herrn Ober…" Der Hauptkommissarin bleibt die Spucke weg.

„Frau Gebhard. Ich habe Ihrer Tochter das Du angeboten, nachdem sie mich in ihrer erfrischenden Art in den Fall eingeweiht und um meine Hilfe gebeten hat. Und ich muss sagen, ich bin begeistert, ja inspiriert von Ihrer, ja, ungewöhnlichen Vorgehensweise. Ihr Kommissar Eisele hat richtig was drauf. Als alter Agatha-Christie-Fan kann ich nur sagen: weiter so. Und sollte es heute Nacht nicht klappen, bin ich dennoch sicher, dass Sie und Ihr hervorragendes Team den Fall in kürzester Zeit zum Abschluss bringen werden. Ich gratuliere jetzt schon."

Rose schnappt nach Luft. Am liebsten wäre sie in den Boden versunken.

„Danke für das Kompliment, Herr Oberstaatsanwalt. Ich möchte trotzdem gerne ein Wort … Würden Sie uns bitte für einen Moment entschuldigen?" Sie packt Charly am Ärmel ihrer bunten Wolljacke und zieht sie hinter sich her.

• • •

Draußen auf dem Gang sucht Rose mit zitternden Händen in ihrer Jackentasche nach Zigaretten.

„Mama, warum bist du denn so nervig? Es läuft doch ganz gut."

„Ganz gut?!" Die Stimme ihrer Mutter bebt. „Woher kennst du den?"

„Meinst du Roderik? Ich hab ihm am Gumpigen Donnerstag im Präsidium auf dem Weg zu Otto die Krawatte abgeschnitten. S war halt Weiberfasnet. Dass er

dein Chef ist, konnt' doch keiner ahnen. Selber schuld, wenn
der an so einem Tag … Und vorhin im Hof hab ich ihm
geholfen, Schiklamotten aus seinem fetten Schlitten nach
oben zu tragen. Dabei sind wir ins Gespräch gekommen.
Seine Frau hätte immer nur diese verdammten Wohltätig-
keitsveranstaltungen im Kopf und kein Verständnis für
die neuen, teuren Schier … oder so. Dann sah ich das
Namensschild an seinem Büro und dachte, der ist richtig
nett und bestimmt wichtig für dich."
Rose fühlt sich angesichts dieser kindlichen Begeisterung für
einen Menschen, der ihr den Neuanfang in Friedrichshafen
schwer gemacht hat, gar nicht gut. Weller war in ihren
Augen immer nur ein cholerisch brüllender Vorgesetzter
gewesen, der mit Türen knallte, aber den Schwanz einklemm-
mte, wenn seine Karriere auf dem Spiel stand.
'Hab ich ihn vorschnell verurteilt? Vielleicht ist er privat ja
ganz passabel und hat nur einen viel zu hohen Blutdruck?
Wär kein Wunder bei dem Job. Andererseits … Bis auf
wenige Ausnahmen hat er mir ständig Steine in den Weg
gelegt, und das nur, um seinen beschissenen, politisch ach
so einwandfreien Ruf zu schützen. Es ist zum Aus-der-Haut-
fahren!'
Ihre Fäuste ballen sich, da bemerkt Rose Charlys verun-
sicherten Blick und sucht krampfhaft nach den richtigen
Worten. „Ja, Kind. Du hast ja Recht. Er ist mein Boss
und unheimlich wichtig. Aber Weller und ich sind nicht
gerade das, was man Freunde nennt. Dann kommst du mit
'Roderik'!"
Sie ist nahe dran, wieder die Fassung zu verlieren. Da
humpelt auch noch Paul Bauer vorbei und lässt einen seiner
blöden Kommentare ab: „S Kind isch no lang it in Brunne
gfalle, mein Schatz. Also guck it so sauer aus der Wäsch, des
macht bloß hässliche Falte."

„Du musst gerade reden", reagiert Rose aufs äußerste gereizt.
„Meine Tochter verbündet sich mit Weller und der Herr
Kollege trinkt sich ins Nirwana!"
„Ich? Ich bin wieder top fit. Mein Gott, der oine Grappa."
Er bleibt abrupt stehen. „Was sagst du da? Echt Charly, du
hast den Choleriker geknackt? Reschpekt, mir zwoi hend
des in all die Jahr it gschafft … Aber dann verstehe ich
deine schlechte Laune erst Recht nicht. Darauf müssen wir
nachher unbedingt anstoßen, und jetzt lächel gefälligst
wieder."
Bauer erreicht das Gegenteil. „Lass mich bloß in Ruhe!
Du kapierst mit deinem besoffenen Schädel doch sowieso
nichts."
Worauf er grinsend antwortet: „Immer locker bleiben,
Kollegin. Die Nachtschwester im Krankenhaus wiegt 120
Kilo und hat eine fette Warze auf der Nase. Aber verglichen
mit dir sprüht die regelrecht vor Charme. Sodele, jetzt
müsset ihr mich allerdings entschuldigen, i war auf m Weg
zum Pisse. Männer benutzen nämlich jede erdenkliche
Pause zum Pissen. Und da, schau an, wer hätt's gedacht,
mein Suffkopf hat mich nicht getäuscht …"
Rose folgt seinem Blick. Bauer Nägel, der draußen vor der
Tür war, strebt der Herrentoilette zu. Gleichzeitig öffnet sich
die Tür des Konferenzsaals und der Wachmann begleitet
Rudi Federle aus demselben Grund.
„Vielleicht fällt ja s oine oder andere klärende Wort? In fünf
Minute wisse mer meh."
Hauptkommissar Paul Bauer schwingt akrobatisch seine
Krücken, um ja nichts zu verpassen. Die Kommissarin ist
wie vor den Kopf geschlagen. Perplex nickt sie hinter ihm
her und verfällt in Schnappatmung.
„Mama, was ist mit dir?!"
„Nichts, Charly. Ich … Es ist nichts … Mach dir um mich

keine Sorgen. Nur, wenn Eisele das nachher verbockt, schlägt mir Weller endgültig die Tür vor der Nase zu. Wirst schon sehen, dass dein neuer Freund Blamagen nicht so einfach hinnimmt. Dabei sind wir so ein gutes Team! Der Otto recherchiert, Paul ist immer an meiner Seite … Paul?!?"
Das Mädchen schüttelt ihre Mutter mit erleichtertem Lachen: „Ach, deshalb bist du so näbs der Kapp? Wenn was mit Roderik ist, bring ich das schon in Ordnung. Und de Paule steht eh auf dich wie en Oinser."
„Sag nicht schon wieder Roderik, oder ich vergesse mich endgültig!", wehrt Rose fuchsteufelswild ab. „Besser, du gehst jetzt sofort nach Hause, bevor … Das ist kein Spiel!"
Innerlich jedoch kämpft Rose Gebhard mit ihren Gefühlen. 'Meine Tochter! Die Krawatte hätte ich auch gern abge- schnitten … Und den Bauer nehme ich mir morgen zur Brust. Na warte, wenn du wieder nüchtern bist!'
„Mama, beruhig dich endlich. Wir müssen wieder rein, sonst sind wir nach Ro… sorry, deinem Herrn Oberstaats- anwalt die Letzten. Der kommt grad vom Klo und wirkt ganz entspannt."

• • •

Im Saal haben sich Dr. Philipp von Stauffen und sein Bruder so richtig in den Haaren.
„Weil du damals deine Dissertation geschrieben hast und ich nach der ganzen Theorie erst mal gelernt hab, wie man Spritzen gibt!", brüllt der eine.
Der Gerichtsmediziner bleibt eiskalt. „Dass ich nicht lache! Deine Morphiumspritzen haben nur bewirkt, dass Mutter nicht mehr mit uns sprechen konnte." Er verschränkt die Arme, hebt sein Kinn und fügt in dem Moment, als Rose wieder hereinkommt, sarkastisch hinzu: „Was bist du nur

für eine Lusche geworden."

„Albert, ich … Ich kann mich im Gegensatz zu dir nur beherrschen. Unsere Mutter wollte, dass ich Notarzt werde und mit Gottes Hilfe Leben rette, weil du immer den Fliegen die Beine ausgerissen hast! Schon vergessen? Und alles andere wohl auch? Die sorgenfreie Kindheit, Mutters wundervolles Lächeln."

„Nein, Philipp. Nichts davon habe ich vergessen. Aber Mutter hat immer absichtlich so … dümmlich gelächelt, wenn Vater seine Theorien ausgebreitet hat. Dass es einen Himmel gibt, in dem wir alle gleich sind, und einen gerechten Gott … der ihr dann den Krebs in den Bauch gestopft hat, um uns daran zu erinnern, dass das Leben vergänglich ist!?!"

Sein Bruder zuckt bei diesen Worten zusammen und selbst der Pathologe muss sich kurz räuspern, bevor er kaltblütig nachlegt: „Philipp, kapier 's endlich! Es gibt nur ein begehrenswertes Leben, und zwar das 'Prä Mortem'. Waren wir uns früher da nicht mal einig? Auch Mutter wusste, dass da kein überirdisches Wesen sein kann, das ihr den unerträglichen Schmerz nimmt. Trotzdem hat sie zu ihrem törichten Pfaffen gehalten, niemals geklagt. Da kamst du mit deinen lächerlichen Spritzen gerade recht. Nein!! … Wage es ja nicht, mich jetzt zu unterbrechen, kleiner Bruder! Ich konnte ihr mit meinem Abschluss, immerhin summa cum laude, nämlich auch nicht helfen. Aber an meine Forschungsarbeit hat sie bis zuletzt geglaubt. Ich sage dir jetzt und hier, dass die Wissenschaft noch lange nicht am Ende ist und dass Mutters Andenken mir Kraft gibt. Viele deiner Geretteten landen irgendwann auf meinem Tisch. Manchmal interessantes Material, um diesen elenden Krebs zu erforschen. Mit harmlosen Fliegen fing es an, heute sind es Verunfallte, Herzinfarkte, schwangere Engel und bis zur

Unkenntlichkeit verbrannte Körper. Ja, den Wanst schneide ich ihnen auf! Schau, so … und so… und so!!"

Um die Streithähne herum herrscht beklommene Stille. Alle Augen starren auf die beiden Brüder.

Bis Elfriede Nägele, die schon wieder recht gleichmäßig atmet, gurgelt: „Du hast meinem Sohn den …?!?"

Gisela Schäpperle sinkt bei dem Gedanken, dass der Pathologe auch ihre Tochter in der Mache hatte, ohnmächtig zusammen. Charly heult leise und lehnt den Kopf an Roderik Wellers Schulter. Rose, der das nicht entgeht, sucht Paul Bauers Blick. Otto Eisele denkt schon über eine lange Reise auf dem Nil nach. Bauer Nägele beobachtet eifersüchtig diese verfluchte, rothaarige Hexe, die seine einzige große Liebe unter Tränen herzt und küsst. Und Rudi Federle applaudiert frenetisch.

„Albert, hör auf!" Philipp von Stauffen schließt den Klettverschluss seiner Jacke, tritt einen Schritt zurück und starrt seinem wild gewordenen Bruder suchend ins Gesicht. „Ich erkenne nur noch den engstirnigen Wissenschaftler in dir, das erschreckt mich. Dass wir beide Medizin studieren durften, nicht Theologie, wie Vater es wollte, das war doch ihr letzter Wille. Hast du in deiner unterirdischen Welt die Verbindung zum richtigen Leben verloren? Mir liegt jedenfalls, anders als du denkst, nicht daran Gott zu spielen. Ich will einfach nur retten, was zu retten ist. Und die Frau da drüben braucht mich jetzt."

Albert von Stauffen senkt beschämt den Kopf.

• • •

Kreuzberg hilft, Gisela Schäpperle flach auf den Boden zu legen und folgt den ruhigen Anweisungen: „Jetzt die Beine ganz hoch."

Der Notarzt fühlt den kräftiger werdenden Puls, tätschelt ihre blassen Wangen. Da öffnet die Frau mit einem tiefen Seufzer die Augen, sieht verwirrt ihrem gutaussehenden Retter ins Gesicht und lächelt zaghaft.

'Wenn es immer so einfach wäre', denkt der nur und sagt zu der Rothaarigen neben sich: „Geben Sie ihr ausreichend Flüssigkeit, dann wird alles gut." Anschließend wendet er sich Elfriede Nägele zu, die vor lauter Aufregung zu hyperventilieren droht.

Hauptkommissarin Gebhard möchte eigentlich hier und jetzt abbrechen, bevor noch jemand richtig zu Schaden kommt.

Doch der Oberstaatsanwalt zieht sein seidenes Einstecktuch hervor, lässt Charly kräftig hineinschnäuzen, wechselt dann ein paar Worte mit ihr, welche dem Kind ein kleines Lächeln aufs Gesicht zaubern, und sagt dann laut: „Können wir wieder, meine Herrschaften? Wir sind doch alle hier, um den Mord an Sabine Schäpperle aufzuklären!"

Rudi Federle hebt seine Hände, um … Doch der Wachmann haut ihm auf die Pfoten: „E Ruh isch!"

Die Ermittler, die mutmaßlichen Verdächtigen, Charly, die anwesenden Ärzte, alle sind auf ihre Weise neugierig, gespannt, genervt, starren in irgendwelche Gesichter oder Ecken. Doch keiner widerspricht dem Mann im Maßanzug. Plötzlich niest jemand kräftig. Der Oberstaatsanwalt winkt lässig ab. „Nur ein kleiner Schnupfen. Danke, Charlotte, das Tuch kannst du behalten. Fahren Sie doch bitte endlich fort!"

• • •

Kommissar Eisele fühlt sich angesprochen. Seine Nilfahrt kann warten. ‚Obwohl…? D Chefin scheint immer no unzfriede. Die guckt wie e abgschtochene Henn, wedelt aber unterm Tisch mit ihre Händ, als wär se no it ganz hinüber.' Hauptkommissarin Gebhard fängt seinen unsicheren Blick auf und sieht ihn scharf an. Eisele nickt, er hat verstanden. „Gut, wie Se wollet."

Der kleine Kommissar geht den Gang im Konferenzraum auf und ab, schweigend und langsam, beiläufig nach rechts und links lauernd, und bleibt plötzlich stehen.

„I säh, Ihre Gemüter habet sich wieder einigermaße beruhigt. Mir müsset nämlich it nur oin, sondern zwei, vielleicht sogar drei Morde aufkläre. Und alle, die darüber Auskunft gäbe könntet, sind ja awesend."

Verblüfftes Schweigen. So laut, dass man es hören kann.

Otto Eisele hat nichts anderes erwartet. Er schielt kurz argwöhnisch zu Rudi Federle hinüber, der mit gesenktem Kopf neben dem uniformierten Beamten sitzt, auf dem Tisch vor ihm die unvermeidliche Cola, jetzt aber im Plastikbecher. Dann spricht er unbeirrt weiter: „Fange mer mit Ihne a, Frau Nägele. I ka mer vorschtelle, dass des Läbe mit me Ma it leicht war, dem e Verlobung platzt isch mitsamt der verschprochene Mitgift. Aber warum holt sich oiner dann direkt danach e Weib von auswärts und en Baschtard ins Haus? Hat der jemand braucht zum Fruscht ablasse? Hat er Sie au gschlage, so impulsiv, wie der isch? ... Ich höre!"

Nicht nur Rose horcht erstaunt auf. 'Der spielt die tatsächlich gegeneinander aus?! Seit wann steckt in Eisele eigentlich ein Hercule Poirot? Da hab ich wohl was verpasst.'

Auch der Oberstaatsanwalt ist ganz Ohr. Er hält erregt den Atem an.

Bauer Nägele braucht einen Moment, um den Vorwurf zu kapieren.

„Meine Gfühle ganget eich gar nix a, ihr Gsindel!", schreit er jetzt jähzornig.

Seine Frau hingegen scheint die Ruhe selbst. Sie hebt stolz den Kopf, verschränkt ihre Finger mit denen ihres Mannes, und sagt, als wäre es das Selbstverständlichste der Welt: „Manchmal scho. Aber de Bernhard war mir immer en gute Ma. Er hat mi da z mal trotz der Schand und ohne Vermöge gheiratet. De Xaver konnt sich koin bessere Vater wünsche, sogar den Rudi durft i mit auf de Hof bringe. Wo hätte mer au sonscht na gange solle? Dass der mit dere da was vor mir ghet hat, isch doch gar nimme wichtig!" Elfriede Nägeles Worte klingen zum Ende hin doch etwas schrill.

Gisela Schäpperle bekommt einen schamroten Kopf, ihre Schwägerin Monika hingegen schäumt vor Wut und kreischt: „So viel Dummgschwätz!! Sie da hinte, in dem teure Zwirn! Sie scheinet mir kompetenter als der Zwerg. Sperret Se den Nägele doch endlich ei! Der Wahnsinnige hat auf mi geschosse!"

Oberstaatsanwalt Weller zuckt bloß mit den Schultern und deutet auf Eisele: „Nicht, bevor ich alle Fakten kenne."

Da brüllt Bauer Nägele auch schon erbost dazwischen: „Und wenn scho! I schieß auf jeden, der mei Familie und mi agreift!" Er erschrickt über sein eigenes Geständnis, blickt verschüchtert zu Boden, und bevor ihm jemand dafür an den Karren fährt, stammelt der Bauer noch schnell: „Elfi, du warsch mir au immer e gutes Weib. Und glaubs, i han den Xaver gliebt wie mei oignes."

Elfriede Nägeles harte Gesichtszüge werden weich, ihre Augen flammen kurz auf, Tränen steigen darin hoch. Mit seiner Frage nach häuslicher Gewalt hat der Kommissar also nicht unbedingt das erreicht, was er wollte.

Die hinterhältige Kritik an seiner Körpergröße außer Acht lassend, überdenkt er den nächsten Schritt, gießt aber erst mal noch etwas Öl ins Feuer: „Ja klar, Nägele, deshalb hasch den Bue fascht tot gschlage. Mit m Häge, soviel i woiß."

Der Bauer begreift, dass das wohl einen Fehler gewesen war, will versöhnlich einen Arm um seine Frau legen, doch die wehrt ihn plötzlich mit aller Kraft ab, hebt sogar drohend eine Hand zum Schlag.

Verwirrt sucht er ihren Blick, bekommt aber nur zu hören: „Lass deine dreckige Pfote von mir, Bernd. I han in unsrer Ehe viel Gemeinheit von dir erdulde müsse, die Strieme am Rudi seim Körper sind mir it verborge bliebe, jetzt au no mein Xaver. S Maß isch voll."

Unbeholfen startet Nägele einen letzten Versuch: „S war doch bloß, weil unser Bue so dumm gwäse isch und die Tochter von der Hur da gschwängert hat!"

Eiseles Augen blitzen auf, er reagiert sofort. „Weil du bei der Mutter it lande konntesch? Eifersucht, des wär e starkes Motiv."

Frau Nägele stutzt für einen kurzen Moment, haut dann hemmungslos auf ihren Mann ein und schreit dabei hysterisch: „Sag, hasch du mein Sohn deshalb umbracht? Warsch du des Schwein?? Oh, wär i doch da z mal bloß ins Wasser gange! Wieviel Leid hätt i uns alle damit erschpart!!!"

„Noi Elfi, beschtimmt it", heult Bernhard Nägele unter den Schlägen. „Hör mir doch zu ... Aua!!"

Paul Bauer grinst, auch die Schäpperlefrauen machen keinen Hehl aus ihrer Schadenfreude. Rudi Federle möchte aufspringen, ebenfalls zuschlagen, wird von seinem Bewacher aber unsanft zurückgehalten. Eisele, den beiden Ärzten und Charly bleibt bei so viel aufgestauter Wut die Spucke weg. Nur Kai will einschreiten, sieht aber, dass der Oberstaatsanwalt regungslos mit verschränkten Armen an der Wand lehnt und hält sich deshalb dann doch lieber raus.

Schließlich ist es Hauptkommissarin Gebhard, die Mitleid mit dem derben, unsympathischen Bauern bekommt: „Könnte mal jemand dazwischen gehen?!"

Es braucht zwei starke Kerle. Kollege Bauer und der junge
Mann aus Berlin fangen sich den ein oder andern spitzen
Ellbogen ein, bevor sie die von Leid zerfressene Frau von
ihrem Mann trennen können.

Danach sitzt sie wie gelähmt auf einem Stuhl und starrt ihre
Hände an.

Angespannte Ruhe, die Luft brennt. Aber weder die Chefin
noch der Oberstaatsanwalt machen dem Experiment ein
Ende.

Eisele riecht seinen eigenen Schweiß, räuspert sich, sein
Herz pocht bis zum Anschlag. Dann fährt er einfach fort
und bemerkt: „Die Schläg hat der sich redlich verdient, aber
en Mörder isch de Nägele it wirklich. Obwohl, e gewisse
moralische Mitschuld trägt er ganz sicher."

Monika Schäpperle pflichtet ihm komischerweise bei.

„Amen! Vielleicht kapiert des endlich mal jemand von eich?
Au wenn der gwalttätige Erpresser des it mit oigener Hand
gmacht hat, der isch trotzdem Schuld am Mord von unsrer
Sabine!"

Ihre Schwägerin verdreht wieder mal die Augen. Die Rothaarige schreit auf, als sie das sieht. Philip von Stauffen ist
sofort zur Stelle.

Doch dieses Mal lässt sich der Kommissar davon nicht
ausbremsen. Diese ständigen Ohnmachten kommen ihm
allmählich strategisch vor. 'Soll se doch. So lang kann i mi
aufs Wäsentliche konzentriere.' Fürsorglich, aber kurz, fragt
er: „Schlimm?"

Der Notarzt hält den Daumen hoch.

„Okay, danke." Dann atmet er tief ein und bemerkt: „Koi
Sorg. Was d Moral a belangt, zu Euch boide Schäpperles
komme mer schpäter scho au no zrück."

Er geht langsam auf Rudi Federle zu. „Aber i glaub, dass
jemand andres im Raum mehr woiß über den Tod vom

Xaver. Und wen täts wundre, wenn der it direkt mit dem der Sabine Schäpperle zamm hängt."

Er nimmt den Becher mit der Cola, gibt ihn dem verwirrt dreinschauenden Mann und flüstert, unverständlich für die anderen: „Verdien se dir!"

• • •

Philipp von Stauffen hält eine Ampulle Diazepam bereit, sein Bruder Albert tatsächlich den Atem an und Federle trinkt in großen Schlucken. Nur Kommissar Eisele weiß, dass er sich dabei belohnt fühlt und helfen wird, soweit es ihm möglich ist.

Der Becher landet geleert wieder auf dem Tisch.

„Sodele Bue, jetzt verzähl. Was hat der Xavi in der Nacht zu dir gsagt?"

Und Rudi Federle erzählt: „Der Bernd war ein guter Mann. Er hat mir ein Zimmer in seim Haus gäbe und des Bild an der Wand von der Elfi für mich dorthin ghängt." Das klingt heruntergeleiert, sogar arg wie eingebläut, was sich aber plötzlich ändert: „Du Idiot, hat er gsagt, Idiot, Idiot!!! Sei oimal bös, dann nehm i s dir wieder weg." Er zieht eine höhnische Fratze. „I war nie bös, der nimme in meim Zimmer. Nur im Stall hat mir der Bauer zeigt, dass i zu dumm bin und immer im Weg." Speichel rinnt ihm aus Mund und Nase, Federle wischt sich mit dem Handrücken durchs Gesicht, murmelt monoton: „Nach die Schläg isch der Xavie jeds mal mit re Flasche Cola zu mir komme. Trink, und pätz ja it bei der Elfi. Mei Mutter heult sich sonscht no bis ins Grab."

„Mei Sohn, mei lieber Sohn", jault Elfriede Nägele hinter ihm, während Rudi Federle völlig emotionslos die letzten Worte seiner Anklage hervorpresst: „Sonscht müsse mer

hier weg, ins Heim. Für Idiote wie dich gibt's da koi Cola."
Dann verstummt er wieder, sein Blick wird leer.
Die Gesichter der Zuhörer zeigen allgemeine Empörung.
Eisele runzelt die Stirn. Er wendet sich Frau Nägele zu.
„Ah so, die Bäuerin durft des also it wisse ... Sie hend des
aber gwusst, und nix dagege due?! De Rudi hat laut ihrer
Aussage doch Strieme ghet. Und du, Nägele. War er denn
kein guter Knecht? Was seid ihr bloß für e traurige Bagage!"
„Was soll denn des jetzt?! Der Idiot hat sei Arbeit verrichtet,
er isch halt schwer von Begriff. Wenns dann mal Schläg
gäbe hat, dann äbe weil, weil ... Wen schärts?!" Dem Bauern
versagt die Stimme, seine Frau blickt verschämt aus dem
Fenster. Der Kommissar seufzt schwer.
„Oh ja, jetzt simmer also beim weil ... Und mi schärts!" Er
holt eine Flasche aus dem Getränkekasten, füllt Federles
Becher nach, sieht dabei die Bauersleute scharf an und
fragt: „Mal ehrlich, war's it eher so, dass der arme Kerle für
euren Fruscht herhalte musst, dass er alles schtillschweigend
eigschteckt hat, bloß damit d Familie Nägele nach auße hin
sauber, sei einzigs zu Hause intakt bleibt?" Die Antwort
bleibt aus, Eisele hat sie auch nicht erwartet.
Kein Mucks ist zu hören. Niemand versteht, worauf der
Kommissar genau hinauswill.
Der will sich am liebsten seine letzten Haare ausraufen.
'Ignorante! Jetzt hält mi koiner me auf', denkt er, läuft wie
gestochen hin und her, kommt vor Weller zum Stehen und
sagt überlaut: „Aber wie er dann den Xaver selber blutig
im Schtall liegend vorgfunde hat, da isch er austickt, musst
sich auf sei Art wehre. Abhaue, gemeinsam abhaue vor dene
Schinder!"
Der Oberstaatsanwalt erscheint ihm von Nahem vedammt
riesig. Eisele schluckt verkrampft, wendet sich dann aber
abrupt um, rennt schnurstracks auf Federle zu, klatscht seine

schweißnassen Handflächen auf die Tischplatte und brüllt seinen verschlossenen Zeugen an: „Gell Rudi, schtimmt doch? Nur, dann isch ebbes passiert … Was??"

Der Mann schrickt zusammen, wird leichenblass, seine Augen verdrehen sich nach oben.

„Noi! Du machsch mir jetzt it oin auf Kreislauf!" Der Kommissar gibt dem Kollabierenden kurzerhand eine schallende Ohrfeige.

Entsetzte Blicke. Charly, Paul und Rose kennen ihren Otto nicht mehr. Im Frauenhaushalt der Schäpperles ist körperliche Gewalt verpönt. Albert von Stauffen vergeht das zynische Grinsen. Sein Bruder entscheidet sich gegen Diazepam und zieht ein kreislaufstärkendes Mittel auf. Der Aufsichtsbeamte holt ein gebrauchtes Tempo aus der Hosentasche, um Federles Nasenbluten zu stoppen. Und Weller donnert: „Genug! Folgen Sie mir, sofort!!"

Eisele schwitzt auf dem Weg nach draußen 'wie d Sau'.

Das Ehepaar Nägele ist völlig ungerührt.

• • •

„Herr Oberstaatsanwalt, glaubet se mir doch bitte! I bin auf m richtige Wäg", Kommissar Otto Eisele stützt sich mit dem ganzen Körper gegen das Waschbecken ab und versucht zu erklären, warum er das getan hat, ja, es tun musste.

„De Federle isch unser oinziger wirklicher Zeuge. Sei geischtige Behinderung derf it devo abhalte, d Wahrheit ans Licht zum bringe." Die gelben Kacheln scheinen seine Worte zu schlucken, aber er bleibt beharrlich: „Arme Sau. S ganze Läbe lang isch der verschlage worde, nur die Cola vom Xaver war dem sei alloinige Freud. Und jetzt komm i daher mit Cola in der oine, die andre Hand haut zu. Des macht den hoffentlich so durchenand, dass er nimme woiß …"

Die Klospülung unterbricht Eiseles Wortschwall. Er wartet ungeduldig, bis sich das glucksende, Kacke fressende Geräusch in den Rohren verflüchtigt hat, und wiederholt: „dass der nimme woiß, zu wem er helfe sott. Verschdandet Se des?!"

Weller kommt endlich aus der Kabine, wäscht sich schweigend die Hände, ignoriert den kleinen Kommissar, der sich am Waschbecken nebenan festgeklammert hat.

Otto Eisele beobachtet mehrere Sekunden lang den Mann, der ihm in dieser Umgebung noch riesiger vorkommt.

Dann fasst er sich ein Herz, redet gegen das Plätschern des Wasserhahns an: „Entweder der deckt jemand, oder …

Mei Bauchgfühl sagt mir jedenfalls, dass da meh dehinter schteckt."

„Bauchgefühl, ist das nicht eher etwas für Frauen?" Der Oberstaatsanwalt dreht den Hahn ab und starrt ausdruckslos sein eigenes Spiegelbild an.

Eisele stutzt. 'Hat der mir eigentlich zu ghört?' Dann fährt er mit der Borniertheit eines Schwaben fort: „Ähm? Wie gsagt, nur so a Gfühl. Sie dürfet versichert sei, dass i nie zuvor äbber gschlage hab. Aber, warum de Xaver hat schterbe müsse, des isch mir immer no e Rätsel. Der Mord an der Sabine ergibt sich mit Sicherheit da draus, sonscht fräß i en Bäse! … I glaub, dass bei Nägeles und de Schäpperleweiber was Gwaltiges im Arge liegt und in dem Zammehang derf me de Rudi Federle als Zeuge it außer Acht lasse. Ob er alles kapiert hat, was mit der Zeit gredet worre isch, bezweifel i, aber der Kerle reagiert ziemlich heftig, wenns um sei Familie geht. Der passt auf, der nimmt in Schutz, der … Der hat sich vielleicht au bloß auf grausame Weise für sei Scheißläbe grächt!?"

„So, so. Glauben Sie?" Oberstaatsanwalt Wellers Mundwinkel verziehen sich nach unten. „Wie sähe denn Ihre weitere Vorgehensweise aus?"

Jetzt muss der Kommissar klein beigeben. Er zuckt mit den Schultern: „Koi Ahnung. Genauso wenig erkenn i des eigentliche Motiv."

„Ich denke, ich sollte ein ernsthaftes Wort mit Ihrer Vorgesetzten sprechen. Sich so ins Blaue hinein auf einen geistig Behinderten zu versteifen ist nicht unbedingt professionell."

„Wenn Se meinet." Eisele nickt, betrachtet seine Schuhkappen, bockt. 'Soll doch der Anzugschnösel gucke, wie er ohne mei Schpürnas …'

Dann antwortet er patzig: „Damit bin i wohl raus!" und verlässt den Waschraum.

• • •

'Sturer Schwabe! Tja, ein echtes Original.' Direkt hat Weller mit so einem noch nie zu tun gehabt, in seiner gesamten Amtszeit nicht. Er lässt eiskaltes Wasser über die Unterarme laufen, wäscht sein Gesicht, richtet sich auf. Ein letzter Blick in den Spiegel verrät ihm: 'Roddie, mit juristischen Spitzfindigkeiten kommst du hier nicht weiter. Ungewöhnliche Situationen erfordern ungewöhnliche Entscheidungen. Wenn dieser Verrückte allerdings mit seinem Gefühl schief liegt …' Dann setzt er eine entschlossene Miene auf.

• • •

Im Konferenzsaal wird kräftig getuschelt und gemurmelt. Bernhard Nägele muss sich von seiner Frau die schlimmsten Schimpfwörter gefallen lassen, während ihr ausgestreckter Zeigefinger auf Gisela Schäpperle ruht. Die wiederum bekommt von ihrer Schwägerin andauernd zu hören: „Lass dir nix gefalle von dene da!" Die von Stauffen Brüder diskutieren unter vier Augen den Sinn des Lebens.

Der Wachmann und Rudi Federle sind sich über den VFB Friedrichshafen uneinig. Federle kennt alle Ergebnisse der letzten zehn Jahre auswendig und behauptet eigensinnig: „Du Blöder! Doch it de BVB, unser VFB wird Meischter."

Hauptkommissarin Gebhard wühlt sich noch einmal durch den Wust von Protokollen, weil doch die Verantwortung bei ihr liegt.

„So ein Durcheinander ... KTU-Bericht: Toyota. Gerichtsmedizin: unkenntlich verbrannte Leiche. KTU-Bericht: Gewehrmunition auf dem Nägelehof. Gerichtsmedizin: die toxikologische Untersuchung ergab Rodentizide ... Und Otto blickt da durch?"

Paul Bauer versucht sie zu beruhigen: „Doch, bestimmt. Der hat irgend en Plan, aber i ..."

„Weller war zwar zuerst begeistert," unterbricht ihn Rose, „aber ich sehe inzwischen kein Ziel mehr!"

„Okay. Du bisch d Chefin. Was willst du jetzt machen? Alle nach Hause schicken, so auf die Art, morge isch au no en Tag?"

„Ja, vielleicht, es ist spät, ich ... Oder doch nicht?" Total unschlüssig setzt sich die Kommissarin kerzengerade auf, steckt die Hände in die Taschen ihrer Jeansjacke, zieht eine rote Clownsnase daraus hervor und rollt sie nachdenklich zwischen den Fingern. ‚Was würde Olivia Bishop wohl dazu sagen? Eigentlich ist es ja ein Spiel, das Otto da veranstaltet und Spiele gehen meistens gut aus. Andererseits ... Hier geht es um zweifachen Kindermord!'

• • •

'De Uschtinov hat nie in dene ganze Filme mit me Oberschtaatsanwalt z due ghet!' Otto Eisele weiß, dass er raus ist.

Trotzdem möchte er dabei sein, falls sich heute Nacht noch was ergeben sollte. Deshalb verzieht sich der Kommissar nicht schmollend nach Hause zu seinem Kater, der sicher schon vor lauter Hunger die Schachfiguren annagt, sondern schleicht in den Saal, um die keifenden Schäpperles und Nägeles herum, an Paul Bauer und der Chefin vorbei, die irgendein komisches rotes Ding in ihren Händen anstarrt, hin zu einem freien Stuhl neben Charly.

„Bin weg vom Fenschter. I derf mi doch zu eich hocke?"

„Logo", Roses Tochter nickt begeistert, sie und Kreuzberg rücken sogar ganz nah an ihn heran.

„Chef, ik vermute, dat der Federle in Stresssituationen unterzuckert. Deshalb tut dem det Coffeinzuckerjetränk so jut. Die Ohrfeige hätte ins Auge jehen können, aber dank der braunen Pampe, die du ihm einjeschenkt hast, ist der top fit."

„Stimmt", das Mädchen verzieht den Mund. „Und jetzt nervt er kollossal mit seinem Gelaber über Fußball. Wie geht's eigentlich weiter?"

„Pfff", Otto Eisele zuckt mit den Schultern.

Alle drei schweigen nachdenklich, da flüstert Charly plötzlich: „Shit, er kommt rüber! Weiß jemand, auf welchem Platz Köln steht, oder Herta? Kai und ich könnten ihn in ein Gespräch verwickeln und du stellst so ganz nebenbei ein paar Fragen."

Der Kommissar beobachtet aus dem Augenwinkel, wie Rudi Federle sich hämisch grinsend von Paul Bauer abwendet.

„Du rote Schlampe! De FC? Nie!"

'E paar Frage? Klingt verlockend.' Dann erinnert er sich an Wellers Drohung, steht abrupt auf und murmelt: „Noi, i han gnug agrichtet. Jetzt sind die andern dran. Tschüssle ihr zwoi, i verpiss mi besser."

Aber Kommissar Otto Eisele wird durch einen jähen Zusammenprall aufgehalten. „Wo wollen Sie denn so eilig hin?"

• • •

Als sich die Tür schließt, ist sofort Ruhe. Neugierige, bos-
hafte, müde, unsichere Blicke haften an Oberstaatsanwalt
Roderik Weller. Der schaut, als wäre nichts gewesen, als
hätte ihn nur die Blase gedrückt. 'Menschlich, oder?'
Rose mustert ihn genauer. 'Irgendwas an ihm ist anders.
Der wirkt plötzlich so unverkrampft, fast draufgängerisch',
denkt sie. Dann fällt ihr auf, dass die Krawatte fehlt. Und die
obersten zwei Knöpfe an seinem weißen Hemd sind offen.
Sie stupst Paul Bauer an, nestelt an ihrem Hals herum, bis
auch der kapiert, dass Weller nicht die Absicht hat, nach
Hause zu gehen. Die beiden Hauptkommissare machen sich
auf eine lange Nacht gefasst.
Otto Eisele steht immer noch wie angewurzelt vor ihm, da
hört er ihn plötzlich sagen: „Meine Damen und Herren,
wenn Sie bereit sind? Dann kann der Kommissar jetzt mit
seinem Verhör fortfahren."
Eisele traut seinen Ohren nicht. ‚So weit kommt's no! Isch
der jetzt völlig übergschnappt? Verarsche ka i mi selber.
Mir erscht Recht gäbe, dann mi kalt schtelle, und jetzt
soll i wieder? Des isch doch e Falle, du Schlipsträger!' Die
Gedanken rasen ihm nur so durch den Kopf.
„Haben Sie was mit den Augen?"
„I? Noi … warum?", stammelt der kleine Mann und streicht
sich unschlüssig über die Glatze.
„Komm schon, Otto!", ruft Charly. Paul Bauer hebt den
Daumen. Das komische Ding in Hauptkommissarin
Gebhards Hand verschwindet urplötzlich, als wäre es ein
Ball gewesen, den sie ihm zugespielt hat. Nur die rothaarige
Frau und Bauer Nägele wollen protestieren, werden aber von
Weller ausgebremst: „Sie kommen dann zu Wort, wenn es
der Kommissar für richtig hält."

• • •

Otto Eisele atmet mehrfach tief durch, dreht sich um, geht direkt auf Rudi Federle zu, lächelt ihn friedfertig an und sagt: „Rudi, i setz mi jetzt da her, wenn de nix dagege hasch. Dann schwätzet mir boide mal, wie d Männer halt schwätzet." Federle sieht ihm misstrauisch ins Gesicht, nickt aber verhalten.

Eisele redet weiter, als wären sie die besten Kumpel und säßen auf der Tribüne des VFB: „Oins isch sowieso klar, die Häfler schpielet wie d Weltmeischter. Wenn se de Pokal gwinnet, trinke mer e große Flasch Cola mitenand."

Wieder folgt nur ein Nicken, aber impulsiver.

„Also gut, Rudi, abgmacht. Aber bevor mir zwoi auf de Fußballplatz gange könnet, müsse mer zersch no die ander Gschicht kläre. Woisch, des wovon mer vorher gredet hend. De Xavie ... blutig gschlage im Schtall. Du hasch ihn grettet, s Auto gschtohle, bisch mit ihm abghaue. So en gute Freund hat it jeder."

Das Misstrauen verschwindet, Eisele bemerkt sogar Tränen in Federles Augenwinkeln. „Musch doch it heule, Rudi. Des war e super Aktion." Zur Bekräftigung steht der Kommissar jetzt auf, deutet in die Runde und spricht nochmal ganz laut: „Des war doch e super Aktion vom Rudi, oder?!"

Charly applaudiert als erste. Dann folgen Kai, ihre Mutter, Paul Bauer, Albert von Stauffen, sein Bruder und sogar Weller. Frau Nägele flennt, ihr Mann schaut übellaunig aus der Wäsche. Er hat endgültig genug von dem ganzen Zirkus, stolpert beim Aufstehen über die Beine der Bäuerin und legt sich vor ihr flach. Da klatschen die Schäpperlefrauen noch heftiger als alle anderen.

„Hörsch? Dein Applaus", kommentiert Eisele und Rudi Federle nickt begeistert.

Der Kommissar wartet ab, bis die Aufmerksamkeit wieder ihm gilt, dann stellt er seine nächste Frage: „Hend ihr eigentlich e Ziel ghet, i moin, d Schweiz, Österreich oder no weiter? Frankreich, Italien, Spanien? Sonne und blauer Himmel, s Meer soll ja schee sei."

„Was isch Meer?", Federle schüttelt verwirrt den Kopf.

„I wollt nur weg von dem." Der ausgestreckte Finger zeigt auf Bernhard Nägele, dann überschlägt sich seine Stimme: „Und von dene da au! Hexe! Hure!" Rudi spuckt auf den Boden. „Immer bös! Au der Franz war bös!"

„Dummkopf! Was schwätscht du da?", schreit Monika Schäpperle schrill dazwischen.

„Bin koin Dummkopf!! Der Bernd hat des immer und immer gsagt: Die Rote isch e Hex und die zwoi Blonde Gift. Mir sind arm, weil de Franz und seine Weiber unsre Küh verdurschte lasset!", brüllt Rudi Federle wie besessen zurück, dann wird er plötzlich apathisch, sein Körper verkrampft. Dieses Mal erhebt der Kommissar die Hand nicht zum Schlag, sondern um ganz schnell den Colabecher nachzu-füllen. „Da trink, los, des tut dir gut."

Er muss etwas nachhelfen, seinen Kopf halten, den Becher zum Mund führen, ihm die Cola einflößen … Und plötzlich säuft Federle geradezu gierig das süße Zeug.

Philipp von Stauffen kann sich bei dem Anblick kaum zurückhalten und sagt zu seinem Bruder: „Will der ihn eigentlich des Mordes überführen oder einen Diabetiker aus ihm machen?"

„Beides wäre in der Tat fatal für den armen, zurückgeblie-benen Mann. Aber was fragst du mich? Du fragst mich doch sonst auch nie was", antwortet Albert von Stauffen abwei-send und verschränkt die Arme.

• • •

Ein braunes Rinnsal läuft aus Federles Mundwinkel, er wird ruhiger.

'Gott sei Dank!' Otto Eisele atmet innerlich auf. Aber langsam kommt ihm zu Bewusstsein, dass er nach diesem vermaledeiten Verhör nicht als Held da stehen wird, sondern die Arschkarte gezogen hat.

Monika Schäpperle redet inzwischen wasserfallartig auf Oberstaatsanwalt Weller ein: „In Gotts Name, duet Se was! Der Irre ghört doch weggschperrt … Und wenn Se scho debei sind, dann den idiotische Kommissar glei mit. Der beläschtigt uns mit blödsinnige Frage, bringt mei Schwägerin durch sei Reschpektlosigkeit vor der Trauer fascht um de Verschtand, näbeher sauft er aber ganz genüsslich unsren Schnaps. Außerdem erstatt i jetzt bei Ihne Azeig gege den Bernhard Nägele. Der schießt auf wehrlose Fraue, die …“

Weller zieht eine Augenbraue hoch: „Ach ja, der Einbruch. Liegt da nicht auch eine Anzeige gegen Sie vor, Frau Schäpperle? Herr Nägele wollte doch … Wenn das noch nicht geschehen ist, werde ich mich nachher persönlich darum kümmern. Paragraph 32 StGB erlaubt die Verteidigung des Eigentums in Notwehr.“

Das sitzt. Wutschnaubend lässt die rote Furie von ihm ab.

Bauer Nägele hat beobachtet, wie das 'schlimmschte Hexeweib' über den Typ im Anzug hergefallen ist, und seine Ohren gespitzt. Jetzt empfindet er Genugtuung. Stolz ruft er zu den beiden rüber: „Genau! Recht muss au Recht bleibe! Und e Krawatt findet sich in meim Schrank beschtimmt näbe die bügelte, weiße Hemde, schtimmts Elfi?!“

Oberstaatsanwalt Weller spielt kurz mit dem Gedanken, sämtliche Streithammel eine Nacht in Beugehaft zu nehmen! Er sieht zu Charly hinüber. „Hab ich was verpasst?“

„Nö“, antwortet das Mädchen nur, schlingt ihre Wolljacke enger um sich und gähnt.

Rose Gebhard hat Gisela Schäpperle unter ihre Fittiche genommen. „De Franz war doch nie bös", schluchzt die blonde Frau gottserbärmlich. „De Franz war de friedliebenschte Ma, den me sich hat vorschtelle könne."

„Das glaub ich Ihnen." Die Hauptkommissarin streichelt ihr sanft über den Rücken.

Da reckt sich die Frau auf, sieht sie aus großen, verwässerten, hellblauen Augen eindringlich an und stammelt: „Jemand … hat ihn tot gfahre … und jetzt isch mei Sabine … isch die Bine au tot. Für mi … mi gibt's doch koin Grund zum Weiterläbe!"

„Ganz ruhig." Rose ergreift das vor Entsetzen entstellte Gesicht mit beiden Händen. „Bleib ganz ruhig. Alles wird wieder gut."

'Wie kann ich nur sowas sagen?!' Sie erschrickt über die eigenen Worte. Ihr Mann und Sohn sind bei einem Unfall getötet worden und es vergeht kein Tag, an dem sie nicht daran denkt. 'Und ich habe wenigstens Charly, aber dir bleibt nur noch das Andenken an deine Familie!' Gerade will Rose das bedauernswerte Geschöpf in die Arme nehmen, ganz fest drücken und mit ihr weinen, da wird sie von Monika Schäpperle weggestoßen.

„Hauet Se ab. Mir brauchet koine fremde Leut. Ihr seid doch alle s gleiche verlogene, scheinheilige Gschwerl."

• • •

Paragraph 32 beschäftigt Bernhard Nägele. 'Wenn der Gschniegelte richtig liegt, bin i doch aus m Schneider?' Er möchte das jetzt eigentlich genauer wissen, aber Weller lässt ihn eiskalt abblitzen. „Nicht jetzt! Kollege Eisele, es wäre an der Zeit."

'Kollege, des au no!' Der Kommissar vermeidet absichtlich

jeden Blickkontakt. Er fühlt sich sowas von charakterlos, dass ihm fast die Stimme versagt, muss mehrfach ansetzen, bis ihm die Worte einigermaßen flüssig über die Lippen kommen.

„Okay ... Rudi, nur no oi Frag, dann gange mer alle schlafe, s isch nämlich scho verdammt schpät. Des Feuer ... Da war doch e Feuer in dem der Xavie ...“

„Nimme frage! Immer die viele Frage“, nuschelt Rudi Federle und kratz sich flatterig mit dreckigen Fingernägeln dicke rote Striemen in seinen Hals.

„Etzetle, lass des! Des duet doch beschtimmt weh ...“ Mit so viel Gegenwehr hat Eisele nicht gerechnet, als er versucht, Federles Hände in den Griff zu bekommen. „He, hör auf demit! Lass los, du ... Lass jetzt los, sonscht ... “

„Weh?“, winselt Federle. „Des dut it weh! Aber aschreie, zuhaue! Dann hau doch zu! Alle hend immer nur Depp gschrie und zughaut. D Kinder in der Schul, de Ma, bei dem i da z mal aufgwachse bin ... Der war au e Hex“, flüstert er plötzlich, kaum noch hörbar, kichert dann aufgeregt und reißt die Augen auf. „I hab dem sei Maske gnomme und bin m Franz nachgfahre. Verschrecke wollt i ihn. Ihm sage, dass mir die Wies brauchet, sonscht verreckt s Vieh und i muss ins Heim. Aber die Sau hat mir it mal zugehört! Isch oifach mit m Träcker de Berg nab grauscht.“

Monika Schäpperles gellender Schrei geht allen durch Mark und Bein.

• • •

Der Notarzt drückt auf die Einstichstelle in Gisela Schäpperles Armbeuge. Weller steht besorgt daneben und wird aufs Schlimmste von ihrer Schwägerin beschimpft: „Du Mischtkerle, hasch no it gnug?! Wenn die Gisi jetzt an gebrochenem Herze schtirbt, dann hend mir des dir und

deim Schmieretheater zum verdanke. Gell, jetzt geht dir de
Arsch auf Grundeis. Paragraphehengscht. Mörder. Da drübe
hockt no en Mörder, und de Nägele hat den dazu agschtiftet!"
„Jetzt halten Sie mal die Luft an, Sie hysterische Ziege!"
Genervt wendet er sich an den Doktor. „Sie wird doch
wieder?" Der nickt zwar, macht aber keinesfalls einen zufrie-
denen Eindruck. Es scheint also ernst zu sein. „Vielleicht ist
es besser, Sie bringen die Frau ins Krankenhaus. Eine Zeugin
in dem Zustand ist kaum zu gebrauchen."
„Nur sie?" Der Arzt runzelt skeptisch die Stirn. „Ihr Haupt-
zeuge wird diesem Druck auch nicht mehr lange standhal-
ten. Aber die Verantwortung liegt bei Ihnen."
Noch nie hat Weller mit dermaßen skurrilen Zeugen zu
tun gehabt oder sich gar auf irgendwelche Experimente
eingelassen. Er war zwar Rammbock in den Auseinander-
setzungen mit den Kommissaren über Durchsuchungs-
beschlüsse und Haftbefehle, die ihm dann vor Gericht von
windigen Rechtsanwälten um die Ohren gehauen wurden.
'Aber hautnah dabei sein fühlt sich doch noch beschissener
an!' Der Oberstaatsanwalt ist nicht nur auf Grund der Uhr-
zeit mehr als geneigt nachzugeben.
Doch dann regt sich etwas Stärkeres in ihm. Vor ein paar
Jahren, er war sauer über die Eigenmächtigkeit einer
LKA-Tussi aus der Großstadt, der gerade zugezogenen
Kommissarin Gebhard nämlich, da gab es zu Hause einen
Zwischenfall. „Diese Neue aus Köln ist nicht dumm, die hat
Bauchgefühl. Aber das fehlt euch Männern bekanntlich.
Frauenpower nennt man sowas! Könnten wir jetzt weiter
essen, ohne dass Mama und mir bei deinem grantigen
Gesicht der Appetit vergeht?" Mit vollem Mund hatte
seine Tochter noch hinzugefügt: „Gute Leute muss man
zu schätzen wissen wie Mamas Braten. Nach meinem
Jurastudium will ich jedenfalls nicht nur Rechtsanwältin

werden, sondern Richterin, oder lieber gleich General-
bundesanwältin. Dann können sich Machos wie du warm
anziehen."

Heute ist Frau Dr. Merle Weller eine angesehene Anwäl-
tin in Berlin mit den allerbesten politischen Chancen, und
ihr Vater rödelt immer noch zwischen Friedrichshafen und
Ravensburg herum.

'Bauchgefühl? Eisele hat Bauchgefühl. Und wenn der das
kann, kann ich das auch!' denkt sich Weller. 'Ich ziehe das
jetzt durch.' Und deshalb wiederholt er jetzt nur: „Die Frau.
Bringen Sie sie ins Krankenhaus."

So viel Kaltblütigkeit ist von Stauffen selten begegnet.

„Albert, würdest du mir bitte helfen?"

• • •

Charly reibt sich die Augen und öffnet ein Fenster. Kalter
Wind bläst vereinzelte Schneeflocken herein, von der Straße
dringen laute Motorengeräusche herauf.

Der Wachmann hat von irgendwoher Kaffee besorgt. Die
kurze Pause tut allen gut.

„Da ist nicht genug Zucker drin, damit ich das hier über-
stehe", murmelt Rose Paul Bauer zu. Der trinkt, verzieht sein
Gesicht und antwortet: „Frag doch de Federle, ob er dir was
von der Cola abgibt. Des Zeug kasch jedenfalls it saufe."

Bauer Nägele säuft sogar den Becher seiner Frau aus. Der
Oberstaatsanwalt, als Teetrinker, wird jetzt doch unleidig:
„Charly, würdest du das Fenster schließen, damit wir unge-
stört zum Ende kommen können. Herr Eisele? Heute noch,
wenn möglich!"

Flehentlich sieht der seine Chefin an, wohl wissend, dass
sie nicht übernehmen kann. Nur er hat das Vertrauen des
Zeugen.

Otto Eisele muss in den sauren Apfel beißen.

„Anschtiftung zum Mord am Franz Schäpperle hätte mer scho mal, gell, Nägele? Des klärt der Kollege Weller glei noch gnauer." Er wird bei dem Wort 'Kollege' plötzlich ein wenig lockerer. Seine Stimme klingt aufgekratzt, als er in die Runde fragt: „Aber warum hend de Xaver und die Sabine schterbe müsse?"

Frau Nägele faltet die Hände, doch ihr Mann brüllt: „I han nie gsagt, der Idiot soll den Franz umbringe. Obwohl i mir sein Tod immer und immer wieder gwünscht han. Die Gisi hat den doch nur gnomme, weil der en reicher Bauer war!!"

„E Ruh bitte!!" Eisele wirft einen kurzen Blick zu Weller, der ihm aufmunternd zunickt und dabei denkt: 'Wenn das nicht Bauchgefühl und Männerpower in einem ist!' Der Kommissar fühlt sich jedenfalls bestätigt.

„Nägele, dei vorlaute Gosch bricht dir irgendwann mal s Gnickt. I könnt di jetzt scho oifach so abführe lasse. Widerstand gege d Schtaatsgewalt, Beamtebeleidigung, Misshandlung eines oder sogar mehrerer Schutzbefohlener, Geiselnahme …" Eisele sieht die Situation in der Küche vor sich, als der Bauer die beiden Frauen mit der Schrotflinte bedroht hat. „Im Knascht hasch Zeit zum nachdenke. Aber eigentlich interessiert mi no viel brennender, was en Einbrecher bei dir zum suche ghet hat."

Monika Schäpperle, die stumm am Fensterbrett gelehnt und dem Blaulicht des Krankenwagens hinterher geschaut hat, dreht sich mit einem Ruck um. „Des werd i Ihne beantworte. Der da hat it bloß mein Bruder auf m Gwisse, sondern wollt seitdem au die Gisi und mi aus m Wäg han."

„Ah so, glei boide und mit bloße Händ? Sei Schrotflint war nämlich nach dem Einbruch bei der Schpuresicherung. Außerdem sind auf m Küchetisch drei volle Schnapsgläser gschtande."

„Des war mei Gwehr. Als der Nägele an dem Morge bei uns auftaucht isch, wollt i uns nur beschütze. Der hat's mir mit Gwalt abgnomme", antwortet die Frau kurz angebunden.

„Um dann mit Euch en Schnaps zu trinke? Hört sich it grad gwalttätig a, sondern nach em Friedensangebot, oder um ebbes zum begieße."

Es wird immer schwieriger für die Anwesenden, dem Schlagabtausch zwischen Monika Schäpperle und Otto Eisele zu folgen. Nägele stiert die rothaarige Frau gehässig an.

Die scheint ihn aber gar nicht mehr wahrzunehmen, sieht mit hohlem Blick durch ihn hindurch. Dann kommt leise über ihre Lippen: „Die verdammte Wies war Gisis Mitgift. Ihr Vater hat des Grundstück dem Bernhard Nägele damals in em Brief verschproche, des war wie en Handschlag. Aber sie hat sich dann Hals über Kopf in mein Bruder verliebt und den gheiratet. Da isch der Ochs total ausgraschtet, die Gisi hätt ihm Hörner aufgesetzt, hat vor Gericht auf seim gschriebene Recht beschtande und in letschter Inschtanz endgültig verlore."

Monika Schäpperle ist am Ende ihrer Kräfte. Sie flüstert nur noch. „E Mitgift geht auf de Ehemann über, ersch nach seim Tod kann d Witwe drüber verfüge. Aber mein Bruder hat doch bei Sabines Geburt den Grund und Boden auf sie eintrage lasse. Davon hat de Nägele aber nix gwusst und isch nach dem schreckliche Unglück wieder mit seine hanebüchene Anschprüch komme. Und jetzt isch die Bine au tot …"

Sie sieht plötzlich verhärmt aus und uralt mit ihren roten Haaren, die einen bizarren Kontrast zur fahlen Gesichtshaut bilden. Mit hängenden Schultern und gebeugtem Kopf fährt die Frau fort: „Bernd, du hasch uns den Franz gnomme, jetzt sogar sei Kind, aber des wird dir nix nutze. Die Wies bleibt der Gisi ihre, weil se an dem Bächle schwanger worde isch und dort die glücklichschten Tage ihres Lebens verbracht hat. Nur damit du des Andenke it wieder in Schmutz trete kasch, bin i bei dir einbroche. I wollt den Brief schtehle."

Die Gehässigkeit weicht gänzlich aus Bernhard Nägeles Gesicht. „So denket ihr also von mir??" Er schüttelt müde den Kopf, spricht holprig weiter: „I lieb die Gisi halt. Des … wird au immer so sei. Und s Wasserrecht für meine Küh war wichtig für de Hof und … Deshalb bin i doch no lang koin Mörder!"

„Aber en Dummkopf! Ihr seid alle Dummköpf!!!" Eisele platzt der Kragen. „Sich jahrelang aus ganz niedrige Gründe so zum bekriege! Mit e bizzle meh Verschtand von boide Seite, dann hättet d Kinder vielleicht endlich Friede nei bracht in en ordinäre Schtreit um Eifersucht und e blede Wies. S Baby, des die Sabine vom Xaver erwartet hat, war doch e echte Chance!? Aber noi, schtur wie er sind geht me vors Gericht, mit Waffe aufenander los, en verschmähte Nägele prügelt deshalb sogar sein Ziehsohn halb tot und letschtendlich hat weder der Xaver noch die Sabine den Hexekessel überläbt. Ihr, ihr alle traget d Schuld an dene grausige Todesfälle, von dem Ungeborene ganz zum schweige!"

Völlig außer sich rennt Eisele aus dem Saal.

Kehraus

Er schlägt verzweifelt mit beiden Fäusten gegen die kalten gelben Kacheln und verflucht den Tag, an dem er sich dazu entschlossen hat, Polizist zu werden.

„Verdammt! Verdammt! Verdammt aber au!!! Otto, hättsch doch bloß e aschtändigs Handwerk glernt. Aber noi, Bulle hats sei müsse!!" Er kriegt weiche Knie, stützt sich an der Wand ab, legt seinen Kopf in die Armbeuge, winselt: „Wenn d Beweislag it dermaße erdrückend und obedrein saumäßig traurig wär! Damit konnt ja koiner rechne!! Ausgrechnet du musch … Des hasch jetzt devo, du Depp!"

Eisele ist so im Zwiespalt mit sich selbst, dass er das Geräusch der Toilettentür überhört. Plötzlich legt ihm jemand von hinten eine Hand kräftig auf die rechte Schulter.

„Sie machen einen guten Job, ich meine das wirklich ernst." Oberstaatsanwalt Wellers Worte klingen aufrichtig.

Brummelnd bestätigt der Kollege Bauer: „Alter Sack, komm, halt d Ohre schteif." Und Kai, entschlossener: „Otto, ik kenn dir jar nich so. Brauchste irgend wat? Soll ik dir ne Schrippe holen?"

Mit so viel Zuspruch hat Eisele nicht gerechnet. Er wird ganz verlegen, hat einen Kloß im Hals, unterdrückt verschämt seine Tränen und ärgert sich: 'Ausgrechnet jetzt … Oh Mann, isch des peinlich!'

Da raschelt es hinter ihm. Seine Chefin steht mitten im Männerklo und kramt aus ihrer Jeansjacke eine Packung Tempos.

Niemand lacht. Keiner drängelt ihn, das Chaos aus Verschlagenheit, Lügen und Boshaftigkeiten endlich zu entwirren. Der Kommissar spürt nur die fieberhaften Blicke auf seinem Rücken, hört den erregten Atem der Anderen, fühlt seinen eigenen, viel zu schnellen Puls. Vor fünf Minuten wollte er noch kneifen, die Arschkarte jemand anderem geben. Doch jetzt bleibt ihm keine andere Wahl.

Otto Eisele reckt tapfer die Schultern, hebt den Kopf und dreht sich um.

„Mir sind bei dem Elend oifach d Nerve durchgange, tut mer leid. Aber jetzt han i wieder alles komplett im Griff."

• • •

„Muss i mir des eigentlich alles gfalle lasse?!!", hatte Bauer Nägele dem Kommissar nachgebrüllt, die rauen Hände aneinander gerieben und gefährlich mit den Fingerknöcheln geknackt. Er wollte hinter ihm her, ihm eine Tracht Prügel verpassen. Am Ausgang stand jedoch ein Uniformierter. „Anweisung von oben. Hier kommt keiner durch!" Es war ihm also nichts anderes übrig geblieben, als sich maulend wieder neben seine Frau zu setzen.

Ihr abfälliger Blick war kaum auszuhalten. So unwohl war dem Bauern schon lange nicht mehr in seiner Haut gewesen. Bockig hatte er die Arme verschränkt und sie angeherrscht: „Was willsch eigentlich, blöde Kuh?! Ja doch, hasch immer Recht ghet! Du warsch die zwoite Wahl, aber kräftig, dafür it bsondersch hübsch, mit dem fremde Schratze im Bauch sowieso. Zum Hohn gabs statt re saftige Wies dein narrische Bruder als Hochzeitsgschenk obe drauf! Trotz allem hab i immer für euch gsorgt und den Xaver wie s Oigene agnomme. Zum Dank wird der gutmütige Trottel jetzt au no als Mörder na gschtellt?? Sei in Gotts Name weiter sauer auf mi, aber lass mer jetzt mei Ruh!"

Mit diesen Worte hat Bauer Nägele die Augen geschlossen und ist wenig später in Tiefschlaf gefallen. Jetzt schnarcht er wie eine Horde wild gewordener Eber.

Elfriede Nägele denkt derweil stumm über ihr verkorkstes Leben nach.

Monika Schäpperle glaubt nicht mehr, dass dieser grob-schlächtige Mann ein Kindermörder ist. 'Aber den Franz hasch sicher auf m Gwisse, du mieses Schtück Dreck.' Sie sieht einen Traktor, der kopfüber im Graben steckt, darunter den Bruder begräbt … Dann kreisen ihre Gedanken um den letzten Abend mit Bine. „Smokey eyes, mach mir smokey eyes", hatte sie verlangt. „Willsch ausschaue wie e Nutte? I donner dir glei oine rechts und links, des sieht dann ugfähr so aus. It lache! Hör jetzt auf, s verschmiert doch alles …" Von dem lauten Gelächter der beiden angelockt stand auf einmal auch die Gisi, frischen Stallmist an den Gummi-stiefeln, in der Tür und lachte mit. „Oh Moni, des hasch ja toll gmacht … So wie die ausschaut, könnt se in dene Vampirfilme e Hauptrolle schpiele, gwinnt de Oscar und mir hättet für immer ausgsorgt." Und sie selber hat gerufen: „Bine, hör sofort auf zum Lache!! … Moni, mach was! Die sieht nimme wie en Engel aus, eher wie en Zombie!' Vor lauter Lachen über den furchtbaren Zombie im Engels-kostüm sind sie zu dritt in Sabines Kinderzimmer aufs Bett gefallen, das krachend zusammengebrochen ist. 'Aber da war se scho koi Kind meh … Bloß no in unsre Auge.' Sie verfällt in eine merkwürdige Starre.

• • •

Rudi Federles Kopf fällt ihm immer wieder auf die Brust oder in den Nacken. Der uniformierte Beamte auf dem Stuhl neben ihm rührt das nicht, er soll ihn lediglich davon abhalten, Dummheiten zu machen. 'Schlafende Hunde beißen nicht', denkt er schließlich und geht sich die Beine vertreten.

Roses Tochter ist von den dauernden Unterbrechungen
genervt, auch müde, aber immer noch neugierig. 'Vielleicht
kann ich diesen seltsamen Typ ja knacken?' Sie setzt sich
einfach neben Federle, stupst ihn an und erzählt ihm
aus einem Gefühl heraus nur von ihrem kleinen Bruder.
„Irgendwann isch aus dem süßen, blauen Frotteeschtrampler
plötzlich das Moritzmonster gekrochen, hat immer an mir
geklebt, wollt dauernd beschpielt werde, wisse warum, wes-
halb, wieso. Und wenn ich dem mal nicht geantwortet hab,
was glaubsch, was dann los war?", sie rollt theatralisch mit
den Augen. „Der Knilch hat mich erpresst! Dann petz ich
beim Papa, dass du nachts heimlich unter der Bettdecke
liest. Oder spiel mit mir ‚Fang den Hut‘, sonscht sag ich der
Mama, wer ihren Lippenstift kaputt gemacht hat. Des musch
du dir mal vorstellen! Ich hätt den erwürgen können!"
Rudi Federle ist jetzt wieder wach. Er folgt dem ständigen
Gelaber, beobachtet aufmerksam ihre Mimik, sagt aber
nichts.
Charly wartet kurz ab, dann redet sie weiter: „Na ja, seit
er und Papa tot sind, fehlt mir der Moritz schon. Aber vor
allem Papa. Der konnte einen zum Lachen bringen und …
und Mama war auch immer gut drauf. Was ich eigentlich
sagen will, wenn du mal quatschen willsch … Ich hab Zeit."

• • •

Den Kommissar trifft fast der Schlag, als er zur Tür hereinkommt und die beiden fast Kopf an Kopf da sitzen sieht.
Er schleicht sich hinter Federle an, will gestikulierend dem
Mädchen zu verstehen geben, dass sie augenblicklich von
'dem da' Abstand nehmen soll. Der aber spürt, dass jemand
hinter ihm steht. Er beginnt zu zittern und kneift kurz die
Augen fest zusammen.

Charly nutzt genau diesen Moment. Sie zwinkert Eisele zu, kichert dann albern, wie man es von einem Teenager erwartet, und sagt mit der unschuldigsten Stimme: „Hallo Otto, da bisch ja wieder. Mir war langweilig, da hab ich mich her gesetzt. Warum hast du mir nie gesagt, dass der Rudi so ein Netter isch? Vielleicht ein bisschen anders. Er hat's halt nicht leicht gehabt, mit seiner Familie und so. Dafür sind wir uns gerade ein Stückchen näher gekommen, gell du? Des mit dem Quatschen gilt, wann immer s willsch. Großes Indianer-ehrenwort!"

Rudi Federle starrt sie jetzt neugierig an.

• • •

Da der Kommissar nicht wirklich weiß, wie er in das Finale einsteigen soll, setzt er sich einfach dazu.

„Quatsche, gute Idee, Charly. Des Mädle isch en echte Kum-pel, Rudi. Du solltesch des Angebot anehme, jetzt wo de Xavie nimme lebt. Der war doch dein allerbeschter Freund. Aber in dere verfluchte Nacht isch ebbes passiert. Hat er dich im Schtich glasse, weg gschtosse? Wenn du s mir it ver-zähle willsch, dann vielleicht deiner neue Freundin, die hat den Xaver und d Sabine gut kennt."

Ein zögerliches Lächeln erscheint auf Federles Gesicht. Er ignoriert den lästigen Schwätzer, fixiert Charly mit weit auf-gerissenen Augen mehrere Sekunden lang und sagt zu ihr, nur zu ihr: „Sei it traurig … De Xavie und i hand ganz oft ‚Fang de Hut' gschpielt. Dei Bruder muss ihn im Himmel bloß finde, dann hupfet die bunte Hütle da obe glei." Er lacht laut auf, neigt den Kopf und mustert sie noch eindringlicher. „Die Bine war so andersch als du … irgendwie schöner. Und ganz blond … Denkt dir oifach en Engel." Dann verändert sich sein Tonfall schlagartig, er wispert nur noch kratzig:

„Au Engel könnet nerve und im Wäg sei, verschtehsch?? Des versoffene Weibsschtück war an allem schuldig. Die hats it andersch verdient!"

Die Vorstellung, Moritz hätte jemanden dort oben zum Spielen, gefiel Charly anfangs, Federles zweideutiges Geständnis weniger! Der grausigen Wahrheit ganz nahe fühlt sie, wie sich ihre Nackenhaare aufstellen, sucht verwirrt unter dem Tisch nach Ottos Hand, drückt sie fest und antwortet entgeistert: „Die Bine hat eigentlich nie Alkohol getrunken. Keine Ahnung, wer das Zeug auf die Schulfete mitgebracht hat. An dem Abend war ich zufällig mit ihr auf dem Klo. Die hat geflennt wie ein Schlosshund, weil der Xaver sie im Stich gelassen hat. Dass sie von ihm schwanger war, wussten wir ja nicht!! Ich hab ihr die verschmierte Schminke aus dem Gesicht gewischt und gesagt: 'So ein Scheißkerl! Kopf hoch, da draußen warten viel Bessere auf dich. Komm, lass uns tanzen gehen, du findest einen anderen.' Und es stimmt, sie hat einen anderen gefunden … und zwar dich!!!" Plötzlich brüllt Charly los! „Einen fremden Cowboy, der Rattengift in Alkohol mischt und tote Mädchen an den Narrenbaum hängt!!" Völlig verzweifelt heult sie auf. „Und ich bin auch noch mitschuldig an ihrem Tod!"

„Schluß! Schluss damit!!" Rose war gleich dagegen, als Charly in die Vernehmung mit einbezogen wurde, und wollte sie da weg holen. Aber Weller hatte die Kommissarin zurückgehalten. „Warten Sie noch, Frau Gebhard. Ihre Tochter ist stark, bemerkenswert stark."

Jetzt hält sie nichts mehr! Sie möchte sofort ihr Kind in die Arme nehmen, es trösten, von dem verdammten Schuldgefühl befreien! Doch die Hauptkommissarin wird brutal von hinten niedergestoßen.

• • •

Als Charly brüllt, 'Sie hat einen anderen gefunden, und zwar dich', steht Monika Schäpperle gerade einsam am Grab ihres Bruders, schwört ihm bei Gott und allem, was ihr heilig ist, immer für seine beiden Frauen stark zu sein.

Deshalb schreit sie jetzt mit Wut verzerrtem Gesicht: „I hab versagt!!", stürmt auf Federle zu, stößt dabei die Kommissarin um und will 'das kranke Arschloch' erwürgen. Geistesgegenwärtig stellt Paul Bauer der Rothaarigen ein Bein, die daraufhin im Schrei „I bring di um!!!" vor Oberstaatsanwalt Weller zu Boden geht.

Völlig perplex finden sich die beiden Frauen zwischen gebügelten Hosenbeinen, ausgefransten Jeans, ungeputzten Boots und teuren, schwarz polierten Lederschuhen wieder und starren sich feindselig an.

• • •

Das Mädchen steht unter Schock, zittert, weint bitterlich, und Otto Eisele bedauert sehr, dass er sich darauf eingelassen hat, sie überhaupt mit Rudi Federle sprechen zu lassen. Er drückt Charly an sich und streicht ihr beruhigend übers Haar. „Mädle ... jetzt komm, Mädle ... dumms Kind, was musch di au überall einmische?? ... Trotzdem, Reschpekt! Ohne dei mutige Mitarbeit wär i niemals so weit komme."

„Echt jetzt??" Sie windet sich überrascht aus seiner Umarmung und wischt mit dem Ärmel Rotz und Tränen von der Backe. „Du verarschst mich doch."

„Noi, ganz ehrlich it." Der Kommissar sieht ihr wie ein guter Freund direkt ins verheulte Gesicht und sagt noch dazu: „Indianerehrewort!"

Misstrauisch flüstert sie ihm ins Ohr: „Hast du deine Finger hinterm Rücken auch über Kreuz, gell? Meinen waren nämlich gekreuzt, als ich dem Rudi vorhin das

Indianerehrenwort gegeben hab, damit er endlich mit uns redet. Der ist sowas von widerlich …"

Ohne Vorwarnung stößt sie Eisele den Ellbogen in die Rippen, dass der aufstöhnt, starrt Federle an und lässt ihrer Wut freien Lauf. „Du widerliches Drecksschwein!! Die Bine war also eine Hexe im Engelskostüm?!? Das gibt dir noch lange nicht das Recht, sie umzubringen!! Du bist sowas von krank, total gaga!!!"

Kalter Schweiß rinnt ihm in Strömen von der Stirn, blankes Entsetzen stiert ihr entgegen. „Sag so ebbs nie meh zu mir, wenn du mei Freundin sei willsch!", presst Federle zwischen den Zähnen hervor. „Die Schlamp war doch nix wert. Mit ihrem gfüllte Bauch und dene volle Titte hat se sich an mich presst, tanzt wie e Wilde und mir dauernd 'Xavie' ins Ohr gflüschtert. I han nämlich sei Rasierwasser gnomme, weil er s doch nimme braucht hat. Da wusst i, dass es koin Unterschied gibt zwische Hexe und Engel."

'Der Xaver hat sein Rasierwasser nicht mehr gebraucht??' Charly überfährt eine Gänsehaut. Ihr Gefühlskarussell dreht sich plötzlich um die eigene Achse. 'Im Fernsehen kommt es immer so easy rüber, Verbrecher zur Strecke zu bringen, aber in Wirklichkeit fühlt sich das abscheulich an.' Verunsichert sucht sie den Blick ihrer Mutter.

„Mama, mir wird übel. Können wir gehen? Bitte!"

„Natürlich! Ich bring dich nach Hause." Rose schlüpft in ihren Mantel, packt die Daunenjacke ihrer Tochter, den von Thea gestrickten Schal …

In diesem Moment spuckt Rudi Federle das Mädchen an, beschimpft sie böse: „Weiber! Ihr seid alle gleich blöd! Dann verpetz mi doch bei deiner Mutter! Oi Schlamp wie die ander. Die Blond war bsondersch schlimm. Mit Schoklad hat se mich beschtoche, damit i s Maul halt. Aber den Schoklad han i jedsmal de Küh gäbe und mi im Schtroh verschteckt,

weil se s da mitenand triebe hend, de Xavie und sei blonds
Gift. Nur wäge dere hat de Xaver au schterbe müsse!!"
„Ach ja??" Angeekelt wischt sich Charly Federles Speichel
ab. „Woisch was? Du kannst mich mal! Mit so einem abarti-
gen Schwein wie dir will ich nie mehr was zu tun haben!"
Sie hält ihm trotzig den Mittelfinger entgegen und folgt ihrer
Mutter nach draußen.

• • •

Monika Schäpperle weint still vor sich hin, Oberstaatsanwalt
Weller scheint zufrieden, der Kollege Bauer klopft ihm aner-
kennend auf die Schulter, Kai strahlt ihn bewundernd an,
aber Kommissar Eisele fröstelt innerlich.
Er hat sein Geständnis – und all seine Befürchtungen sind
wahr geworden.
Auch Elfriede Nägele läuft es eiskalt den Rücken runter.
„Unsre Kinder musstet wäge dem bissle Vergnüge schterbe?",
fragt sie entgeistert, stöhnt auf, bekreuzigt sich und sieht
hasserfüllt zu Rudi Federle hinüber. „I hätts wisse müsse.
An dene Pfote hat immer scho Blut klebt. Der war e schpäts
Kind, unser Mutter selig isch dann bei seiner Geburt
gschterbe. De Vater war hernach bloß no im Wirtshaus und
e Dreizehnjährige musst sich um des zrück bliebene Balg da
kümmre, den ganze Haushalt mache, en Alkoholiker vom
Schtammtisch abhole, boide ins Bett bringe …"
Die Bäuerin holt kurz Luft, aber bevor ihr nochmal jemand
ein schlechtes Gewissen wegen irgendwelcher Prügel einre-
den kann, fährt sie mit zornrotem Kopf fort: „Fascht fufzehn
Jahr lang hab i des ertrage, mei ganz Jugend g opfert! Aus
lauter Verzweiflung, als alte Jungfer z ende, han i mi bei em
Maitanz mit me reiche Bauer ei glasse. Der hat am nägschte
Tag scho nimme gwisst, wer i bin und drei Monat schpäter

war Elfriede Müllers Zukunft endgültig glaufe!" Sie stöhnt auf, schüttelt den Kopf. „Dann isch trotz der Schand oiner auftaucht und wollt mi heirate. Mi mitsamt meim dicke Bauch?! De Nägele hat bloß e gsunde, kräftige Frau für sein Hof braucht, aber i han ihn bittelt und bettelt, den Verruckte da au mit z nehme. Er konnt apacke und unser Vater wär doch it mit ihm z recht komme. Wisset se, wie me e Kuh kauft?" Elfriede Nägele hat sich dem Oberstaatsanwalt zugewandt. Weller ist sich nicht sicher.
Sie antwortet an seiner Stelle: „Da langt en oifacher Hand-schlag. Aber immerhin wurd i die Frau auf m Hof, han en Erbe gebohre, alles war mit der Zeit gut. Jedenfalls bis zu dem Tag, wo der Irre da gmoint hat, er muss wäge em Mädle eifre!! Isch des dein Dank dafür, dass mir dir e aschtändigs zHaus gäbe hend?!", beschimpft die Bäuerin ihren Bruder. „Du Irrer! Hätt i di doch bloß beim versoffene Alte verrecke lasse!!!"
Federle hat ihr die ganze Zeit über mit geweiteten Augen und offenem Mund zugehört. „Ja, du verkommene Baure-schlamp, hättesch doch!!", plärrt er jetzt zurück, stampft bockig auf. „Der war au it schlechter als ihr. Und i bin it irre!!!"
Bauer Nägele mault kurz im Schlaf, schnarcht dann aber selenruhig weiter.

• • •

Oberstaatsanwalt Weller gedenkt, die Vernehmung hier zu beenden. Zufrieden schlüpft er ins Jackett, richtet seine Krawatte und sagt: „Meine Damen und Herren, ich denke, das genügt für heute."
Was er nicht sagt ist: 'So viel Schmutz ist mir schon lange nicht mehr untergekommen. Aber gut, der Täter ist geistig

behindert. Er gehört in psychiatrischen Gewahrsam und ich endlich ins Bett.'

Auch Hauptkommissar Paul Bauer ist bettreif. Sein Bein tut weh, die Schmerztabletten sind alle, aber eigentlich fehlt ihm nur Rose. Seit ihrer Rückkehr war nämlich keine Zeit für Privates.

Der junge Berliner beginnt aufzustuhlen, Frau Nägele schüttelt ihren Mann wach, der sich grantig die Augen reibt und direkt loswettert: „Was willsch denn von mir, blöde Kuh?! Oder isch endlich alles vorbei?"

„Ja Bernd. Alles isch vorbei. Scho längscht. Komm jetzt, s wartet no me Küh auf di." Traurig sieht sie über ihn hinweg. „Moni, wie kommsch du hoim?"

„Jedenfalls it mit eich Mörderbrut!", entgegnet die Rothaarige ihr böse, wickelt einen Wollschal mehrmals um den Hals und läuft fluchtartig hinaus.

● ● ●

'Koi Sau will meh wisse, wie s passiert isch??'

Kommissar Otto Eisele ist angefressen. Oberflächlichkeit hat ihn immer schon angewidert.

„Au Recht", gnatzt er vor sich hin. „Ganget ihr ruhig alle! I muss hier no was Wichtigs kläre. Des bin i dene tote Kinder doch schuldig."

Da kracht es plötzlich laut und Rudi Federle liegt samt zerbrochenem Stuhl am Boden, sabbert und wimmert wie ein Kind.

„Ja kannsch denn du it aufbasse, du Depp?!", schnauzt Eisele den Vollzugsbeamten an. Aber der scheint als einziger im Raum noch zu schlafen.

„Rudi, bisch ok?" Der Kommissar schwitzt Blut und Wasser, zieht Federle hoch, setzt ihn wieder hin, sieht nach, findet keine äußeren Verletzungen außer einer sicher mächtig werdenden Beule am Hinterkopf. 'Glück ghabt! Aber jetzt macht der Kerle beschtimmt endgültig dicht', denkt er sich und hebt mahnend den Zeigefinger. „Me wippt au it wie en Blede! Des ka nach hinte los gange."

Dabei kommt Eisele spontan Charlys Spruch wieder in den Sinn. Ganz vorsichtig legt er eine Hand auf Rudi Federles Unterarm. „Ganz ruhig Rudi. S gibt koin Grund, zum Ausraschte. I will dir nix Böses, nur helfe. Bleib oifach ruhig und hör mir jetzt mal zu."

Federle leistet keinen Widerstand. Das Wimmern verstummt, seine Augen beobachten wachsam die Hand des Kommissars, ein paar braune Zähne nagen an der Unterlippe.

„Gut so, Rudi", lobt Eisele ihn und spricht dann in freundlichem Ton weiter: „Du woisch es, und i woiß es jetzt au: Du bisch it irre, nur andersch als andre. Deshalb verschtehscht halt manchmal was falsch. Des mit dene Fraue zum Beischpiel. Fraue sind gut, wie für oin gschaffe, wenns die richtige isch. En Ma ohne Frau isch wie en Bauer ohne Wies. Der verdurschtet mitsamt seim Vieh."

Roderik Weller ist mehr als überrascht. 'Woher weiß denn der, dass Frauen einem das Wasser abdrehen können, wenn sie was erreichen wollen? Hat man diesen Eisele beim Polizeiball überhaupt mal in weiblicher Begleitung gesehen? Vielleicht ist er ja schwul?!' Der Oberstaatsanwalt bekommt Atemnot, zieht sich den Schlips wieder vom Hals.

Auch Bauer Nägele reißt sich von seiner Frau los und hört gespannt zu, wie Otto Eisele jetzt, ohne im Entferntesten tuntig zu klingen, weiter in Rudi Federles Psyche eindringt.

„Warsch gar selber in die schöne Sabine verliebt? Aber sie hat dann den Xaver vorzoge. Des isch mir au scho passiert, so was duet sakrisch weh."

„Noi!! Des Weib war mir doch total wurscht!!!", kreischt Federle ohrenbetäubend und schlägt Kreuzberg die Cola-flasche aus der Hand. Er zittert jetzt, schwitzt, bekommt rote Flecken im Gesicht und haut mit beiden Fäusten brutal auf die Tischplatte ein. „I wollt bloß wisse, was der Xavie an dere gfunde hat, dass er dann nimme mein Freund war! Die Schlamp au mal so ficke wie der!!!"

Verzweifelt und mit Schaum vor dem Mund sucht Rudi Federle in den verständnislosen Gesichtern der Leute um ihn herum nach jemandem, der ihm zustimmt. Sein Blick bleibt schließlich auf Paul Bauer haften. Er sagt, plötzlich in völlig normalem Ton, zu ihm: „Glaub mir, Kumpel. Willsch oimal ficke, saget alle glei, bisch irre!", und rollt ver-schwörerisch mit den Augen.

Hauptkommissar Bauer bekommt einen trockenen Mund, was vielleicht an den vielen Schmerztabletten liegt, die er im Laufe des Tages geschluckt hat. Er räuspert sich, schüttelt den Kopf, massiert wortlos sein schmerzendes Bein.

Auch Otto Eisele bleibt erst Mal die Spucke weg. Dann sagt er in weniger freundlichem Ton: „Rattegift löst koine Probleme, Rudi. Wenn e Frau oin abweist, muss de Ma sein Schwanz ei ziehe. Er derf it …"

„Quatsch!!!", fährt Federle den Kommissar zornig an: „Du Depp hasch doch null Ahnung! De Bernd hat immer des Zeugs her gnomme, um d Ratte z vernichte, weil e jede Patron wär an solche Viecher vergeudet. Vergeudet!!" Er holt tief Luft, zeigt auf seine Schwester und flüstert schließlich voller Ekel: „Oi Ratz hat er vergässe."

Elfriede Nägele steht der Schock ins Gesicht geschrieben. Sie zerrt heftig an ihrem Mann: „Komm Bernhard, mir werdet hier nimme braucht! Sag dem Herrn Schtaatsanwalt, dass mer mit dem Mörder da nix meh z due han wollet. Los jetzt, mach scho, beweg di endlich!"

Aber Bauer Nägele hat so ein komisches Gefühl, als müsse er diesen Vollidioten gleich rupfen. Er bleibt stur neben Weller stehen und wartet ab, während seine Frau die Flucht ergreift. „Du wolltesch doch sowieso nie mit irgendwas z due han!", ruft Federle ihr hämisch grinsend nach. „Als de Bauer in dere Nacht rum tobt hat, me muss die ruchlose Brut weg mache, da bisch obe am Fenschter gschtande, hasch alles voll mitkriegt und dein Ma oifach weiter auf de Xavie eischlage lasse!! Du mieses Schtück Scheiße!!! Mischtschstück!!! Hexe!!! Ratte!!! Unschuldig mit große blaue Auge zwinkre, des könnet ihr. Und die ander war genauso wertlos wie du!!" Rudi Federle lässt sich nicht mehr bändigen. „Hauet ab mit eure Griffel!!! Weg!!! Weg!!! Weg, ihr dumme Idiote!!!" Er schlägt, kratzt und beißt jetzt jeden, der ihm zu nahe kommt.

• • •

Nach einem ziemlich heftigen Kampf – Paul Bauers zweites Bein schmerzt jetzt auch und Otto Eisele wischt sich überrascht eine warme, tropfende Flüssigkeit vom Kinn – gelingt es Kai Polankowitzek und dem erwachten Vollzugsbeamten, Rudi Federle Handschellen anzulegen.
„Dummer Bub!", schimpft der Kommissar, auf seinen rotverschmierten Handrücken stierend. Er kann kein Blut sehen. Schon gar nicht sein eigenes. Ihm wird schlecht. Um die Übelkeit zu überwinden schluckt Eisele, würgt, schluckt wieder und schimpft zwischen zusammengepressten Lippen hindurch: „Mit solche Attacke gwinnt me koin Freund. Jetzt schperret se di weg. I han s doch nur gut mit … mit dir … gmoint." Dann kotzt er.
Bauer Nägele glotzt verdutzt über die Bescherung auf seinen Gummistiefeln. Der Oberstaatsanwalt schafft es

gerade noch, einen halben Meter zurück zu springen, trotzdem erwischt Eisele eins seiner Hosenbeine. Paul Bauer
bekommt die zweite Ladung voll ab. Er sieht schockiert an
sich hinunter, rümpft die Nase, streicht etwas ratlos den
Schleim von Hemd und Hose, schüttelt ihn von den Händen
und schimpft dann: „Jetzt langts aber, Otto! Mir hend di
viel z lang verschont. Du brauchsch meh direkte Kontakte.
Leichefunde härtet ab, glaub mir. Sonscht säh i schwarz
für dei Beförderung. Außerdem könnt i in deiner Sauerei
ausrutsche, mir s Gnick bräche. Am End sogar tot sei!"
Kommissar Eisele putzt sich nachdenklich den Mund ab. Er
ist wohl für alle Zeiten blamiert.
Da würgt er noch einmal kurz trocken und gibt seinem
Kollegen Kontra: „Du hältscht mi für e Weichei?? Jetzt
hörsch mir mal gut zu! Erschtens, e knapp Sechzehnjährige,
vergiftet, aufgehängt an em Hake vom Narrebaum, schwanger, zwoitens, ihr Butzele im Reagenzglas und drittens,
der Anblick von dem bis zur Unkenntlichkeit verbrannte
Körper. I hab gruslige Alpträume deswäge! Wenn des e
Hindernis isch um Hauptkommissar z werde, dann pfeif i
drauf!!" Eisele könnte bei diesen Erinnerungen allerdings
schon wieder…
Bauer aber stutzt. Ihn schockiert nach seinen Erfahrungen
in Chicago kaum noch was, während Otto und den anderen
Kollegen ein gewaltsamer Tod fast immer an die Nieren
geht. 'Bin i echt so en abbrühte Sauhund?'

• • •

Es ist mehr ein Singsang, in den Rudi Federle verfallen ist.
Argwöhnisch betrachtet er seine Handschellen. „En Freund
brauchts, en Freund brauchts nimme, en Freund brauchts."
Dann hält er inne, hebt die Hände anklagend hoch und

blinzelt fickrig durch die Ösen der Verbindungskette zu seinem Schwager. „I han mal en echte Freund ghet. Du hasch mir den gnomme. En neue brauchts nimme. Der hätt au koi Froid im Läbe bei dir."

„Halts Maul!", brüllt Bauer Nägele ihn an, greift zur Gürtel-schnalle und will seiner Wut freien Lauf lassen. „Du erläbsch jetzt dei blaues Wunder!!"

„Das lassen wir mal schön bleiben." Oberstaatsanwalt Weller schreitet ein und packt den Bauern am Ärmel. „Hat einer von den Kollegen noch ein Paar Handschellen dabei? Der Mann ist vorläufig festgenommen."

Jetzt ist es Nägele, der laut protestierend um sich haut.

• • •

Rudi Federle reißt erneut Mund und Augen auf, beobachtet ungläubig, wie der Bauer gefesselt wird. Er lacht kurz. Dann beginnt er unter Tränen zu erzählen, was passiert ist. Ob überhaupt jemand zuhört, ist ihm scheißegal.

„De Bernd isch blutverschmiert mit m Häge in der Hand aus m Schtall raus komme. I han mir fascht in d Hos gschisse vor lauter Angscht, mi hinterm Mischthaufe verschteckt, gwartet, bis aus m Schlafzimmerfenschter ganz deutlich dem sei widerliches Schnarche zum Höre war. Dann bin i erscht nüber gschliche. Da war so viel Blut... Und de Xavie hat quiekt, wie e Sau quiekt, wenn me se abschticht. Rudi, bring mi weg! I muss hier endlich weg von dem Schinder! Hilf mir Rudi, bitte, Hilf!! I han dann oifach s Auto gholt, ihn hinte nei glegt und bin los gfahre." Wieder blinzelt er, aber hekti-scher denn je, brodelt am ganzen Leib. Rotz und Spucke rinnt ihm aus allen Öffnungen.

Der Kommissar kann diesen elendigen Anblick nicht ertragen. Er sucht in seinen Taschen, findet Roses Packung

Tempos, die sie ihm in der Herrentoilette zugesteckt hat, wischt Federle den Geifer aus dem Gesicht und fordert ihn behutsam auf: „Komm Rudi, schnäuz mal gescheit. Lass es raus ... alles."

Rudi Ferderle schnäuzt, nimmt Eisele das völlig durchweichte Taschentuch weg und klebt es auf den Tisch. „Gscheit? I bin it gescheit. Nie gwäse. Und du Schwätzer au it. Tribüne, hä? Mir zwoi feiret als gute Freund den Pokal vom VFB zamme? Hasch gsagt, oder? Mit dene drecks Dinger da?!" Er hebt die Hände. „Mach se weg, sonscht glaub i nie meh nix irgendwem!!"

Der Kommissar will sich wegen seines heuchlerischen Versprechens am liebsten die Zunge ausbeißen! Das Rasseln der Handschellen klingt wie Hohn in seinen Ohren und Federles Frage erst recht: „Em richtig gute Freund hilft me doch, so wie i des gmacht han? Abhaue, ohne z frage warum und wo na?" Aber Eisele befreit ihn nicht. „I hans gwisst."

Das Rasseln hört auf, Rudi Federle lässt enttäuscht die Hände sinken, rutscht unruhig hin und her. Er scheint ausgiebig nachzudenken.

• • •

Oberstaatsanwalt Weller hat die Schnauze voll: „Wir werden heute wohl nichts mehr erfahren. Ich lasse den Mann jetzt abführen. Morgen ist auch noch ein Tag."

Da schrickt Federle auf: „It eischperre!!! I sag eich alles! ... Mir waret scho weiter weg, als i jemals gwäse bin, da hat de Xavie von hinte plötzlich gjammert, Rudi, halt a." Verwirrt wiederholt er seine Worte: „Rudi, halt a? ... Mir sind gnug weit weg von dahoim. Ohne mei Bine und unser Kind gang i nirgends na. Irgendwo gibt's sicher e Plätzle, wo mir drei e glückliche Familie sei könnet. Gib de Schlüssel vom Toyota her und mach, dass de weg kommsch." Das Rasseln der Handschellen wird wieder stärker, die Stimme immer lauter. „Mir drei? Zu dritt ohne mi? Und i sott alloi zruck in des kalte Haus zu me Baure, der bloß prügle ka? Noi, des wollt i it! Niemals!! Xavie, du hasch doch koin Führerschein, ihr müsset mi mitnehme. Na und, du doch au it, hat er gsagt. Außerdem brauch i koin Idiot wie di in meiner neue Familie. Da kam endlich en Parkplatz ... I muss immer pisse, wenn's Aufregung gibt."

Die Pfütze unter Federle ist kaum zu übersehen. Alle anwesenden Männer spüren sofort ihre Blase, und Rudi Federle wirkt sofort entspannter. Er will jetzt loswerden, was ihn seit Wochen belastet.

„De Kanischter Diesel war im Kofferraum. I han's Auto übergosse, e Feuerzeug gnomme und dem Xaxie droht, dass mir boide in die Flamme verbrenne werdet, wenn i it mit derf! ... Sei gemeine Lache verfolgt mi seit dere Nacht." Federle senkt den Kopf und stottert hilflos: „Dass der Xaver no ... so viel Kraft nach em Bernd seine Schläg ... ghet hat, konnt i doch it wisse. Der hat mir oifach des Feuerzeug aus der Hand ghaut ... Sowas von dumm! Des war doch ganz dumm von dem?! Erscht hat nur sein Arm brennt ... Aber dann au d Jack, sei Hos, und s Auto! ... Alles, was i no woiß isch, wie e riesige Fackel schreiend in de Wald nei rennt ... Dann war's plötzlich ganz schtill. I han de Toyota de Berg nunter gschubst, mi an d Schtraß na gschtellt und mein Finger naus ghebt."

• • •

Noch mehr Geständnis braucht Oberstaatsanwalt Roderik Weller beim besten Willen nicht. Ein Haftrichter muss jetzt entscheiden, was weiter mit Rudi Federle geschieht. 'Ganz sicher Psychiatrie.' Anerkennend nickt er Otto Eisele zu, stopft seine teure Seidenkrawatte achtlos in die Hosentasche und geht.

Der Magen des Kommissars knurrt gottserbärmlich. Er sieht auf die Uhr. Mitternacht. Der Spuk hat ein Ende. Was bleibt, ist ein äußerst schlechter Nachgeschmack.

„Rudi, Kopf hoch. De VFB ka vielleicht no Meischter werde, und echte Freund sind selte", sagt Eisele deshalb zu Federle. „I due jedenfalls alles, was in meiner Macht schteht, damit du e gerechts Verfahre kriegsch. Jetzt gehsch brav mit meim Kolleg da. Der zeigt dir, wo de ersch mal schlafsch."

Widerstandslos lässt sich Rudi Federle abführen.

• • •

Paul Bauer kommt grinsend zu ihm rüber. „Gratuliere, Otto! Hasch gut gmacht. Aber was mi au no brennend interessiert: du warsch mal en Schwerenöter? So richtig verliebt mit allem drum und dran?? Erzähl."

„Da gibt's nix zum Verzähle. Sie hat e riesige Zahnschpange ghet, mei Lippe isch drin hänge bliebe, hat blutet, mir isch schlecht worde ... denach war Schluß. Kai, kommsch?"

Aschermittwoch

Der Briefumschlag auf seinem Schreibtisch weist eine schöne, geschwungene Handschrift auf. Eisele öffnet ihn und liest, liest noch einmal.

„Schtell dir des mal vor, Kreuzberg. Der Herr Oberschtaatsanwalt persönlich läd uns boide zum Froschschenkelessen ein! Alternativ gibt's Schnecke. Da sagsch nix me, hä?"

„Wat en Schweinskram. Mir träumt eher von Berliner Leber und Currywurst mit scharfer Soße. Ik kenn da so n Laden bei mir um die Ecke … Et jibt keene bessere, so wat von lecker!"

„Laß des ja it d Chefin höre. In Köln solls nämlich au die bescht Currywurscht gäbe. Also Maul halte und auf geht's. Ihr Mutter macht grad en Zwiebelroschtbrate mit Schpätzle, Kartoffelsalat und Soß. Mir zwoi sind Ehregäscht. Oder bisch Katholik und hälsch di an d Faschtezeit?"

„Spinnste jetzt total, Chef?"

„It frech werde, Früchtle. Übrigens, des Päckle da isch für di."

„Eine Bombe, nehm ik mal an?? … Och nee, eine Haarbürste. Det is aber ein äußerst familiäres Jeschenk, wa!"

ENDE

247

P.S.

Ich danke meiner unerbittlichen Lektorin und Freundin Juliane Kraus, die sich so in Otto Eisele verliebt hatte, dass ich ihr eine Eisele-Geschichte schreiben musste, natürlich auch wieder Jürgen Flemming für das Titelfoto und nicht zuletzt meinem Mann Peter für seine fast unendliche Geduld.

Noch nicht genug?

Friedrichshafen, diese manchmal gar nicht idyllische Stadt am schönen Bodensee, ist eine perfekte Kulisse für fiese Mordgeschichten …

Wer also mehr lesen möchte von der Kriminalhauptkommissarin Rosemarie Gebhard aus Köln und ihren lieben schwäbischen Kollegen: bitte umblättern!

Der 1. Fall beginnt mit einem Skandal …

Vier Tage im Juni. Das Häfler Seehasenfest steht an –
und der Seehas wird erstochen aufgefunden! Allerdings
ein falscher. Die aus Köln frisch zugereiste Kriminal-
hauptkommisarin Rosemarie Gebhard kämpft sich durch
feiernde Massen und schwäbische Familienabgründe, über-
steht kulinarische und sprachliche Herausforderungen,
verschmerzt alkoholische, automobile und pathologische
Zumutungen, gibt ihrer pubertierenden Tochter Kontra,
aber auch ihrem herzlich respektlosen Team. Zum Beispiel
diesem Paule Bauer, einem etwas trampelhaften Kollegen
mit komplizierter Vergangenheit, der sich prompt in sie
verliebt. Dann taucht ein zweiter Toter auf, im See …

Monika Scherbarth
Seehas mit Stich
Edition Hochfeld
Juni 2013
ISBN 9783981550641

auch als eBook erhältlich
Neuauflage Dez. 2017

Im 2. Fall wird's eklig.

Bodensee-Felchen sind eine Delikatesse. Doch nicht alles,
was dort im Wasser schwimmt, ist so appetitlich. Besonders,
wenn das relativ frische Körperteil zu einem Mann gehört,
der seit sechs Jahren tot ist.
Am See brüten die Ortschaften in der Sommerhitze.
Übers Friedrichshafener „Kulturufer" schiebt sich das
Publikum. Halbstarke Tankstellenräuber sind die Aufreger
der Tagespresse. Dann wird am „Negerbad" ein totes
Kind angeschwemmt … Rose Gebhard, Chefin der Häfler
Mordkommission, sehnt sich nach einem reinigenden
Gewitter!

Monika Scherbarth
Felchenfraß
Edition Seegras
Juni 2015
ISBN 9783737553810

auch als eBook erhältlich